Lu 06/23 (A Zakynthos)

Pour l'amour d'Anne Kervour

Philippe CARRER

Pour l'amour d'Anne Kervour

Skol Vreizh

À mon fils Patrice qui a corrigé l'ouvrage
avec compétence et dévouement.

Édité avec le concours du
Conseil régional de Bretagne

Région BRETAGNE

Illustration de couverture :
Portrait d'une jeune dame (détail), XVIe siècle,
© Droits réservés,
Musée d'arts de Nantes, photographie C. Clos.

Composition : Skol Vreizh.

Créé et édité en Bretagne

41 quai de Léon - 29600 Morlaix
Tél. 02 98 62 17 20 - www.skolvreizh.com

ISBN 978-2-36758-111-8

PREMIÈRE PARTIE

Le psautier

(1583-1599)

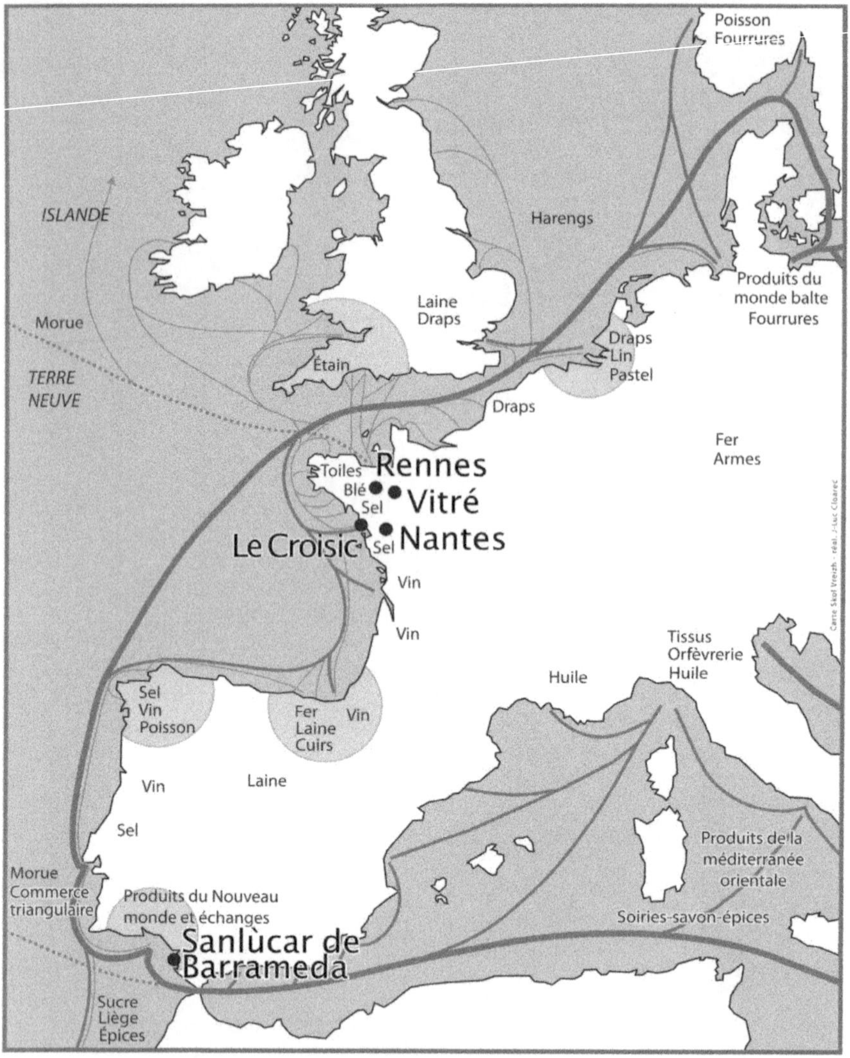

Principales routes de commerce maritime international
Routes maritimes régionales fréquentées par les navires bretons
Pêche morutière : route et trafic
Espaces privilégiés des échanges bretons

LE NÉGOCE BRETON AUX XVIe - XVIIe SIÈCLES

1

PRÉLUDE

Sous le soleil andalou, je contemplais la mer et j'apercevais au loin des voiles. C'était comme autrefois quand je grandissais au Croisic, dans le midi breton.

Je me suis revu sur la route de Nantes, à huit ans, quittant pour longtemps ou peut-être toujours le village natal après un dernier regard vers la grève. Il me fallait sans tarder dire adieu aux parents, aux jeunes frères et sœurs et partir à la grande ville pour y demeurer auprès d'une ribambelle de cousins chez l'oncle Guillaume, frère de ma mère, marchand comme mon père. Les grandes personnes avaient décrété que je devais suivre la voie des longues études sous la houlette d'un autre oncle, nantais lui aussi, prêtre de paroisse.

D'abord désemparé, je me suis accoutumé à ma nouvelle vie dans la ville bruyante. Ma pieuse tante tempérait l'apparente sévérité de son époux et tous deux me rappelaient mes parents. Mon oncle Guillaume avait une voix grave, des sourcils broussailleux, un grand nez droit, une barbe poivre et sel ; ma tante, petite et maigre, avait une voix pointue, un regard vif et mobile, une démarche rapide. Mes cousins, les garçons plus que les filles, chahutaient fort quand le père était loin : « Quand le chat n'est pas là, les souris dansent », disait la plus âgée des servantes. Daniel, l'oncle prêtre, de plus petite stature que son frère, avait comme sa sœur, ma mère, des yeux d'un bleu très pâle et des cheveux aile de corbeau. Le contraste était saisissant et sur ce point je leur ressemblais. Cet oncle venait régulièrement vérifier mon assiduité à l'étude et celle de mes cousins qui, comme moi, se rendaient chaque jour au collège des religieux Cordeliers, l'un des plus réputés de Nantes. Les fils des familles nobles et de la riche bourgeoisie fréquentaient les collèges parisiens ; les collèges de Nantes accueillaient les rejetons de la bourgeoisie moins huppée et de la petite noblesse.

Si j'ai gardé de vifs souvenirs du Croisic où je voyais des navires de Bristol, de Zélande et de Hambourg accoster pour charger le sel de la baie de Guérande et de Bourgneuf, mes débuts à Nantes sont noyés dans les brumes de ma mémoire d'où pourtant un souvenir émerge. La ville est en ébullition car l'entrée solennelle du nouveau gouverneur de Bretagne est annoncée pour le premier jour de septembre de cette année 1583. À la maison où les conversations roulent sur l'événement, mon oncle essaie son habit neuf. Il compte parmi les notables de la municipalité qui accueilleront le gouverneur à son arrivée, et non loin de lui se trouvera son frère Daniel, vicaire de Sainte-Radegonde, avec les dignitaires du clergé. Ma tante rit sous cape en voyant son mari faire l'important. Dehors, l'agitation est palpable. Un peu partout les coups de marteaux retentissent, des charpentiers achèvent de construire d'imposants arcs de triomphe, une foule de manœuvres s'affaire. Ce nouveau gouverneur est un personnage considérable, je le sens en entendant prononcer son nom. Un prince lorrain du Saint-Empire, cousin des Guise, beau-frère du roi de France ! Daniel, l'oncle vicaire, affirme qu'il mettra la Bretagne à l'abri du péril huguenot et son frère Guillaume opine du bonnet. Au Croisic, il était parfois question des hérétiques à la maison mais je n'en rencontrais jamais. Jadis plus nombreux, ils avaient été pourchassés. Ma mère aurait voulu qu'on les laisse tranquilles ; mon père lui répondait qu'ils troublaient la tranquillité publique.

Le grand jour est arrivé dans Nantes décorée où se presse la foule. Le pavé des rues est recouvert de sable ; du quai de la Fosse à la magnifique cathédrale, les façades sont tendues de tapisseries colorées. Mes cousins et moi sommes au premier rang pour voir passer le cortège du duc. Après avoir écouté les discours de bienvenue et reçu les clefs de la ville ainsi que divers cadeaux, il doit assister à une cérémonie religieuse. L'attente se prolonge. Enfin, voilà le duc.

C'est d'abord la milice de la ville et sa musique. Roulez, tambours, sonnez, trompettes ! Les cloches des églises sonnent à toute volée, des décharges d'artillerie couvrent périodiquement les cris de la foule. Quel vacarme ! J'en ai des frissons. Voici les ecclésiastiques en costume d'apparat. J'aperçois mon oncle prêtre et plus tard mon autre oncle parmi les échevins. Les vivats redoublent, je crois rêver en voyant s'avancer, sous un dais de soie porté par quatre bourgeois, le duc de Mercœur qui salue la foule à la façon d'un roi par de petits hochements de tête, à droite et à gauche. La barbe rousse, de haute taille, il paraît robuste et sa jeunesse me surprend autant que son air grave. Plus tard, on a fêté en famille l'entrée du nouveau gouverneur et dégusté une inoubliable tourte aux pommes.

Au cours des années qui ont suivi mon arrivée à Nantes, mes oncle et tante ont remplacé mes parents, mes cinq cousins et ma cousine blonde aux yeux bleus sont devenus mes frères et ma sœur. C'est dur d'en convenir mais j'ai presque oublié ma famille du Croisic à qui je n'avais guère l'occasion de rendre visite et qui ne venait jamais à Nantes. Chez mon oncle, rien en apparence ne me distinguait des autres enfants, pourtant il m'arrivait de me faire l'effet d'une pièce rapportée. Autant ne pas savoir si cette impression fugitive était justifiée. La mort nous a frappés à deux reprises au cours de ces années-là, chaque fois en hiver, d'abord un tout jeune garçon puis ma jolie cousine. Nous les avons pleurés. Amaigrie, les yeux rougis par les larmes, ma tante restait inconsolable. Nous ne l'entendions plus rire. Un jour que j'étais seul auprès d'elle, elle m'a montré le hochet de la petite qu'elle avait conservé, avec une mèche de cheveux blonds. Mon oncle réagissait en s'absorbant dans son négoce et dans les affaires de la ville, deux domaines où les complications n'allaient pas manquer au cours des années à venir.

J'ai poursuivi mes études avec juste ce qu'il fallait d'application pour éviter reproches et embarras. Mon oncle prêtre souhaitait faire de moi un homme d'Église et mon oncle marchand m'assurait que le droit appris à l'Université me servirait dans le négoce. Je les laissais dire. Plusieurs élèves de noble extraction avaient l'autorisation d'aller chaque semaine dans un faubourg de Nantes se perfectionner en équitation et en escrime. Approchant alors de mes quinze ans, j'ai sympathisé avec l'un d'eux, Lancelot, qui comprenait mon désir de participer à leurs exercices. Je pus le faire grâce à son aide, sans demander l'accord des maîtres ni celui de la famille. Ces entraînements n'étaient pas gratuits et la mèche fut éventée dès que l'oncle reçut la facture. Je fus puni par les Cordeliers de six coups de corde, sans compter les retenues, les devoirs supplémentaires et une belle algarade de mes oncles. J'ai laissé passer l'orage avant de plaider ma cause. Sans doute me suis-je montré convaincant car j'ai obtenu la permission des parents et des maîtres de continuer chaque semaine à monter à cheval et manier l'épée, ce qui pourrait m'être utile un jour car, à Nantes comme dans toute la Bretagne, ça commençait à sentir la poudre.

Jusqu'en 1589, notre duché, jadis indépendant mais devenu province française depuis plus d'un demi-siècle, avait échappé aux affrontements opposant catholiques et protestants dans un royaume de France ravagé par les guerres civiles. Depuis plusieurs décennies, les marins luthériens d'Angleterre et des Pays-Bas fréquentaient les côtes méridionales de Bretagne. Leur religion « prétendument réformée » s'est répandue chez les nobles du pays nantais à Blain mais aussi à Josselin et Pontivy dans le pays de Vannes, sous l'influence des Rohan, grands seigneurs acquis à la Réforme, et chez quelques familles nobles du pays de Rennes dans le sillage des Laval à Vitré. Trop peu nombreux pour passer outre aux lois du royaume et à la puissance de l'Église catholique et romaine, les protestants se réduisent à une petite minorité vivant dans quelques villes et châteaux de la partie orientale du duché. La quasi-totalité du clergé et les foules paysannes qui l'ont suivi ont fait barrage à l'hérésie en Bretagne, mais la paix est menacée car la folie fanatique déborde du royaume de France et vient chez nous. La barque du roi tangue dangereusement. Tiré à hue et à dia, Henri le Troisième est faible, il s'appuie sur les catholiques modérés et leur fragilité le contraint à donner des gages aux protestants mais plus encore aux catholiques intransigeants. Nombreux, puissants, résolus, ceux-ci sont commandés par les princes lorrains de Guise qui convoitent le trône. Ils sont regroupés dans une Ligue aussi appelée Sainte-Union. Pour tenter de les contenir, le roi a cru habile de s'en faire proclamer le chef. Cette confusion permet au duc de Mercœur, le nouveau gouverneur de Bretagne, de louvoyer : cousin des Guise, d'origine lorraine, il penche d'autant plus vers la Ligue qu'elle correspond à ses convictions profondes. Cependant, beau-frère d'un roi auquel il doit ses promotions et privilèges, il ne peut s'exprimer à haute voix.

Dès 1584, à la mort du duc d'Anjou qui était le plus jeune et dernier frère vivant du roi Henri III, comme lui sans héritier, les oppositions se sont durcies, les ambitions exacerbées. La lignée des Valois étant éteinte, la couronne de France allait échoir un jour au protestant Henri de Navarre. Dès lors qu'Henri III cautionnait cette issue scandaleuse, la Sainte-Ligue jura sa perte. En mai 1588, lors de la Journée des Barricades, Paris se souleva et le roi s'enfuit de justesse. Il mourait l'année suivante sous le poignard du moine Jacques Clément.

Le duc de Mercœur n'avait pas attendu ce sanglant dénouement pour démasquer ses batteries. Henri III aux abois avait consenti à l'assassinat du chef de la conjuration ligueuse, le duc de Guise dit le Balafré, et de son frère le cardinal, en décembre 1588 à Blois. Le gouverneur de Bretagne cessa aussitôt de reconnaître l'autorité du roi, qui le révoqua et le destitua de sa charge en avril 1589. Ce sera l'origine de la guerre civile en Bretagne, entre ceux qui suivent Mercœur révolté, les Ligueurs ou catholiques intransigeants, largement majoritaires, et ceux qui restent fidèles au roi de France, fût-il protestant, les Royaux ou catholiques modérés auxquels s'associe la très petite minorité protestante. Mes oncles nantais approuvaient la Ligue que l'Église et l'Université de Nantes avaient aussitôt ralliée, et l'avaient rejointe sans approuver le meurtre du roi. Désemparés par cette cascade d'événements, ils cherchaient à se rassurer mais en vain, tant l'avenir semblait incertain. Daniel mon oncle prêtre disait que les mauvais instincts des hommes se donnent libre cours pendant les périodes troublées, Guillaume mon oncle marchand l'approuvait, ajoutant que le commerce en pâtit toujours. Renforcés par des Bretons huguenots en fuite et acculés à la piraterie, les protestants de La Rochelle attaquaient les navires de Nantes et du Croisic en route vers le sud. La famille déplorait les cargaisons perdues. Les deux frères tombaient d'accord pour souhaiter qu'une autorité ferme impose à tous, et d'abord en Bretagne, le respect des lois, à commencer par celles interdisant aux hérétiques de diffuser leur mauvaise propagande. Ils auraient voulu que le royaume de France se donne un monarque honorable, ce que de toute évidence n'était point le huguenot Navarre, « porc sauvage sorti de la forêt d'hérésie » au dire d'un moine prédicateur de Nantes.

Au collège des Cordeliers, l'atmosphère devenait parfois orageuse et les rapports entre maîtres se tendaient. Nombreux étaient ceux qui clamaient haut et fort leur amour pour la Ligue. D'autres montraient de la modération, sachant que monseigneur l'évêque, le Normand Philippe du Bec, ne présidait la Ligue à Nantes que pour mieux en freiner les ardeurs, intempestives à ses yeux. Entre les plus exaltés et les plus réticents, le fossé se creusait. Les élèves en avaient des échos et parmi eux aussi les opinions se heurtaient ; cependant, la Ligue emportait l'adhésion de la majorité. Mercœur se voyait d'autant plus plébiscité que son épouse, Marie de Luxembourg et duchesse de Mercœur, était nantaise. Née à Lamballe dans le Penthièvre, elle était venue à Nantes avec ses parents peu après sa naissance. Chacun se souvenait de son père, Sébastien de Luxembourg, gouverneur de Bretagne qui avait réprimé sans pitié les Huguenots fauteurs de troubles. Nul n'ignorait l'attachement de la duchesse à la vraie religion, au duché breton et à sa bonne ville de Nantes. En Bretagne, désormais, deux camps s'affrontaient donc par les armes : d'un côté les Ligueurs dont les plus résolus se tournaient comme leur chef Mercœur vers l'Espagne de Philippe II, champion du catholicisme en Europe ; de l'autre les Royaux, fidèles au roi de France. Si Rennes, d'abord ralliée à Mercœur, bascula rapidement dans le camp des Royaux, en devenant même le bastion principal, Nantes, en revanche, cœur et cerveau de la Ligue, était suivie par la plupart des villes et campagnes bretonnes. Même si la Ligue semblait s'imposer, les Royaux avaient, disséminés dans la province, de nombreux partisans prêts à relever la tête et la lutte s'annonçait aussi incertaine qu'acharnée.

À Nantes, en ce printemps 1589, a débuté une longue période d'agitation, allant jusqu'à l'exaltation délirante, qui va déferler par vagues successives. Dans les églises, les prédicateurs enflamment les fidèles par leurs prêches ; dans les rues, les rangs des confréries religieuses en procession sont gonflés par le peuple révolté, les chants des uns couverts par les clameurs des autres. Le duc de Mercœur est souvent en déplacement dans une province en ébullition qui réclame ses interventions multiples. En son absence, la duchesse qu'on appelle ici « la belle Nantaise » conduit le soulèvement avec le soutien du peuple. Elle commande et tous obéissent. Les ordonnances municipales commencent par la formule : « Suivant le commandement de madame de Mercœur ». Sur son ordre, quatre-vingts bourgeois hostiles à la Ligue, dont le maire de Nantes, Charles de Harouys, sont arrêtés le 7 avril et enfermés dans le château. Certains seront libérés et autorisés à se réfugier à Rennes.

Pour prévenir les troubles, chaque paroisse a sa milice commandée par un capitaine, patrouillant dans les rues avec les soldats. Je vois parfois conduire en prison, sans ménagement, des opposants aux mains entravées. Guillaume, mon oncle marchand, a consenti à entrer au conseil de la Ligue, comité insurrectionnel de soixante-sept membres assurant désormais l'administration municipale et dont il sera l'un des rares éléments modérés. Il restera hostile, courageusement, aux mesures extrêmes et interviendra à plusieurs reprises en faveur de Nantais maltraités pour leurs idées. Cette position malcommode et risquée, suspecte aux fanatiques, critiquée par ma tante qui n'a pas approuvé l'entrée de son époux au conseil, manquera de lui attirer de sérieux ennuis. L'ambiance à Nantes est à l'émeute. Comme toutes les paroisses, la nôtre a son assemblée politique qui, chaque soir, tient séance et le peuple est invité à la rejoindre pour discuter des mesures à prendre. Mon oncle Guillaume ne rate aucune de ces réunions dont certaines sont paraît-il fort agitées, ce qui inquiète ma tante. Les envolées les plus enflammées sont les plus applaudies. Selon mon oncle, le duc de Mercœur ou en son absence la duchesse ont à tenir compte des appels, proclamations et avertissements émanant des assemblées populaires. Ils doivent souvent freiner les ardeurs de leurs partisans et la peur se répand chez ceux qui n'aiment pas la Ligue. Le conseil lève de nouvelles taxes, impose des emprunts aux riches, aux mal-pensants, aux prisonniers du château. Il confisque aux commerçants des marchandises qui seront vendues au profit de la Ligue.

La fortification des remparts de Nantes et l'entretien des troupes coûtent cher. Entraînés malgré eux dans ce tourbillon de révolte, mes oncles s'agacent des sermons ravageurs de Jacques Le Bossu, moine bénédictin, ou de Jean Christi, chanoine et théologien, dont retentit la cathédrale Saint-Pierre-et-Saint-Paul, car du haut de leur chaire la voix de ces hommes d'Église porte fort et loin. À la messe du dimanche où nous venons en famille, leur éloquence me secoue, leurs mots inconnus me déroutent, je m'effare des « ours, loups et lions à grosses pattes » qu'ils décrivent à nos portes, prêts à nous dévorer. Comme les anciens Romains, affirment-ils, nous allons nous battre pour protéger nos autels et nos foyers, menacés de destruction par le soi-disant roi de France, tyran que soutient une horde d'hérétiques, de libertins et d'athées. « Libertin » m'intrigue, « athée » me glace ; les « simoniaques » me laissent perplexe, sans parler du reste de l'infernale procession, « pipeurs », menteurs et autres « machiavélistes » ou « rabeletistes » ! Mon oncle que j'interroge s'embrouille dans ses explications et, tandis que le sermon s'achève, sa voix est couverte par les transports d'enthousiasme des fidèles.

L'année suivante, Mercœur établit à Nantes le Parlement de Bretagne qui tient ses séances chez les Cordeliers du couvent Saint-François. Puis les représentants du clergé, de la noblesse et des villes choisissent les deux tiers des membres d'un conseil d'État et des Finances. Le duc pose ainsi les bases d'une gouvernance et d'une administration bretonnes en marge du royaume de France. Les villes, ici, se gouvernent quasiment elles-mêmes et Mercœur serait en peine de les en empêcher. Totalement inédite, cette dictature appuyée sur toutes les couches de la population fait pièce au despotisme monarchique qui s'affirme dans le royaume de France. C'est ce que j'entends dire à la maison. Certains croient que le duc projette de rétablir à son profit l'indépendance du duché de Bretagne dont son épouse, appartenant à la maison de Penthièvre, pourrait revendiquer l'héritage. Il semble que le duc hésite à faire valoir cette prétention et qu'il se contenterait d'obtenir le gouvernorat héréditaire d'une Bretagne rattachée à la couronne d'Espagne avec laquelle il entretient des relations suivies. Autant le duc a une réputation de guerrier résolu, autant on le dit hésitant en politique. Il rappelle à certains Richard Cœur-de-Lion que l'on surnommait « Oui-et-Non ». Son épouse Marie de Luxembourg, duchesse de Penthièvre, rêverait en revanche d'Indépendance, influencée en ce sens par sa mère, Marie de Beaucaire, qui vit auprès d'elle à Nantes. Voilà ce qui se colporte en ville.

Maître de la Bretagne, Mercœur s'efforce de consolider son pouvoir. Sa politique connaît des hauts et des bas car partout les Royaux tentent de la contrecarrer. Des villes ligueuses deviennent royales et l'inverse se produit aussi, parfois de bon gré, le plus souvent par force. Henri IV, le tout nouveau roi de France, donne l'impression de ne guère se soucier de la Bretagne. Il lui a donné pour gouverneur le prince de Dombes qui, à dix-sept ans, montre plus de courage que de cervelle. Bon à rien pour les uns, il est privé pour les autres des moyens militaires qui lui permettraient de contrer efficacement la Ligue ; ce dont il se console à Rennes dans les bras de jolies filles.

Face à lui, Mercœur, époux irréprochable et modèle de piété, reste fidèle à sa devise : « Plus de foi que de vie ». Si la Bretagne, aux yeux de Paris, apparaît comme une lointaine péninsule égarée dans les brumes et promettant plus d'ennuis que d'avantages, ce n'est pas le point de vue des Espagnols ni de leurs ennemis anglais. Les premiers, après l'échec de leur Invincible Armada devant les côtes anglaises, souhaitent faire de la Bretagne leur base arrière pour une nouvelle tentative mais aussi y sécuriser leurs liaisons avec les Flandres, qui sont sous leur domination ; quant aux Anglais inquiets de ces projets, ils veulent s'y installer afin de couper l'herbe sous le pied des Espagnols. Ils s'inquiètent d'autant plus que le roi d'Espagne, appelé à l'aide par Mercœur contre les Royaux, revendique l'héritage du duché breton pour sa fille l'infante Isabelle, petite-fille d'un petit-fils d'Anne de Bretagne.

Ainsi la Bretagne, comme deux siècles et demi plus tôt lors de la guerre des deux Jeanne, va-t-elle être le champ de bataille de ces deux grandes puissances maritimes européennes. À vrai dire, seuls les intéressent son littoral, ses havres. Au cours de l'automne 1590, nous apprenons que les troupes espagnoles embarquées sur de grands navires à El Ferrol, en Galice, ont débarqué un mois plus tard à Saint-Nazaire. Plusieurs milliers de fantassins et cavaliers, sous le commandement de Don Juan d'Aguila, ont gagné Vannes puis à l'ouest le port de Blavet qu'ils ont commencé à fortifier. Deux des dix-huit compagnies de fantassins sont composées d'Italiens. Le bruit court que le roi de France a sollicité l'aide de la reine anglaise Élisabeth, qui la lui a accordée en renforçant son escadre dans la Manche. Au printemps suivant, c'est sans surprise que nous autres Nantais avons vu les deux nations rivales renforcer leurs garnisons en Bretagne : deux-mille soldats espagnols supplémentaires arrivaient sur la côte sud en avril ; au nord, plus de deux-mille soldats venus de Portsmouth débarquaient en mai à Paimpol sous le commandement de Sir John Norreys.

J'avais maintenant seize ans. Installés dans la guerre depuis plusieurs années, elle faisait partie de notre quotidien et l'on n'en voyait pas la fin. À la maison, j'entendais parler d'impôts de plus en plus lourds, d'affaires qui souffraient, de mécontents qui murmuraient. Pour tenir en respect les Royaux et leurs alliés anglais, l'appui espagnol paraissait vital. Tel était le point de vue de la plupart des négociants nantais et singulièrement de la forte colonie espagnole qui entretenait d'étroites relations commerciales avec son pays d'origine. Mon avenir était toujours incertain. Pour tout dire, je restais insouciant et cette guerre qui s'éternisait en obscurcissant l'horizon ne favorisait pas l'élaboration de projets d'avenir. Dans ma famille, au collège et chaque fois qu'il m'arrivait de sortir de mon cercle habituel, je constatais que tous souhaitaient la victoire du duc de Mercœur et de la Ligue, et le retour à la paix. La plupart étaient sans doute sincères, mais croyaient-ils vraiment que cette victoire viendrait ? Si certains avaient des doutes, ils n'en laissaient rien paraître.

Au printemps 1592, je n'étais pas loin d'achever mes études au collège des Cordeliers. À l'automne, j'irais habiter chez Daniel, mon oncle prêtre, et je fréquenterais l'Université. Nantes fut soulevée par un élan de ferveur religieuse et patriotique à l'annonce de la victoire du duc de Mercœur à Craon dans le Maine, en lisière de Bretagne : à la tête de dix-mille Ligueurs bretons et alliés espagnols, il avait écrasé dix-mille Royaux et Anglais. Le 15 juin, il entrait triomphalement à Nantes au son des canons. Les prisonniers ont défilé en ville derrière les troupes victorieuses, puis les voûtes de la cathédrale Saint-Pierre-et-Saint-Paul pavoisées de drapeaux pris à l'ennemi ont retenti du *Te Deum* pour louer et remercier le seigneur Dieu.

À la même époque, mon oncle prêtre a reconnu à regret que la carrière ecclésiastique n'était pas faite pour moi. Il me restait à suivre la voie familiale du négoce, de préférence maritime, qui malheureusement ne m'attirait pas non plus et c'était peu dire. Le même oncle m'a dit sans conviction qu'il me faudrait suivre les cours de droit à l'Université de Nantes, ce qui par la suite m'ouvrirait des portes. Il ajouta que, n'étant pas noble, je n'avais aucun avenir dans le métier des armes à moins de choisir l'artillerie, cette terrifiante arme moderne : choix qui aurait nécessité chez moi des aptitudes techniques qu'il n'avait pas encore décelées. En l'écoutant, je revoyais mes camarades d'escrime et d'équitation, pressés d'aller en découdre avec les Royaux ou les Anglais sans se soucier des bouches à feu, rêvant de la vie libre, aventureuse de leurs pères au temps de l'Indépendance. Pour la première fois, mon oncle me parlait comme à un homme et non plus comme à un enfant. Il me révéla que, depuis mon arrivée à Nantes, il payait ma pension à son frère Guillaume et mes études chez les Cordeliers. Voyant mon air interloqué, il m'expliqua que, alarmé par les revers de fortune de mon père à la suite d'attaques de navires par les Rochelais, il avait proposé de se charger de mon éducation et d'en assurer les frais, ce à quoi mes parents avaient consenti.

Lors d'une autre visite à mon oncle Daniel, il m'invita à m'asseoir et m'apprit d'un air mystérieux que Nicolas de Montreux, le nouveau recteur de la paroisse de Sainte-Radegonde dont lui-même était vicaire, avait été nommé bibliothécaire privé du duc de Mercœur et cherchait quelqu'un pour l'aider dans cette charge. Ce Montreux souhaitait me rencontrer afin d'évaluer mes compétences. L'oncle ajouta que, si j'étais recruté, le mieux pour moi serait de m'inscrire, plutôt qu'à la faculté de Droit, à celle des Arts libéraux où l'on étudiait les lettres :

– Plus tard, suggéra-t-il, tu pourrais enseigner.

J'ai compris qu'il avait tout manigancé. Vu le vague de mes projets d'avenir, difficile de lui reprocher d'avoir pris le taureau par les cornes. Si Dieu le voulait, je serais donc aide-bibliothécaire, c'est-à-dire un genre de secrétaire de secrétaire, en même temps qu'étudiant ès-lettres. Pourquoi pas ?

Avant d'entamer cette nouvelle vie, je me suis rendu au Croisic que j'avais craint de ne jamais revoir. Quand ma mère m'a embrassé, ses yeux se sont embués de larmes. Mes frères et sœurs, mon père aussi, m'ont fait bon accueil puis chacun a repris ses occupations. Ainsi libéré, j'ai revu les lieux familiers de ma petite enfance, heureux de contempler l'immensité bleue de l'océan, attentif aux mouvements des navires. J'ai reconnu la fille d'un marin-pêcheur, ancienne camarade de jeux. Son père était veuf. Libre d'allure, souple, décidée, le regard clair, elle partait avec une amie se promener en mer dans un canot à rames et m'a proposé de les accompagner. Le lendemain, elle s'arrangeait pour que je me retrouve seul à bord avec elle. On s'est encore revus et bientôt je savais manier les rames. Nous avons quitté le port et longé la côte avant d'aviser une grève déserte. Allongés sur le sable chaud, rafraîchis par une brise marine, nous entendions les cris des mouettes, le clapotis rythmé de l'eau et respirions l'air salin. De grands nuages blancs flottaient dans le ciel azuré. Nos regards se sont rencontrés, elle m'a souri, je me suis rapproché d'elle puis davantage encore. Plus âgée que moi, plus hardie, plus experte, elle a reconnu la forte impression qu'elle produisait et n'a pas tardé à m'indiquer comment aller plus loin. Je dois reconnaître qu'elle avait de l'inspiration pour deux. Que dire encore ? J'ai connu avec elle le plaisir de l'amour. C'était peu avant l'adieu aux miens et le retour à Nantes par le coche brinquebalant qui, depuis peu, reliait entre elles plusieurs villes du comté.

2

NUAGES

Cette victoire de Craon n'avait rien réglé et la guerre continuait en Bretagne sans donner signe d'essoufflement. Nantes tout entière mobilisée demeurait à la pointe du combat. Entretenue par des prêches dans les églises, les assemblées paroissiales, les processions et le théâtre populaire sur le parvis de la cathédrale, la ferveur religieuse était telle que toute concession passait pour une compromission, toute compromission pour une trahison. On voyait des soldats partout. Finie, la vie insouciante des étudiants ! Avec mes compagnons, je pouvais dire adieu à la gaieté, à la fantaisie, adieu aux chahuts et aux chansons paillardes, à la colère des bourgeois, aux tavernes bruyantes et bondées.

Les étudiants nantais logeaient en général comme moi dans leur famille, les autres chez un enseignant ou le plus souvent en internat dans l'un des deux collèges universitaires de la ville. Le plus ancien, le collège Saint-Jean, quelque peu délabré, était le plus accessible aux bourses modestes mais aussi le moins réputé, du fait d'une direction vacillante et d'une gestion hasardeuse. Le second, que je fréquentais, était le collège Saint-Clément, apprécié pour ses professeurs et ses résultats, malgré de récentes difficultés financières dues aux ravages infligés par les troupes royales à ses propriétés hors de Nantes. Cet établissement avait reçu des aides du duc de Mercœur qui, en cette occasion, avait souligné le prix qu'il attachait à l'éducation des jeunes gens.

Si les futurs médecins étaient peu enclins à se mêler aux controverses étrangères à leur art, en revanche, à la faculté de Théologie dominée par les religieux des Carmes, les étudiants engrangeaient les arguments destinés à foudroyer les adeptes de Luther et Calvin, « Calvaire et Lutin » comme les appelaient quelques drôles. À la faculté de Droit canonique et à celle de Droit civil, ils découvraient avec délectation l'arsenal de lois qui devait briser l'insolence de la huguenoterie. Dans ma faculté, celle des Arts où les tonsurés étaient peu nombreux, les étudiants ne s'entraînaient pas moins à écraser l'hydre hérétique, mais sous une avalanche de poèmes latins ou français, de pièces de théâtre comiques ou plus souvent tragiques, de libelles en tout genre. La plupart d'entre nous en tenaient pour la Ligue tandis que quelques prudents ou timorés, ou peut-être sages, se réfugiaient dans les études. La vérité m'oblige à dire que je ne me retrouvais ni chez les uns ni chez les autres. Attentif à la marche des événements, je ne partageais point l'exaltation des Ligueurs ; par ailleurs, les études ne m'enchantaient guère et je m'y sentais comme un mouton mis à pâturer dans un enclos sans horizon.

L'agitation de l'Université cachait mal son délabrement. Tardivement créée à l'initiative du duc François II, père de la duchesse Anne, elle avait enfin permis de former les élites bretonnes ; mais, suite au rattachement de la Bretagne à la France, cet élan initial était retombé. La disparition de la cour ducale puis le transfert du Parlement de Bretagne à Rennes par le roi Henri II avaient porté à l'Université de Nantes, la seule de Bretagne, de nouveaux coups dont elle ne se relevait pas. Plus d'un siècle après sa création, sans moyens financiers, sans locaux convenables, elle était hébergée dans des couvents ou chez de riches particuliers. On voyait les meilleurs maîtres et élèves quitter notre duché devenu province de France, le plus souvent pour Paris. À l'Université, la langue latine imposait son écrasante domination, la française étant parfois tolérée, à la faculté de Médecine surtout, et la bretonne inconnue. Pourtant, dans la moitié occidentale de la province au dire de ceux qui s'y étaient rendus, on n'entendait guère que le breton. Enfant, au Croisic en Haute-Bretagne, j'entendais partout parler breton, la langue courante du pays de Guérande, le seul demeuré bretonnant dans le comté nantais ; je l'utilisais avec ma mère, mon père préférant le français. À Nantes, où l'on entendait parfois le breton, un prêtre bas-breton m'avait expliqué que, malgré son riche vocabulaire et sa syntaxe aussi subtile que difficile, cette langue plus ancienne que la française était tenue en piètre estime car abandonnée par nos élites tournées vers la France.

À la faculté des Arts, on apprenait à lire le grec ancien, parler latin, déclamer et disserter. Les cours de grammaire et d'éloquence d'un vieux maître féru de Cicéron nous endormaient ; quant aux leçons de dialectique d'un autre maître, celui-là dans la force de l'âge, elles suintaient l'ennui tout autant que les philosophies obscures dont il nous vantait les mérites. Le vieux maître toussait beaucoup et, l'hiver venu, il a dû interrompre ses cours. Son remplaçant qui aimait les poètes latins élégiaques nous a émus avec l'amour blessé de Didon, reine de Carthage chantée par Virgile, ou les larmes d'Ovide en exil aux bords de la mer Noire. La prestance de ce jeune maître à la voix claire captait notre attention. Son cours terminé, il s'attardait parfois en notre compagnie, nous recommandant de ne pas voir dans la Bretagne un pays demeuré à l'écart des courants venus d'Italie et de France.

– Bretagne ! s'exclamait-il. Terre de marins, d'armateurs, de marchands qui fréquentent les ports d'Angleterre, des Flandres, d'Espagne, du Portugal, comment pourrais-tu vivre cloîtrée ? Bretagne ! Nos ports sont fréquentés par des bateaux venus de toute l'Europe et notre flotte est la plus nombreuse après celles d'Angleterre et des Pays-Bas. Nantes est une étape majeure des Hanséates en quête de sel dans la baie de Bourgneuf et nous avons multiplié les traités commerciaux avec Bilbao, la Castille et le León pour le commerce de la laine, du fer, des fruits, du vin, des draps de Normandie, des toiles d'Anjou. Bretagne ! Certains de tes fils s'aventurent même vers le Nouveau Monde.

Ce maître encourageait chacun, comme Montaigne dans ses *Essais* récemment édités, à « voyager pour frotter et limer sa cervelle contre celle d'autrui ». Il nous citait les vers des nouveaux poètes français, Joachim du Bellay : « Heureux qui comme Ulysse a fait un beau voyage… », ou Pierre de Ronsard : « Mignonne, allons voir si la rose / Qui ce matin avait déclose / Sa robe de pourpre au soleil… » Toutes occasions lui étaient bonnes pour vanter la Bretagne et notre pays nantais. L'esprit toujours en éveil, il nous conseillait d'aller admirer, dans l'église des Carmes de notre ville, le tombeau du duc François II, père de la duchesse Anne, et de son épouse, aux statues d'angle inspirées à leur auteur, le célèbre Michel Colombe, par un ouvrage à succès, souvent réédité, du non moins célèbre soldat-poète du pays de Nantes, Jean Meschinot. Le maître, souhaitant nous communiquer son amour des lettres, citait encore les *Histoires tragiques* d'un autre Nantais, par ailleurs éditeur de Marguerite de Navarre, Pierre Boaistuau, adaptées de l'Italien Bandello. Il fallait l'entendre et le voir prononcer avec gourmandise « Boaistuau », nom qui lui fondait dans la bouche. Son histoire de *Roméo et Juliette* avait inspiré Shakespeare et son *Théâtre du monde* avait connu un extraordinaire succès.

Je me demandais si ma vocation n'était pas de me joindre à cette phalange de poètes dont les chansons courent dans les rues longtemps après qu'ils ont disparu. J'écrivais des vers que je n'osais montrer à quiconque car ils me paraissaient médiocres. Malgré les cours pleins d'intérêt de ce jeune maître, je ne parvenais pas à m'intégrer à un milieu que je trouvais artificiel et prétentieux. Mon oncle prêtre me dit qu'il me présenterait bientôt à monsieur de Montreux pour que celui-ci m'emploie et que je sois ainsi davantage au contact des réalités de la vie. Je voyais ce que l'oncle voulait dire, l'entourage ducal constituant pour moi un milieu nouveau, plus varié, moins cloisonné que celui de l'Université, et où je pourrais me faire des relations profitables. Peut-être se berçait-il d'illusions ? Mon esprit se mettait à vagabonder. À la bibliothèque, je serais entouré de livres. Pourquoi ne pas admettre que la vraie vie se trouvait dans les belles-lettres plutôt que dans la vie elle-même ? Celle-ci n'étant alors qu'un songe, simple reflet d'une vérité à chercher au fond des livres.

Quelques jours plus tard, mon oncle Daniel n'ayant pu se libérer, je me rendais seul à l'hôtel de Briord, résidence privée du duc de Mercœur où, intimidé, je pénétrais par la porte de service. Un garde m'a introduit dans une antichambre. Au bout de quelques minutes, un valet est venu me chercher et, par une enfilade de pièces et de couloirs, m'a conduit jusqu'à la vaste bibliothèque. Debout près d'une fenêtre, deux hommes étaient en conversation, l'un âgé, l'autre, un ecclésiastique, paraissant avoir un peu plus de trente ans. C'était donc lui, monsieur de Montreux. Sa mise était élégante et soignée, sa distinction naturelle. Il s'est tourné vers moi :

– Ah ! Voici le jeune homme dont on m'a parlé. Monsieur le vicaire de Sainte-Radegonde est votre oncle, je crois ? Vous fréquentez la faculté des Arts ? Vous vous plairez ici. Vous servirez d'abord monsieur de Genouillé, auquel je vais succéder dans la bibliothèque du duc de Mercœur. Il nous quittera prochainement pour prendre une retraite méritée.

Ce disant, monsieur de Montreux se tourna vers monsieur de Genouillé :

– N'est-ce pas, mon cher ami ?

L'autre ayant hoché la tête, il s'adressa de nouveau à moi :

– Venez donc demain vers huit heures si vos cours vous le permettent.

En se dirigeant vers la porte, il ajouta :

– À vous revoir bientôt. Quel est votre prénom, déjà ?

– Gildas, monsieur.

J'ai cru entendre : « Beau prénom. » Après cela, je venais deux fois la semaine à l'hôtel de Briord que je quittais à midi. Comme je l'ai vite compris, je n'étais pas l'assistant de monsieur de Montreux mais une sorte de garçon de courses. À la demande de Martin Fumée de Genouillé qui me traitait poliment, j'allais chez les libraires de Nantes, chez le relieur, chez le restaurateur d'ouvrages, porter ou chercher des livres, en commander, recueillir des informations sur ceux qui avaient paru à Paris ou ailleurs ou sur les ventes d'ouvrages anciens rares.

Parfois aussi je portais des messages dans des hôtels particuliers à des amis et relations de mon maître. Tel Alexandre emportant l'*Iliade* dans ses bagages quand il allait faire la guerre, le duc de Mercœur attachait une grande importance à sa bibliothèque dont j'avais à surveiller la bonne conservation. Quand je les ai découverts, j'ai été impressionné par ces centaines d'ouvrages littéraires, religieux, scientifiques, techniques, rédigés en diverses langues que le duc parlait couramment. Auprès de ce puissant prince de grand savoir, je me sentais bien petit. Pour humbles que fussent mes tâches, elles m'avaient été attribuées parce qu'on avait confiance en moi et je m'y appliquais de mon mieux, d'autant que mes honnêtes appointements me permettaient de payer mes études et de verser une modeste pension à l'oncle Daniel qui me logeait depuis mon entrée à l'Université. Il m'avait entretenu pendant près de dix ans et j'étais heureux de le libérer de cette contrainte. Je ne voyais que rarement monsieur de Montreux qui me témoignait une bienveillance souriante encore que distante et distraite, ce qui me convenait assez. L'an passé, le duc de Mercœur avait accordé sa protection à ce gentilhomme ligueur entraîné dans la tourmente insurrectionnelle ayant secoué la France après l'assassinat des Guise. En venant se réfugier à Nantes, non loin de son Anjou, chez l'un des principaux chefs de la Ligue, Nicolas de Montreux avait sauvé sa vie de justesse. Il avait obtenu la cure de Sainte-Radegonde dont se chargeait son premier vicaire, supérieur de mon oncle Daniel, et jouissait de la confiance du duc qui lui avait donné la charge de sa bibliothèque, le comptait parmi ses familiers et le logeait à l'hôtel de Briord. Monsieur de Montreux, auteur de romans, tragédies et poèmes était le plus distingué des hommes de lettres que le duc avait attachés à sa personne pour donner de l'éclat à sa cour. Plus instruit que la plupart des grands seigneurs de son temps, le duc de Mercœur était aussi poète à ses heures. Il m'arrivait de l'apercevoir mais il séjournait rarement à Nantes et, quand c'était le cas, plus souvent au château de la ville qu'à l'hôtel de Briord.

Il m'arrivait aussi de croiser madame la duchesse. Tandis qu'elle me toisait sans indulgence de son regard inquisiteur, je remarquais la minceur de ses lèvres et son front d'autant plus vaste qu'elle faisait sans doute épiler ses cheveux, à la façon des grandes dames. Fort populaire en dépit de son air altier, elle était à l'aise avec tous et savait parler aux petites gens, contrairement au duc. Son premier enfant, dont elle exigeait paraît-il qu'il fût désigné « prince et duc de Bretagne », n'avait pas vécu plus d'un an. Quand j'ai pris mon emploi à la bibliothèque, elle était de nouveau enceinte. Au mois de novembre, elle donnait naissance à des jumeaux, un garçon et une fille qui furent nommés François et Françoise. La duchesse a surpris en faisant représenter par des pauvres le parrain et la marraine que la guerre empêchait de venir. Il y a eu un immense concours de peuple au baptême et la popularité de la duchesse fut alors à son sommet. Beaucoup de Nantais se seraient fait tuer pour elle.

Réservé voire impénétrable, le duc de Mercœur en imposait à tous. Un jour, en veine de confidences, monsieur de Genouillé me le décrivit comme un grand homme dont les soucis majeurs étaient, dans l'ordre : servir Dieu, défendre son rang et diriger la Bretagne. Quant à monsieur de Montreux, c'était un brillant poète, incroyablement fécond depuis son enfance et très apprécié du duc, de la duchesse et de leurs amis. Sa présence à l'hôtel de Briord accroissait le prestige de notre prince et de son épouse. Malgré la guerre, la duchesse, entourée d'un cénacle de poètes, d'artistes et de lettrés parfois espagnols, portugais ou italiens, tenait à Nantes un salon d'un lustre incomparable. La rencontre du prince et du poète avait été providentielle. Lui-même, Martin Fumée de Genouillé, était fier d'avoir un tel successeur à la bibliothèque ducale. Le duc de Mercœur, ajoutait-il, avait vaincu l'ennemi à Craon le jour de la Fête-Dieu et Nicolas de Montreux ou plutôt « Ollenix du Mont-Sacré », selon son nom de poète, avait dans une œuvre immortelle chanté la victoire du grand Philippe-Emmanuel de Lorraine sur les ennemis de Dieu. Une fois lancé, le bibliothécaire en partance ne s'arrêtait plus. Acharné Ligueur enchanté par ce poème, il m'en citait des passages : « Nous ne combattons pas seulement pour la vie / Pour nos biens, nos maisons et pour notre patrie / Mais pour l'honneur de Dieu, pour nos armes aussi… », disait Mercœur à ses soldats. Sans nul doute, la guerre sainte pour défendre sa foi était la plus noble et Dieu venait combattre auprès de ceux qui se sacrifiaient pour Lui. Emmanuel ne signifiait-il pas « Dieu avec nous » ?

Malgré la grande victoire de Craon, je l'ai dit, la guerre s'éternisait. Les mois passaient. Monsieur de Genouillé avait sans doute confié à son successeur que je goûtais ses vers car celui-ci m'en donnait désormais des brassées à recopier et mettre en ordre. Je m'acquittais de ce travail sans déplaisir. Nicolas de Montreux, d'une fécondité en effet inépuisable, versifiait à cette époque une épopée qui serait aussi grandiose que *Le Roland furieux* de l'Arioste. Dans la bibliothèque, je le trouvais parfois en conversation avec des poètes de l'entourage ducal. Ils ne me prêtaient aucune attention. Le rôle de ces gentilshommes entretenus par notre duc était de faire leur cour à la duchesse et, dans les dédicaces de leurs œuvres, d'encenser monsieur de Mercœur et de concourir à sa gloire : ce que faisait avec le plus de flamme et de talent Nicolas de Montreux. Ces révélations me troublaient fort. Si, au lieu d'enseigner, je me consacrais à des œuvres littéraires, il me faudrait donc chanter les louanges d'un grand seigneur en échange de sa protection. Après avoir écarté l'idée de devenir prêtre ou moine, fui le négoce puis envisagé d'enseigner avant de trouver grise la vie d'enseignant, voilà que je ruais dans les brancards de la littérature. La vie s'apparentait décidément à l'ascension d'une montagne au sommet noyé dans une mer de nuages. Mais peut-être avais-je l'art de tout compliquer ?

À l'époque où je me faisais ces réflexions, en 1593, j'ai retrouvé Lancelot, l'ancien condisciple grâce auquel j'avais découvert l'équitation et l'escrime que, depuis mon embauche à la bibliothèque, je me résignais à ne plus pratiquer. Nous étions en plein été. Lancelot avait rejoint les troupes de Mercœur, il paraissait éprouvé et se remettait chez ses parents d'une campagne militaire très dure et d'une grave blessure au bras, lorsqu'une nouvelle fracassante est arrivée de Paris : Henri IV, roi de France, s'était converti au catholicisme après avoir solennellement abjuré la religion protestante à Saint-Denis ! Lancelot me dit que cette conversion allait semer le trouble chez les Ligueurs bretons, dont les moins résolus lâcheraient Mercœur tandis que les autres se tourneraient vers l'Espagne. Il paraissait soucieux quand nous nous sommes quittés. Où était le joyeux compagnon de jadis ?

Quelque temps plus tard, alors que je m'étais rendu chez Guillaume mon oncle marchand, son fils Pascal, ancien condisciple du collège des Cordeliers, m'a proposé de l'accompagner jusqu'au faubourg de Nantes où il avait à se rendre. Ce cousin fréquentait la faculté de Droit civil et nous avons échangé nos impressions d'étudiants ; puis la conversation, je ne sais comment, s'est portée sur ma famille du Croisic dont j'étais sans nouvelles, sans doute parce que je négligeais d'en prendre.

– C'est fatal, a-t-il fait, quand on n'entend pas la voix du sang.

J'étais stupéfait :

– Que veux-tu dire ?

À son tour de faire l'étonné :

– Tu sais bien. Je veux parler de ton père qui ne l'est pas vraiment.

Plus un mot ne sortait de ma bouche. Pétrifié, je m'efforçais de ne pas le montrer, laissant mon cousin parler de choses et d'autres. J'ai fini par retrouver mon calme et le retour à Nantes fut sans histoire. Mon oncle Daniel était rentré ; la servante achevait de préparer le repas du soir et nous allions passer à table. L'oncle s'est aperçu que je n'étais pas dans mon assiette, si j'ose dire. Je lui ai rapporté les propos de mon cousin et, devant son air embarrassé, j'ai compris que Pascal avait dit vrai. Mon oncle s'est décidé à me dire la vérité.

Ma mère, très jeune encore, fréquentait un marin du Croisic et le mariage allait avoir lieu lorsque le marin avait péri en mer. Ma mère attendait un enfant et cet enfant, c'était moi. Au soulagement de la famille, elle s'était sans tarder mariée à un marchand qui, sans faire de complications, l'avait prise comme elle était. J'étais né peu après. Personne jusque-là n'avait osé m'en parler. À présent tout s'éclairait, le départ du Croisic, les longues études à Nantes financées par l'oncle prêtre. J'avais bien senti du mystère dans cette façon de m'éloigner et dans l'attitude des uns et des autres, mais pas au point de chercher à en savoir davantage. La vérité finissait par sortir de sa boîte pour m'éclater à la figure. Le secret de mes origines était-il la clef du sentiment de solitude qui m'oppressait depuis toujours ? Ce matin-là, j'étais encore presque un enfant ; le soir, j'étais un homme blessé, peut-être irréparablement.

J'ai traversé une période difficile. Certes, ma famille du Croisic ne m'avait pas formellement rejeté, celle de Nantes m'avait bien accueilli, l'oncle Daniel m'avait manifesté une sollicitude paternelle et, somme toute, je n'avais pas lieu de me plaindre car ma situation aurait pu être cent fois pire. J'avais eu l'immense privilège d'acquérir une instruction poussée, ce qui aurait dû me préserver de toute amertume. Cependant, toutes ces considérations ne me consolaient pas de mon vague à l'âme. Je me sentais orphelin.

L'automne était venu et avec lui la pluie, le vent. J'achevais ma deuxième année à la faculté des Arts dans de bonnes conditions. J'étais maintenant bachelier. À la bibliothèque, monsieur de Montreux m'apprit que monsieur de Genouillé était souffrant ; on ignorait quand il pourrait venir nous annoncer qu'il prenait sa retraite. Monsieur de Montreux, afin que je puisse m'occuper de sa correspondance, souhaitait par ailleurs qu'un étudiant fasse les courses à ma place. Il m'a dicté quelques lettres et a paru satisfait de mon travail. Une fois mon remplaçant trouvé, il m'a demandé de rédiger des lettres dont il m'indiquait l'objet, la teneur générale et le destinataire. L'exercice était beaucoup plus difficile. Après quelques maladresses qu'il a redressées calmement, il ne paraissait pas regretter de m'employer à des tâches venues à point pour m'arracher à ma morosité. L'hiver allait vers sa fin, monsieur de Genouillé se portait mieux quoique sa santé demeurât fragile. Se reposant de plus en plus sur moi, il disait qu'il allait bientôt se retirer mais rechignait à s'y résoudre ; monsieur de Montreux se refusait à l'y contraindre tandis que le duc de Mercœur s'abstenait d'intervenir. L'élargissement de mes responsabilités m'apparaissait comme une promotion inattendue, cela m'insufflait du courage et me rendait une partie de la confiance en moi ébranlée par la révélation de mes origines.

Fin mars 1594, Nantes apprenait le récent sacre du roi de France à Chartres puis son entrée triomphale à Paris. Les Nantais ne manquaient pas de retenir qu'au sacre, l'officiant avait été monseigneur du Bec, leur ancien évêque qui avait fui sa ville ligueuse révoltée. Il se disait aussi que l'habileté du nouveau roi, Henri IV, encourageait les ralliements et que sa clémence les multipliait. Cependant la Bretagne continuait à résister, bien que la partie fût de plus en plus rude. Le maréchal d'Aumont, chef de guerre résolu des Royaux, a remplacé le contesté petit prince de Dombes et les troupes de Mercœur étaient désormais sur la défensive. Le découragement commençant à gagner la population nantaise, le retour du printemps n'apporta pas l'habituel sentiment de renouveau. Le soleil réchauffait moins, les chants des oiseaux étaient moins gais, les arbres moins verts, le ciel moins bleu que l'année précédente. Vers cette époque, j'ai mis fin à une relation qui commençait à me peser.

J'avais fait la connaissance, quelques semaines auparavant, de Séraphine, jeune femme avenante et spirituelle venue rencontrer la servante de mon oncle, sa parente, pour quelque affaire de famille. Peu farouche, elle m'avait invité à passer la voir. Son esprit vif se moquait de tout et de tous et d'abord de son mari qu'elle disait lourdaud, grincheux, pingre. Jamais content, il partait tôt le matin et rentrait tard le soir sans s'occuper d'elle, ayant trop à faire avec son entreprise de charpente et les réunions de la Ligue. Je crois aussi, mais elle n'en parlait pas, qu'il acceptait mal d'être sans héritier après plusieurs années de mariage. Je me suis risqué à lui rendre visite dans le faubourg de Nantes où se trouvait sa petite maison entourée d'un jardin. La première fois, mon esprit assailli de pensées folâtres gambadait avec moi. J'imaginais la mignonne qui m'avait décoché des œillades prometteuses, jouant soudain les prudes, se dérobant à mes avances, faisant mille embarras et je ne me voyais emporter la place qu'avec peine et pour une étreinte furtive. Elle m'accueillit aimablement, me fit asseoir, parla de la pluie et du beau temps puis me pria de l'attendre avant de s'éclipser pour gagner une pièce voisine, laissant la porte entrouverte. Allait-elle chercher du vin et des gâteaux ? Bientôt, je l'entendais m'appeler :

– Gildas, viens !

Je me levai, pénétrai dans une petite chambre et la trouvai au lit, un lit étroit.

– Viens, dit-elle encore.

Tout surpris, je me dévêtis et me glissai en chemise à ses côtés. La trouvant nue comme Ève au paradis terrestre, je tombai la chemise et l'approchai vaillamment. Séraphine était belle et désirable, mon désir répondait au sien et vite nous ne fîmes plus qu'un. Elle révélait une aptitude au déduit qui me dérouta. La suite, hélas, est pénible à confesser. Étaient-ce sa hardiesse, son expertise qui me troublaient, ou peut-être la vision menaçante du mari surgissant à l'improviste ? Ce fut la panne, la déconfiture, la débâcle. Pour ne rien arranger et accroître ma confusion, Séraphine s'est mise à pleurer. En prenant congé, malgré un vif désir de me racheter, je craignais le désastre irrémédiable. J'ai repensé au maître d'équitation qui m'avait enseigné à remonter aussitôt en cas de chute. Mais comment en trouver l'occasion ? Peu de temps après, Dieu merci, Séraphine revenait voir sa parente qui, ce jour-là, était absente. Par surcroît de chance, mon oncle l'était aussi, pour plusieurs jours. Apercevant Séraphine qui allait repartir, je l'ai invitée à entrer pour visiter la maison. Dans ma chambre, j'ai pu corriger la mauvaise impression laissée précédemment. Ensuite, je lui ai rendu visite plusieurs fois. Afin de m'éviter une mauvaise rencontre, elle mettait à sa fenêtre un pot de fleurs indiquant que la voie était libre. Ce qui m'avait d'abord paru plaisant a commencé à me contrarier quand je me suis rendu compte à quel point son système était bien rodé. Cette fantaisie, cet air de défi qui m'avaient attiré, désormais m'inquiétaient. Ma conscience endormie se réveillait. Son mari n'était peut-être pas un mauvais bougre et ne méritait pas, en ce cas, le traitement qu'elle lui infligeait. Elle m'avait confié qu'il était influent au sein de la Ligue et occupait un rang important dans sa confrérie. À mes scrupules tardifs s'ajoutait la crainte d'un scandale dans cette ville saisie par une frénésie de dévotion et la haine du péché. Ma famille serait éclaboussée. Quand j'ai dit à mon amie que je ne reviendrais plus, elle est restée silencieuse et, quand je l'ai quittée, son regard était triste. Elle m'a caressé la joue comme on fait à un enfant et j'avais du mal à retenir mes larmes.

Cette année 1594 s'est aussi mal terminée qu'elle avait commencé. Les Espagnols, jouant de plus en plus leur partition sans se soucier du duc de Mercœur, s'étaient installés et fortifiés à Roscanvel, en face de Brest, dans la presqu'île de Crozon. Leur intention était depuis longtemps de s'emparer de ce port du Ponant dont ils auraient fait une place-forte aussi inexpugnable que Blavet, dans le Vannetais. Après avoir pris Morlaix puis Quimper, le maréchal d'Aumont, chef des Royaux, parvint à Roscanvel et commença le siège de la garnison espagnole. Dans des conditions terribles, froid, pluie, boue, épidémie, les Royaux appuyés par les Anglais lancèrent plusieurs assauts aussi meurtriers pour eux que pour les Espagnols. Ceux-ci, après une résistance acharnée, se rendirent le 17 novembre et furent massacrés jusqu'au dernier, ayant précédemment réservé le même sort aux Anglais à Craon. Les Ligueurs bretons ne supportaient plus la présence des Espagnols et n'auraient guère pleuré leur terrible revers s'il n'avait paru annoncer la ruine de leurs espoirs.

3

ANNE KERVOUR

Me voici en troisième année de faculté, au terme de laquelle j'espère obtenir une licence qui me permettra d'enseigner. Devant mes maîtres, je laisse paraître un conformisme de bon aloi, n'exprimant mes goûts et dégoûts qu'avec une grande discrétion, sans tomber dans une veulerie de courtisan qui n'est pas dans ma nature. Je vais avoir dix-neuf ans. Mon oncle Daniel m'enjoint de penser à ce que je vais faire après l'obtention de ma licence. Les Cordeliers du couvent Saint-François, qui me connaissent, sont d'accord pour me recevoir dans leur collège où j'enseignerai le français. Cependant, il n'est pas impossible qu'avec l'appui de monsieur de Montreux je sois chargé de cours à la faculté des Arts en attendant que la situation politique s'éclaircisse, et que j'aille préparer une maîtrise à Paris. Mon oncle, doué d'une habileté sans pareille pour préparer mon avenir, ne s'inquiète pas de savoir ce que j'en pense. Confondant ses désirs avec les miens, il n'imagine pas que je sois en désaccord avec des démarches aussi profitables pour moi.

Martin Fumée de Genouillé, accablé par les maux de l'âge, nous a fait enfin ses adieux. L'étudiant persifleur recruté par Nicolas de Montreux pour aider à la bibliothèque a dit de ce vieillard qu'il partait en fumée, ce qui n'était pas du meilleur goût ; il faut savoir se priver d'un bon mot par charité chrétienne. Attelé à l'écriture de ses sonnets, romans et tragédies, sollicité par ses responsabilités à la bibliothèque ducale, monsieur de Montreux menaçait de ployer sous le faix. Madame de Mercœur, qui veille à tout, y a remédié en lui adjoignant monsieur de Saint-Rémy pour l'assister. Je ne suis pas certain de m'entendre avec cet ancien soldat qui a conservé une raideur de caractère toute militaire.

Noël approche et le temps est à la pluie. Alors qu'en milieu d'après-midi je sors du couvent Saint-François après un cours, comptant rentrer chez mon oncle, voilà qu'il pleut à verse. J'avise une boutique de mercerie où je demande à m'abriter et la commerçante, fort aimable, m'invite à entrer. Elle engage la conversation sur la pluie qui tombe et le beau temps qui viendra. À ma tenue et à la serviette où je serre mes livres, elle devine que je suis étudiant et m'apprend fièrement que l'un de ses neveux fréquente la faculté de Droit civil. La boutique, tout en longueur, est gagnée par la pénombre et la mercière allume une chandelle. Du coup, je distingue mieux une cliente à qui je n'avais pas prêté attention. J'avais tort ! C'est une jolie jeune femme aux yeux très bruns et au teint pâle comme l'ont, à ce qu'on dit, les femmes du Sud, je veux dire du sud de la France que certains nomment Occitanie. Elle est accompagnée d'une petite fille. À ma surprise, elle s'adresse à moi avec assurance, d'une voix posée :

– Vous êtes étudiant en Arts, monsieur ?

J'incline sobrement le chef.

– Peut-être connaissez-vous à Nantes un libraire chez qui je pourrais me procurer les *Essais* publiés par monsieur de Montaigne il y a quelques années ? Je souhaite en faire la lecture mais j'ai jusqu'à présent échoué à les trouver.

Plus que surpris, je suis stupéfait. Les lectrices ne courent pas les rues de Nantes et en outre, nobles ou bourgeoises, elles se cantonnent généralement à la poésie ou à des textes plus légers. Qui peut être cette inconnue pour s'intéresser à Montaigne, le philosophe moraliste ? Sait-elle seulement le prix d'un tel ouvrage ? Sa mise soignée, simple, presque austère, ne manque pas d'élégance. Mère semble-t-il attentionnée, choisissant ses pelotes de laine avec soin, elle n'a pas l'air d'un bas-bleu. Je lui indique l'adresse d'une librairie où elle pourra peut-être commander ce livre difficile à trouver dans une Bretagne en guerre.

Les jours suivants, le souvenir de cette brève rencontre ne me quittait pas. Montaigne et ses *Essais* me poursuivaient aussi. L'une des librairies de Nantes, située non loin de la cathédrale, est spécialisée dans les ouvrages de droit et de théologie ; une autre, près du château, dans la littérature et les sciences de la Nature. C'est cette dernière que j'avais indiquée à la dame aux yeux noirs. Pour la fréquenter assidûment, je connaissais bien le libraire chauve à barbiche blanche et je crois qu'il y avait de la sympathie entre nous. Bonnet sur le crâne, écharpe autour des épaules, il m'accueillait en plissant ses yeux malicieux. J'aimais m'attarder dans sa vaste échoppe aux murs couverts d'étagères bourrées de livres, les plus hautes n'étant accessibles que par des échelles.

Je m'asseyais à la grande table de chêne et feuilletais avec précaution des ouvrages rares, naïvement convaincu qu'ils m'aideraient à donner un sens à ma vie.

Quand je me suis rendu chez ce libraire pour lui parler de la dame, il m'a dit avoir reçu sa visite sans pouvoir lui fournir le livre souhaité, que par ailleurs elle n'avait pas commandé. Comprenant que je voulais moi aussi acquérir ces fameux *Essais*, il a ajouté avec un sourire qu'il en attendait un exemplaire : il me le réserverait et, mieux encore, me le céderait à un prix d'ami en considération de ma position à la bibliothèque ducale.

Passant un peu plus tard devant la mercerie, je n'ai pas résisté à l'envie d'y entrer. J'ai expliqué à la commerçante que j'avais trouvé le livre recherché par sa cliente, mais ne savais comment l'en informer. La mercière n'a fait aucune difficulté pour me dire que cette jeune veuve, nommée Anne Kervour, demeurait au faubourg Saint-Jacques. Anne Kervour était son nom de jeune fille sous lequel on la connaissait bien qu'ayant été mariée, selon la coutume en Bretagne. Une fois sorti du magasin, je sifflotais quand j'eus l'impression fugitive que la quête où je m'engageais pourrait ne pas être exempte de péril.

Le libraire s'est montré diablement efficace et je suis entré en possession des *Essais* au bout de quelques jours. J'étais quand même délesté, malgré le « prix d'ami », d'une bonne partie de mes modestes économies. Un samedi après-midi, j'ai profité de mon temps libre et du ciel clément pour me rendre, sur la rive gauche de la Loire, au faubourg Saint-Jacques où résidait la dame. Sa maison, proche du fleuve, était située au fond d'une allée donnant sur une rue peu passante, bordée de petits jardins. Parvenu devant la porte, il m'a semblé que mon cœur battait plus fort. J'ai soulevé le heurtoir. À la servante venue m'ouvrir, j'ai dit vouloir parler à sa maîtresse d'un livre qu'elle recherchait. Anne Kervour, apparue à son tour sur le seuil, semblait intriguée.

– Entrez un instant, monsieur.

Elle s'est empressée d'ajouter que, de coutume, elle ne recevait pas d'inconnus. Dans la pièce où j'ai pénétré, les reflets des bûches flambant dans la cheminée jouaient sur le bois d'une jolie crédence. Je n'ai pas été invité à m'asseoir. Quand je lui ai dit que je m'étais procuré les *Essais* de Montaigne et les lui prêterais volontiers, Anne Kervour m'a demandé ce qui lui valait cette sollicitude de ma part.

– À la faculté des Arts, ai-je répondu, un maître nous a parlé de cet auteur et j'ai été surpris par l'intérêt que vous lui portez. Surpris et charmé.

Elle a hésité avant de décliner mon offre, ajoutant néanmoins qu'il ne lui déplairait pas de voir ce livre et de le feuilleter si mes pas me conduisaient à nouveau chez elle. J'ai pris congé. Sur le chemin du retour, je passais en revue les instants que je venais de vivre, admirant l'art subtil avec lequel Anne Kervour avait marqué sa réserve sans aller jusqu'à m'éconduire… tout en m'autorisant à la revoir. Elle ne me fermait pas sa porte, se contentant de l'entrebâiller.

Noël est arrivé. Lors des cérémonies religieuses et des repas de famille, mon esprit cheminait en compagnie d'Anne Kervour. La faculté des Arts était en sommeil et, à la bibliothèque ducale, je ne voyais plus monsieur de Montreux, accaparé par l'écriture de sa pièce *Cléopâtre* dont il voulait assurer la mise en scène. Le printemps venu, elle serait jouée au château de Nantes devant un parterre de personnes de qualité et promettait de recueillir un beau succès. J'ai eu le privilège de lire cette tragédie où l'on voit la reine d'Égypte, vaincue par les Romains, préférer le suicide à la soumission. Un choix édifiant. Le dramaturge n'anticipait-il pas la défaite finale de la Ligue en Bretagne ? Et ne suggérait-il pas un dénouement conforme à la devise de notre vieux duché : « *Potius mori quam fœdari* » ? Plutôt la mort que la honte !

Après Noël, je suis retourné chez Anne Kervour avec mes *Essais* de Montaigne. C'était encore un samedi, en début d'après-midi cette fois. La servante m'a conduit dans la salle auprès de sa maîtresse qui m'a invité à m'asseoir et s'est assise à mes côtés pour feuilleter l'ouvrage. Tandis qu'elle s'intéressait à son agencement, s'attardant sur certains passages, je faisais connaissance avec la petite fille, absente lors de ma précédente visite. L'enfant était gracieuse, moins timide que réservée. Elle a bientôt quitté la pièce et Anne Kervour a posé le livre pour me demander où je demeurais. Était-ce parmi les miens ? N'ayant rien à cacher, j'ai brièvement raconté mon enfance au Croisic, ma famille nantaise, mes études chez les Cordeliers puis à l'Université et enfin mon travail à la bibliothèque ducale auprès de monsieur de Montreux. Elle a repris le livre et j'ai cru qu'en m'en parlant elle allait me fournir l'occasion de l'éblouir par ma science.

– Je vous remercie de votre obligeance, monsieur, et j'apprécie votre amabilité mais ne puis accepter de recevoir votre livre en prêt. Je dois même vous demander de cesser de me voir. J'aurais certes eu plaisir à lire monsieur de Montaigne. Bien que tiède et douteur à mon goût, c'est un homme de bien, scandalisé par les mauvais traitements que les Espagnols infligent aux Indiens du Nouveau Monde. Je le sais favorable au prompt retour en France de la paix entre chrétiens qui se déchirent. Mais je dois vous dire, monsieur, que ma famille et moi appartenons à la religion réformée. Nous avons beaucoup souffert des persécutions des catholiques et de la Ligue, et en souffrons encore. Mon veuvage n'est pas sans rapport avec ce que nous avons eu à subir. De votre côté, en me fréquentant, vous risqueriez de graves ennuis tant à l'Université qu'à la bibliothèque ducale, à plus forte raison si vous envisagez une carrière d'enseignant. Vous vous heurteriez à l'opposition la plus vive de votre famille scandalisée. La mienne ne le serait pas moins et moi-même serais en butte à l'incompréhension de mes frères et sœurs en religion. Que votre jeunesse, monsieur – en vérité, Anne Kervour ne paraissait guère plus âgée que moi – ne vous empêche pas de regarder en face la cruelle réalité ! Même pour des conversations littéraires dans le cadre d'une amicale fréquentation, l'obstacle religieux qui se dresse entre nous est plus que jamais infranchissable en ces temps de guerre sans pitié.

Mon caractère est ainsi fait que je ne suis pas aisément rebuté par les obstacles. Pour celui qu'elle avait déclaré « infranchissable », on verrait plus tard. Dans l'immédiat, celui qu'il me fallait franchir ou plutôt contourner était son refus de me revoir. Or, plus je la contemplais et plus elle me plaisait. Je lui ai dit que ma famille du Croisic et celle de Nantes avaient aussi connu bien des traverses dues à ses coreligionnaires qui n'étaient pas tous des anges. Des deux côtés, il y avait des fanatiques. Raison de plus pour aller à contre-courant et montrer un exemple qui pourrait être contagieux, et de plus serait conforme à l'enseignement du Christ. Telle fut l'idée que je soutenais avec fougue :

– Si la société prétend exercer sur nous une contrainte exécrable, il ne faut pas céder. Pour ma part, je suis prêt à lui résister autant qu'il faudra.

J'allais ajouter « Quel qu'en soit le prix ! » mais me suis abstenu en voyant l'inquiétude se peindre sur son visage. Je l'avais quand même en partie fléchie car elle a bien voulu que je revienne la voir lorsqu'elle aurait lu le livre que je lui laissais. Sans doute pensait-elle que, d'ici là, j'aurais réfléchi et compris qu'une relation amicale entre nous était tout à fait déraisonnable, compte tenu des circonstances. C'est ce qu'elle a laissé entendre en me reconduisant. Elle a fait avec moi quelques pas dans le jardin, devant sa maison. En la quittant, je lui ai dit que j'aimais la voir et l'entendre et que je serais malheureux si elle me refusait sa porte. Mes lèvres ont effleuré sa main. Son visage a rosi. J'ai pensé que je ne lui étais pas indifférent.

Peut-être avais-je eu tort de lui montrer mes sentiments ? C'est pourtant quand je les ai laissé paraître que j'étais le plus vrai. J'en prenais maintenant conscience, ce n'étaient pas des conversations littéraires, de l'amitié entre chrétiens réconciliés que je cherchais : je voulais aimer et être aimé. Montaigne et ses *Essais* n'avaient été qu'un prétexte sans que j'en fusse conscient. Pour éviter d'être repoussé, j'avais manœuvré, ce qui n'est pas dans ma nature ; me démasquer au dernier moment dans un élan de sincérité avait hélas pu ruiner les efforts déployés pour ne pas l'effrayer. Si elle trouvait périlleuse dans notre Bretagne déchirée une simple amicale fréquentation entre un catholique et une protestante, que penserait-elle d'une relation amoureuse ? Aucun avenir commun n'étant envisageable, n'était-ce pas elle qui voyait clair dans la mesure où elle n'était pas femme à souffrir une liaison secrète hors des liens du mariage ?

Les mois suivants, bien que pris par la préparation de mes examens, je suis retourné chez Anne Kervour qui m'offrait du lait et des fruits. Nous parlions de Montaigne, bien sûr, de ses *Essais* qu'elle m'a rendus et de bien d'autres choses encore. Intéressée par ma vie d'étudiant, par l'atmosphère de la faculté et l'enseignement qu'on y recevait, elle voulait savoir ce que je pensais faire ensuite. Au début, elle était attentive quand j'évoquais la figure originale de Nicolas de Montreux, ses romans, ses pièces de théâtre ; mais après avoir appris qu'à la cour de Briord il frayait avec des hommes d'Église comme Jacques Le Bossu, le chanoine théologien Jean Christi ou le dominicain Raoul Le Maître, tous connus pour leur zèle à pourfendre dans leurs prêches la religion réformée et ses fidèles, elle détournait la conversation si par aventure il était question du poète bibliothécaire, ecclésiastique de surcroît. De la duchesse de Mercœur, de son époux le duc et de la Ligue qu'il commandait en Bretagne, mieux valait ne rien dire car elle les avait en horreur. Il eût été naïf de ma part de m'en étonner, mais cette mise à l'index de certains sujets marquait bien les limites de notre commerce amical. Étant au service du duc, ce qu'elle n'ignorait pas, je m'estimais heureux qu'elle ne refuse pas de me voir, ce qu'elle aurait certainement fait si elle avait su qu'un de mes oncles était membre du conseil de la Ligue. Craignant de ne plus être accepté par elle, c'est dans ce registre de l'amitié que j'avais cru prudent de demeurer. Pourtant, hors de sa présence, mes rêveries pouvaient prendre un tour tout différent et me transporter dans sa chambre à coucher. Face à d'aussi insolubles problèmes, je naviguais à vue.

Longtemps réticente à parler d'elle, elle y a un jour consenti. J'étais intrigué par son goût pour les choses de l'esprit, rare chez les femmes de la petite bourgeoisie. Son instruction, m'a-t-elle dit, elle la devait à sa mère, fille d'un pasteur béarnais qui avait étudié à Genève sous la direction de Calvin. Après avoir retrouvé sa promise à Pau et l'avoir épousée, le pasteur malgré sa santé fragile avait été envoyé à La Rochelle, un bastion du protestantisme français, afin d'y exercer son ministère. Le couple eut une fille qui grandit à La Rochelle et y rencontra un jour un jeune maître de barque venu de Piriac, en pays nantais, pour livrer du sel de Guérande et charger du vin d'Aunis : un protestant comme il y en avait alors quelques-uns dans ces ports du sud de la Bretagne. Le marin breton et la fille du pasteur allaient être les parents d'Anne Kervour. Au décès du pasteur, la veuve rejoignit sa famille béarnaise tandis que sa fille épousait le maître de barque pour aller vivre avec lui à Piriac, où Anne était née l'année terrible de la Saint-Barthélémy. D'autres enfants nés les années suivantes n'avaient pas survécu. Piriac et Le Croisic sont deux ports de la presqu'île guérandaise proches l'un de l'autre et ce voisinage de nos enfances atténuait nos différences. Anne a poursuivi :

– Ma mère, elle-même jadis instruite par les soins de

son père, veillait à mon éducation. J'étudiais la Bible qu'elle commentait et, à onze ans, je l'avais lue dans son entièreté. Alors que plus d'un passage restait obscur, je voyais parfois ma mère réticente à m'éclairer. Cependant je progressais dans la connaissance de ma foi, je m'instruisais et découvrais grâce à la Bible que les humains peuvent se conduire de façon étrange ou même terrifiante.

Anne restait songeuse. J'ai souhaité connaître la suite.

– J'avais treize ans, a-t-elle repris, lorsque j'ai perdu mon père. Il avait fait sur son bateau une chute qui entraîna sa mort en quelques heures. Maman l'aimait et sa mort l'a désemparée. Le sort que subissaient alors les Huguenots n'a fait qu'accroître son chagrin. Vous n'ignorez pas, sans doute, que malgré les entraves de toute sorte employées à lui interdire un exercice paisible, la religion réformée avait connu quelques succès en Bretagne. Son plus beau développement s'était produit avant ma naissance, plusieurs dizaines d'Églises ayant été représentées au synode provincial. Ensuite ce fut hélas le déclin, même si à la honteuse Saint-Barthélémy et les jours suivants pas une goutte de sang ne fut répandue en Bretagne dont l'honneur demeura sauf. L'hostilité acharnée de l'Église catholique et de la paysannerie qu'elle entraînait tout entière a eu raison de la résistance des Huguenots dans notre province. Comme vous le savez aussi, la ville fortifiée de Blain, fief des Rohan, ces grands seigneurs acquis à la Réforme, était dans notre comté nantais le refuge où l'on se repliait quand les violences à notre égard nous y contraignaient. C'est ce que nous pensions faire encore lorsqu'en 1585 la paix de Nemours a sonné le glas du peu de liberté de culte demeurant aux

Réformés de France. Auréolé de ses grandes victoires en Bas-Poitou et à Angers, Mercœur lançait l'année suivante ses troupes à l'assaut de Blain qu'elles ont prise et pillée, et il y a laissé une garnison.

Anne, que j'écoutais en silence, paraissait éprouvée par l'évocation de ces souvenirs. Sa pâleur naturelle s'accentuait, des soupirs lui échappaient. Après une pause, elle a repris :

– Refusant de fuir comme d'autres à La Rochelle, ma mère a préféré m'emmener à Nantes où une amie chère de Piriac proposait de nous accueillir. Elle s'est d'abord demandé si ce n'était pas se jeter dans la gueule du loup que de se réfugier dans cette capitale de la Ligue en Bretagne, où la haine des Huguenots était la plus ancienne, la plus implacable et l'aversion à leur égard la plus générale. Mais cette amie s'était mariée à un catholique et convertie à sa religion après avoir abjuré. Épuisée par des années de qui-vive et d'angoisse, ma mère était lasse de lutter. Elle n'avait plus l'intention de participer à des assemblées secrètes comme faisaient les fidèles en divers endroits. Complétant le pécule qu'elle avait constitué, la vente de la barque paternelle presque neuve nous a sauvées de la misère. Son amie nous logeait à Nantes pour un loyer modique dans une dépendance de sa grande maison. Bientôt, elle présentait ma mère à un collègue de son mari pour qu'elle instruise ses filles en échange d'un salaire. Un tel dévouement, qui n'était peut-être pas sans risques, se voit rarement et console du spectacle affligeant d'amis ou soi-disant tels qui cessent de vous connaître quand les malheurs fondent sur vous. Dieu n'avait pas fini de m'éprouver. La mort de mon père m'avait causé un grand chagrin et c'était maintenant à celle de ma mère que je devais faire face.

Anne était envahie par l'émotion. Le débit de ses paroles devenant haché, elle s'est interrompue le temps d'essuyer ses larmes et a dû faire un effort pour continuer son récit :

– Maman était épuisée par les soucis et je l'ai vue décliner. Elle s'est alitée. Quelques semaines plus tard, la médecine étant impuissante, elle quittait ce monde sans même avoir eu l'assistance d'un pasteur. Durant sa maladie j'étais seule auprès d'elle, accablée de tristesse. Ensuite ce fut pire. Ma famille béarnaise ne me connaissait pas et que pouvait-elle faire pour moi, se trouvant si éloignée ? Les liens avec mes parents de Piriac, perdus de vue, étaient fort distendus et par ailleurs j'avais cessé depuis notre arrivée à Nantes toute relation avec mes frères et sœurs protestants qui s'y terraient. L'amie de ma défunte mère, seule à connaître ma religion, a continué de me loger. J'ai gagné ma vie en remplaçant Maman auprès des enfants qu'elle enseignait. J'avais alors dix-sept ans. Le procureur fiscal dont j'instruisais les filles m'apparaissait modérément ligueur, peut-être même souhaitait-il en secret la victoire des Royaux. D'après les propos des enfants, j'avais l'impression qu'il était plutôt de ces catholiques favorables à une politique d'apaisement envers les protestants. L'amie de ma mère avait une fille de mon âge avec qui je m'entendais et que je voyais souvent. Ma vie n'était pas gaie mais je la trouvais supportable et pensais que ç'aurait pu être pire.

Anne Kervour me faisait confiance et m'avait pris en

amitié. Ce que j'éprouvais pour elle était d'une autre nature. J'admirais sa force de caractère et sa maîtrise de soi mais surtout je l'aimais.

Après un nouveau temps d'arrêt, elle hésita puis reprit le fil de son récit :

– Mes trois élèves étaient d'aimables jeunes filles appliquées à me donner satisfaction, ce qui contentait aussi leurs parents. Dans cette famille peu commune, les filles ne devaient pas être moins instruites que les garçons. Après les drames et les épreuves, je retrouvais de la sérénité quand le procureur s'est mis à me témoigner de fâcheuses familiarités, à me serrer de trop près, à lancer des regards qui me gênaient de plus en plus jusqu'au jour où, se trouvant seul avec moi, il s'est fait très entreprenant. Ayant eu quelque peine à repousser ses avances, je ne pensais plus qu'à m'éloigner le plus tôt possible de sa maison. Les jeunes filles que j'étais chargée d'instruire avaient de grands frères étudiant le droit à l'Université. L'un d'eux recevait régulièrement la visite d'un ami qui, ai-je appris, terminait des études de greffier. Me trouvant à son goût, ce garçon cherchait à chacune de ses visites l'occasion de venir me saluer et me dire des choses aimables. De mon côté, j'appréciais sa figure avenante, sa bonne éducation, l'aisance de ses propos. Un jour, il m'a déclaré être au courant de ma situation. Il était de famille protestante et ses amis avaient deviné que je l'étais aussi.

– Le jeune homme souhaitait me prendre pour femme et ses parents donnaient leur assentiment au mariage. J'ai saisi cette occasion inespérée de prendre congé de la famille du procureur sans me trouver pour autant dans la précarité. Le mariage eut lieu, un mariage religieux car les pasteurs n'avaient pas encore tous été menacés de mort et contraints à l'exil. C'est ainsi qu'à dix-huit ans je me suis trouvée en puissance de mari. Il avait quelques années de plus que moi mais était de constitution fragile. Prenant conseil de ses parents à tout propos, il leur demeurait soumis comme un enfant et mes beaux-parents se croyaient autorisés à intervenir dans notre ménage plus souvent qu'ils n'auraient dû. Thomas, c'était son nom, ne supportait plus la situation de plus en plus lamentable faite aux Réformés. D'un caractère faible, il aurait souhaité se convertir à la religion catholique mais redoutait de se heurter à ses parents assurés dans leur foi. La mère de Thomas, laissant à son mari l'illusion de gouverner la maison, tenait la barre d'une main ferme. Désemparée, je ne savais trop que conseiller à mon époux. Nous étions mariés depuis quelques mois et j'attendais un enfant lorsque les tensions se sont encore exacerbées en Bretagne. La lutte entre Ligueurs et Royaux est devenue féroce et la dictature des Mercœur à Nantes, implacable. La guerre sainte était déclarée aux Huguenots.

– Le Parlement que Mercœur a installé à Nantes et que beaucoup de Bretons reconnaissent pour légitime a légiféré sans relâche et l'une des lois concernant les Huguenots a prononcé la vacance des offices qu'ils détenaient. Mon mari, greffier aussi compétent que consciencieux au tribunal de Nantes, a dû résilier son office. Soudain privé d'emploi comme de revenus, il n'a pas supporté cet abaissement. Son père avait subi les mêmes avanies mais possédait quelques biens lui permettant de vivre. Thomas, démoralisé, ne dormait plus, ne mangeait plus. Il répétait qu'il était ruiné, qu'il ne pourrait nourrir ni élever l'enfant à naître. Je crois qu'il aurait bien abjuré pour garder son office mais il craignait sa mère à qui cette capitulation faisait horreur et qui nous aidait financièrement. Il a perdu la tête. Je l'ai vu quitter la maison, disant qu'il avait une course à faire et serait bientôt de retour. Inquiète de ne pas le voir revenir, je me suis rendue à l'hôtel de ville. Thomas avait été arrêté pour avoir tenu des propos séditieux et incohérents en voulant forcer la porte de l'hôtel de Briord. Je n'ai pas été autorisée à le voir. La semaine suivante, j'apprenais qu'on l'avait retrouvé mort dans sa cellule. Je me suis demandé si je n'étais pas maudite et n'apportais pas le malheur à mes proches. Quelques semaines plus tard, j'accouchais de ma petite Esther et retrouvais le courage de vivre et de lutter.

Anne restait silencieuse après ce long récit. Atterré, je ne trouvais à dire que des banalités. Je lui ai demandé si elle voyait encore sa belle-famille. Ses beaux-frères et belles-sœurs la fréquentaient un peu ; ses beaux-parents s'intéressaient à la fillette. Avant de prendre congé, j'ai déclaré à Anne que je l'aimais d'amour, que j'en étais maintenant certain et ne pourrais plus me passer de la revoir.

Bien que sensible aux malheurs de la jeune femme, je savais que les Huguenots n'étaient pas des agneaux. Les Bretons s'étaient dressés contre eux à cause de leurs maladresses, de leurs provocations, de leur fanatisme intolérant qui n'était pas inférieur à celui de l'ennemi. Vainqueurs, ils auraient supprimé le culte catholique : c'est ce qu'ils avaient fait à Blain, tandis qu'à Genève Calvin n'avait pas exercé une autorité moins tyrannique que celle de Mercœur à Nantes. Toutefois, il y avait l'exemple des Royaux chez qui des catholiques plus tolérants que ceux de la Ligue cohabitaient avec des protestants auxquels ils concédaient, outre la liberté de conscience, certaines libertés de culte. Il était donc possible d'envisager une autre politique que celle de l'écrasement de l'adversaire. Tel était le discours que je me tenais après mes visites à Anne. Mis en action, il m'aurait conduit à me couper de tous mes parents et amis qui tenaient pour la Ligue et le duc de Mercœur, et à rejoindre le parti des Royaux, nos ennemis mortels. La guerre civile faisait rage et je n'y pensais nullement.

Le printemps venu, la *Cléopâtre* de Nicolas de Montreux a été jouée dans la cour du château de Nantes et j'ai pu me glisser au dernier rang d'une assistance choisie qui a beaucoup applaudi les comédiens et l'auteur. Une fois le spectacle terminé et la duchesse de Mercœur retirée comme la plupart des spectateurs, j'ai été surpris d'entendre une grande dame déclarer à l'auteur :

– Consolons-nous, mon cher Nicolas. Nous ne serons pas contraintes au suicide comme Cléopâtre, le roi de France aime trop nos jupons !

Nous subissions toujours la guerre mais mes examens de fin d'année sont venus faire diversion. Ils clôturaient trois ans d'études universitaires et, si j'étais reçu, j'obtiendrais le diplôme de licence. Il allait me falloir argumenter devant des jurys exigeants. Mettant les bouchées doubles, je travaillais tôt le matin et tard le soir, à la chandelle, aiguillonné par l'amour-propre mais aussi par le désir de ne pas décevoir mon oncle Daniel. Monsieur de Montreux, avec bienveillance, m'a libéré de bien des tâches pour faciliter mes révisions. Les épreuves ont enfin eu lieu. Bien qu'intimidé, j'ai été reçu et la joie de mon cher oncle faisait plaisir à voir.

Nous sommes en juin de l'an 1595 et j'ai droit, à l'aube de mes vingt ans, au titre universitaire de licencié ès-arts. Que vais-je en faire ? Affligé par mon indécision, l'oncle prêtre se propose d'intervenir auprès des Cordeliers afin que j'enseigne dans leur collège le latin ou de préférence le français, plus nécessaire que jamais pour se frayer un chemin dans la vie. Cette précipitation ne m'enchante guère, je lui demande de me laisser respirer. Pourquoi n'irais-je pas embrasser mes parents du Croisic ? L'oncle approuve.

Avant de partir, j'ai rendu visite à mes parents de Nantes. L'un des cousins venait d'obtenir sa licence en droit civil et mon oncle Guillaume a débouché une bouteille de vin d'Aunis pour fêter nos succès. Anne Kervour que je n'avais pas revue occupait toujours mes pensées. À l'idée de la revoir en vainqueur, auréolé de ce diplôme, je n'étais pas peu fier. Peut-être pourrais-je lui parler de mon avenir ? Je suis allé chez le barbier, qui m'a taillé la barbe en pointe et coiffé, et c'est vêtu de bas, d'une culotte et d'un pourpoint neufs, chaussé de souliers bien cirés, que je me suis rendu au faubourg Saint-Jacques. Arrivé devant la maison d'Anne, j'ai soulevé le marteau, le cœur battant. La servante qui me connaissait est venue ouvrir :

– Madame a quitté Nantes, je garde la maison en son absence. J'ai une lettre à vous remettre, attendez, je vais la chercher.

J'ai décacheté fébrilement la lettre.

« *Gildas, mon ami.*

Sans pouvoir vous en dire la cause, je suis contrainte de quitter Nantes. J'emmène avec moi ma petite Esther. Vous avez dit que vous m'aimiez. Je commence à croire que vos sentiments sont partagés. Je vous ferai parvenir de mes nouvelles. En attendant, je vous embrasse comme je vous aime.

Anne »

Lecture faite, assailli de pensées et sentiments contraires, je ne savais plus où j'en étais.

Dans le coche m'emmenant au Croisic, je me répétais cent fois ce que j'allais dire à ma mère pour percer le mystère de ma naissance : « Mère, j'ai su que mon père n'est pas mon père. Dites-moi, je vous prie, qui est le vrai ? » Les rares fois où je fus seul avec elle, les mots n'ont jamais pu sortir de ma bouche. Je n'avais rien appris en regagnant Nantes, toujours aussi incertain de ce que j'allais entreprendre. Monsieur de Montreux est venu à mon secours :

– Cher Gildas, allez donc vous mettre au vert chez monsieur Gabriel de Goulaine. Il y a quelques années, ce grand capitaine de l'armée ducale a eu le chagrin de perdre un ami poète qu'il aimait fort et qui a laissé quantité d'œuvres inédites. Il souhaite qu'on y mette de l'ordre en vue de les publier. Sur ma recommandation, il vous réservera le meilleur accueil et à votre retour nous verrons ce qu'il y a lieu de faire pour vous.

Le château de Goulaine dans le Clissonnais est proche de Nantes, avant Vertou et Le Pallet où naquit jadis Abélard. Lorsque j'y suis arrivé, ne s'y trouvaient ni monsieur de Goulaine ni son épouse Marguerite de Bretagne, hébergée à Nantes à l'hôtel de Briord par son amie la duchesse de Mercœur. Monsieur de Goulaine, maréchal de camp, guerroyait et les nouvelles n'étaient pas bonnes. Non seulement plusieurs villes aux mains des Ligueurs se rendaient aux Royaux mais ces défections paraissaient contagieuses. Informé de ma venue, l'intendant m'a montré mon logement et la salle où je prendrais mes repas à la table de familiers des seigneurs de Goulaine tels que l'aumônier ou le médecin, puis il m'a conduit à la librairie du château où se trouvaient les manuscrits de Jucquel Rougeart et où j'allais pouvoir travailler. Une note d'un secrétaire rédigée à mon intention m'apprenait que ce poète cornouaillais était né au manoir de Loquéran, dans la paroisse de Plouhinec, en baie d'Audierne. Gabriel de Goulaine et lui avaient été condisciples puis amis au collège de Lisieux, à Paris. Passionné de littérature et créateur fécond, Rougeart avait dédicacé ses œuvres à monsieur de Goulaine qui se l'était attaché. Le poète n'avait pas vécu plus de trente années. Après son décès, monsieur de Goulaine avait souhaité que l'œuvre abondante de ce fidèle ami fût revue, mise en ordre et si possible publiée.

Le château de Goulaine est d'une beauté à couper le souffle ; la rare élégance de son architecture moderne se dresse au milieu d'une immensité de marais qu'on peut sillonner en barque et dont le silence n'est troublé que par les sauts des carpes, l'envol des canards et des foulques ou les cris des hérons cendrés. Quel contraste avec le bruit et l'agitation de Nantes ! Je me plaisais dans cette campagne où j'ai passé des moments qui, partagés avec Anne, eussent été encore plus heureux. Lors de mon studieux séjour, j'ai découvert d'autres paysages et, au sein de ce petit cénacle formé autour d'un grand seigneur, d'autres caractères, d'autres goûts, d'autres façons de vivre. En revanche, dînant chaque jour en bonne compagnie, je remarquais l'étrange concordance des opinions avec ce que j'avais entendu à Nantes dans les milieux de la bourgeoisie marchande et des gens d'Église. L'Indépendance bretonne paraissant hors de portée, un rapprochement plus étroit de la Bretagne et du royaume d'Espagne était sérieusement souhaité. Au cours d'un repas très animé, j'ai appris que Gabriel de Goulaine et ceux qui gravitaient autour de lui partageaient des vues identiques. Le roi de France était pour eux le fossoyeur des libertés catholiques, le roi d'Espagne leur plus ardent défenseur et donc celui qu'il fallait rallier. J'entendais les convives dire à haute voix combien ils appréciaient les relations étroites et bienvenues que Mercœur entretenait avec le monarque espagnol, Philippe II. Le chapelain assurait que ce serait un grand bien pour la Bretagne de se rapprocher de ce royaume qui dépassait maintenant en zèle religieux la France de Saint Louis. Si Rome était la tête de la chrétienté, l'Espagne en était le cœur tant elle se trouvait richement pourvue en ecclésiastiques et théologiens de haut vol mais aussi en âmes d'élite et saints brûlant d'amour pour Dieu, comme l'avaient été en ce siècle Thérèse d'Avila ou Jean de la Croix. Le chapelain évoquait encore la mémoire de saint Vincent Ferrier, ce dominicain espagnol venu au siècle précédent prêcher en Bretagne où des foules immenses se déplaçaient pour venir entendre et voir le plus grand orateur sacré de l'époque, qui était mort d'épuisement. La cathédrale de Vannes conserve sa dépouille.

Dans la librairie du château, mon attention se concentrait sur ce Rougeart pour lequel j'étais venu et dont je faisais connaissance. À la sortie de son collège parisien, âgé de dix-neuf ans, il avait rédigé un long poème épique. L'année suivante, il dédicaçait à Gabriel de Goulaine un recueil de sonnets qui connaissait les honneurs de l'édition. Il laissait à sa mort des milliers de vers latins et français dont j'avais les manuscrits sous les yeux. Je me suis attelé à leur lecture et les ai classés. Parfois difficiles à déchiffrer, je les recopiais alors. J'ai découvert l'ébauche d'une épopée en vers à la gloire de Goulaine, qui débutait par le récit mythique de la fondation de notre Bretagne. Jucquel Rougeart est à ce jour demeuré inconnu. Est-ce pour avoir trop latinisé ? En poésie surtout, la langue française est celle des temps nouveaux. Curieux des causes présidant à la gloire des uns et à l'oubli des autres, à talent égal, je me dis qu'ils ont souvent mieux passé à la postérité, ceux qui ont eu l'art de se mettre en valeur et de se faire connaître, sans doute aussi de se plier au goût du jour. Ce Rougeart, tôt disparu, était un Ligueur enthousiaste autant qu'un ardent loyaliste breton regrettant l'Indépendance perdue. Si les Ligueurs bretons ont cru un moment à ce beau rêve d'Indépendance, il est maintenant évanoui. Des rumeurs insistantes dont me parviennent les échos font état de pourparlers qui auraient débuté entre Mercœur et le roi de France en vue du retour à la paix. Ce qui se profile désormais, c'est bien la soumission de la province rebelle.

Si des espoirs de paix commencent à germer, j'entends pourtant parler d'horreurs commises en Basse-Bretagne, de malheureux terrorisés par des seigneurs de la guerre et autres fauteurs de massacres, de viols en série, de pillages, d'incendies. Le plus connu de ces bandits répandant ruine et désolation est un certain La Fontenelle qui, depuis son repaire de l'île Tristan, sévit surtout en Cornouaille. À la tête de son armée de soudards, il a ravagé le pays de Jucquel Rougeart depuis la ville de Pont-Croix jusqu'à Penmarc'h, grand port européen qui ne s'en relève pas. La Fontenelle a jadis combattu pour Mercœur mais, depuis longtemps, c'est par goût du lucre qu'il pratique la rapine et le meurtre. S'il était encore de ce monde, que dirait le gentil poète qui, malade, s'était retiré dans son manoir de Loquéran, près de Pont-Croix, pour y mourir ?

Noël approche et mes travaux s'achèvent. Monsieur de Goulaine dispose désormais des manuscrits de Rougeart en état d'être publiés. Ma tâche accomplie, je peux regagner Nantes. Ces quelques mois ont été une paisible parenthèse et je vais me retrouver face aux mêmes interrogations que naguère sur mon avenir.

Mon oncle Daniel est content de me revoir. Il dit que je vais devoir prendre une ferme décision.

– À ce propos, ajoute-t-il, est-ce sérieux, le message qu'une dame t'a fait porter ici ?

– On verra, mon oncle.

Et je me suis retiré pour lire cette missive :

« *Cher Gildas,*

Si j'étais à Nantes dans les circonstances présentes, nous ne pourrions plus nous rencontrer sans que des conséquences désastreuses n'en résultent pour vous. Il nous serait tout aussi impossible de rester sans nous voir, puisque désormais nos sentiments à l'unisson font que nous sommes attirés l'un vers l'autre comme le fer par l'aimant. Cruelle contradiction ! Pour lui échapper et par amour pour vous, j'ai quitté la ville et trouvé refuge en pays guérandais chez des amis sûrs, malgré l'omniprésente soldatesque espagnole. La guerre aura une fin et certains disent même que la paix n'est plus éloignée, alors tout changera pour nous. Je vous aime et vous embrasse comme je vous aime.

Anne »

Que dire, que faire ? Espérer que les prières à Dieu seront entendues et, en attendant, supporter son sort.

À la bibliothèque ducale, j'ai retrouvé monsieur de Montreux, toujours pris par les travaux littéraires. Lui aussi était content de me revoir pour que je l'aide à satisfaire le duc de Mercœur, soucieux comme jamais d'enrichir ses collections. Il appréciait la manière dont j'avais rempli ma mission à Goulaine mais semblait avoir oublié sa promesse de m'aider à trouver un bon emploi à mon retour. N'aimant pas apparaître en solliciteur, je me suis abstenu de la lui rappeler. Je m'attendais que mon oncle prêtre insiste pour que j'enseigne au collège des Cordeliers mais il n'en parlait plus. J'ai compris qu'il avait d'autres projets pour moi, des projets ambitieux. Lui aussi commençait à croire à un retour imminent de la paix, qui me permettrait d'aller étudier à l'université de la Sorbonne à Paris pour y obtenir le diplôme convoité de maître ès-arts. Il aurait aimé que je devienne « docteur » mais, si ce grade prestigieux existe en théologie, en droit canonique et civil et en médecine, en revanche le plus haut grade à la faculté des Arts est la maîtrise. De retour à Nantes, ce diplôme parisien de maître ès-arts m'ouvrirait les portes de l'enseignement universitaire où une belle carrière s'offrirait à moi. En attendant de partir pour Paris, je devais selon mon oncle continuer à servir le duc de Mercœur et monsieur de Montreux.

Il y a des moments où l'Histoire semble s'embourber, où l'on ne sait si ce sont les événements qui font piétiner les hommes ou les hommes qui font piétiner les événements. C'était le cas en Bretagne en cette année 1596. Les Nantais s'étaient installés dans une résignation morose et je partageais cette humeur. L'horizon semblait bouché. Employé depuis quatre ans à la bibliothèque ducale, mes tâches tournaient à la routine. Chez mon oncle Daniel, certes un excellent homme, le quotidien me pesait. Anne était si loin ! Entre Mercœur et le roi de France, les tractations n'en finissaient pas. On a vu des horloges à l'arrêt repartir à la suite d'un choc et j'attendais peut-être un événement qui change le cours des choses. Or, ce triste hiver allait bientôt être égayé par un spectacle qui secouerait la bonne société nantaise et la sortirait de sa léthargie. Si, le 23 mai 1592, Mercœur s'était montré brillant chef de guerre à Craon, il apparut en protecteur des arts à Nantes, le 25 février 1596, en offrant à sa cour, au château des ducs de Bretagne, une fastueuse représentation d'*Arimène*, grand divertissement pastoral dramatique de Nicolas de Montreux, déclamé, chanté, dansé.

Rien de tel n'a été montré en France depuis le plus retentissant spectacle du siècle, le fameux *Ballet comique de la reine* de Baldasare de Belgioso, qui avait été mis en scène par Cosimo Ruggieri, quinze ans plus tôt au Louvre, pour Henri III à l'occasion du mariage du duc Anne de Joyeuse, intime du roi, avec Marguerite de Lorraine, sœur du duc de Mercœur. À Nantes, dans la plus grande salle du château, une vaste scène a été aménagée. Les seigneurs et notables occupent les premiers rangs tandis que les flancs et le fond de la salle accueillent des hôtes moins distingués et que, dans les balcons tout autour, ont pris place les spectateurs les plus humbles, parmi lesquels j'ai pu me glisser sur la haute recommandation de monsieur de Montreux.

Arimène est un berger follement amoureux de la bergère Alphise, indifférente à ses déclarations. Pour apprivoiser et finalement conquérir la belle rebelle, il ne faudra pas moins de cinq actes répartis sur deux longues soirées, avec autant d'intermèdes mythologiques élaborés, chantés et dansés au son d'un orchestre de luths et de flageolets. Une machinerie complexe permet de nombreux changements de décor, on voit défiler la terre, la mer, le ciel, la forêt, le désert, des amoncellements de rochers et même les ténèbres de l'enfer, où rôdent des bêtes sauvages, sanglier, biche, lion criants de vérité. La scène est illuminée par des centaines de torches de cire blanche avec parfois, nouveauté inouïe, une lumière multicolore qui met en valeur les somptueux vêtements d'une pléiade d'acteurs de talent, Arimène en satin orange, Alphise en satin jaune pâle, le magicien

Circiment en satin noir... Tout est bien qui finit bien, le rideau tombe sur Arimène et Alphise qui s'aiment d'un amour partagé, les applaudissements frénétiques des centaines de spectateurs fusent et se prolongent. Les acteurs saluent, sortent, reviennent, saluent encore et encore.

La nuit est froide et chacun rentre chez soi. Anne aurait-elle apprécié le spectacle ? Je crois qu'elle l'aurait trouvé beau mais futile. Du moins le duc de Mercœur n'avait-il pas dépensé quatre-mille écus en vain pour la pastorale dramatique de Montreux, tant les spectateurs étaient ravis et son prestige accru.

L'hiver avait pris fin, le printemps languissait. Un soir de mai, chez mon oncle, j'attendais l'heure du souper dans ma chambre en regardant par la croisée ouverte les nuages mélancoliques chassés par le vent, les hirondelles volant bas, ce qui est dit-on signe de pluie. Les cloches de Sainte-Radegonde ont sonné l'angélus. On a frappé à ma porte. Pierrette, la servante de mon oncle, me tend une missive qu'un jeune vient d'apporter. Je reconnais l'écriture :

« *Gildas, mon cher amour.*

Je suis à Nantes pour peu de temps. S'il vous est possible de venir, vous me trouverez demain dans la grande maison qui se trouve juste avant celle où vous veniez me voir. Je vous aime et vous embrasse tendrement.

Anne »

Le jeune messager attendait ma réponse.

– Dis à la dame que je viendrai demain après-midi.

Au souper, mon parent parla peu, il paraissait soucieux.

– Tu ne fais pas confiance à ton oncle, a-t-il fini par dire. J'espère que tu n'es pas en train de t'embarquer dans une liaison qui t'exposerait à des traverses ou même quelque désastre.

– Quand ce sera sérieux, je vous aviserai, mon oncle.

Il ne semblait qu'à demi-rassuré, cependant la fin du repas fut moins tendue.

Le lendemain, j'ai trouvé la grande maison. Anne me guettait car je l'ai vue sortir et venir à ma rencontre, vêtue d'une robe de couleur claire qui lui seyait bien. Le vent était tombé et l'air presque chaud. Elle m'a proposé une promenade. Le faubourg était peu animé ; nous paraissions intriguer les rares passants que nous avons croisés. On ne voyait presque plus de soldats depuis la trêve conclue entre la Ligue et les Royaux, trêve probablement aussi provisoire que les précédentes. Quand nous avons atteint la campagne, Anne a pu me parler librement. Elle arrivait de Piriac, infesté comme toute la presqu'île guérandaise par des soldats espagnols de plus en plus mal supportés. Les protestants, bien que peu nombreux, se réunissaient à nouveau. Ils envoyaient à Ancenis, où les émissaires du roi rencontraient ceux de Mercœur, deux gentilshommes missionnés pour s'informer de l'avancement des pourparlers de paix.

– Je voulais te revoir, m'a dit Anne, passant au tutoiement. Sachant que ces deux messieurs voyageant en charrette avaient affaire à Nantes, j'ai proposé de les accompagner jusqu'ici, où je pouvais les loger. Ils me prendront à leur retour qui ne saurait tarder.

Après avoir quitté Nantes parce qu'on ne pouvait s'y

fréquenter, voilà qu'elle profitait de cette occasion pour me revoir. Le roi de France, François Ier, celui qui avait fait main basse sur la Bretagne en épousant Claude, fille de notre reine Anne, avait dit : « Souvent femme varie. » Il trouvait les femmes volages. Qu'en était-il d'Anne Kervour ? Je la croyais fidèle et probablement prude mais je savais aussi que les prudes peuvent surprendre. Une fois à l'abri des regards, je l'ai attirée vers moi pour l'embrasser, mes lèvres ont effleuré le lobe allongé de son oreille puis son cou élancé. Sa peau satinée était d'une douceur exquise. Il y avait chez elle une retenue qui m'intimidait et ni le dur présent ni l'avenir incertain n'encourageaient aux effusions, pour ne rien dire des élans de la sensualité. J'en souffrais. Anne m'a demandé quelle orientation je donnerais bientôt à ma vie, une fois la paix revenue. J'ai évoqué l'Université de Paris, une maîtrise ès-arts, le professorat. Elle m'a révélé que sa situation financière avait subi un notable changement depuis le décès de sa grand-mère béarnaise qui lui avait laissé, sans qu'elle l'ait revue, un important héritage. Je lui ai demandé comment un étudiant sans fortune pourrait désormais prétendre l'épouser.

– Au contraire, je t'aiderai à construire ton avenir. Sans doute serait-il sage de nous éloigner de la Bretagne, au moins pour un temps. Et il te faudrait considérer comme ta fille ma petite Esther qui vivrait avec nous.

Elle souriait et son sourire était charmant, candide, pourtant l'avenir me parut soudain lourd de menaces. Plus tard, comme on retournait à Nantes, Anne m'a fait remarquer des chênes verts plantés à proximité d'un manoir :

– Les maîtres devaient être des Réformés. Ces arbres dont les feuilles persistent en toute saison sont devenus le symbole de notre religion, ils servent de signe de ralliement aux fidèles. « Qui trouve son plaisir dans la loi de l'Éternel et la médite jour et nuit est comme un arbre planté près d'un courant d'eau, qui donne son fruit en sa saison et dont le feuillage ne se flétrit pas. »

– Les Psaumes ?

– Le premier !

À propos de religion, rien d'autre ne fut dit ce jour-là. Je crois que nous évitions le sujet, sentant que les différences en ce brûlant domaine, au-delà des questions de dogme qu'on peut abandonner aux théologiens, infiltrent toute la sensibilité. Nous marchions lentement vers Nantes. Anne m'a dit où elle demeurait, près de Piriac, et nous sommes convenus que, dès le retour de la paix, chacun donnerait signe de vie à l'autre afin de nous retrouver et d'unir nos destinées. Nous avions le cœur gros en nous séparant. Quand pourrait-on se revoir ?

Quelques semaines après ce jour mémorable, en été, monsieur de Montreux m'accueillit tout souriant, m'invita à m'asseoir et me dit que le duc de Mercœur à qui il m'avait recommandé souhaitait me voir accomplir une mission, non point politique mais concernant sa bibliothèque. Il s'agissait d'aller quérir un ouvrage pieux très rare, de grande valeur, qui avait été proposé au duc. Un psautier en vélin, manuscrit, enluminé, relié en veau rouge et doté de deux fermoirs d'argent doré. Ce recueil des Psaumes bibliques était dans les mains d'un curé de paroisse qui, se sentant menacé par les Huguenots, préférait le savoir dans celles du duc, protecteur de notre sainte religion. Le problème étant que cette merveille se trouvait non seulement loin de Nantes, dans le comté de Rennes, mais encore dans les environs de Vitré, la place-forte des hérétiques les plus acharnés de Bretagne. La trêve actuelle rendait réalisable ce projet pour lequel le duc me promettait une belle récompense. Il garantissait en outre ma sûreté en me faisant accompagner par deux soldats lors de ce voyage qui s'accomplirait à cheval. Le duc de Mercœur était presque l'égal d'un roi, monsieur de Montreux un grand poète et mon patron : comment refuser l'invite autoritaire du premier transmise par le second ? Voilà que le petit étudiant banal se muait en aventurier secrètement amoureux d'une Huguenote et chargé de mission par le chef de la Ligue, protecteur de la religion catholique en Bretagne. Un grand écart de jongleur ! La figure de mon oncle Daniel a émergé dans mon esprit. Ce voyage qui allait m'éloigner de Nantes, peut-être pour longtemps, n'arrivait-il pas à point nommé pour refroidir une relation déraisonnable sous tout point de vue ? Aux yeux de mon oncle assurément, convaincu qu'un mariage prématuré compromettrait mes études. Encore ignorait-il la religion d'Anne Kervour. Je m'étais demandé si l'on ne m'envoyait pas à Vitré me frotter aux Huguenots pour mieux me guérir de l'envie de les fréquenter, mais si mon oncle avait découvert qu'Anne était protestante, il ne l'aurait pas révélé à Nicolas de Montreux, de crainte de rendre ma position intenable et peut-être aussi la sienne. Sans doute, redoutant une union prématurée et préjudiciable à la carrière qu'il envisageait pour moi, avait-il confié ses alarmes à Montreux. Celui-ci, partageant son sentiment et habile en intrigues romanesques, avait imaginé de faire coïncider l'appétence du duc pour ce psautier avec l'occasion de faire diversion à mes amours malencontreuses. Persuadé d'être bientôt revenu à Nantes, je pensais que l'oncle s'illusionnait. Néanmoins, j'ai informé l'amie nantaise d'Anne de mon départ en voyage.

4

PÉRILS

Déjà septembre. Au petit matin, j'ai quitté Nantes avec les deux cavaliers chargés de ma protection. Nous avons pris à l'est du grand chemin de Rennes, celui qui mène à Châteaubriant et emprunte la vallée de la rivière Erdre. Peu après le village de La Chapelle, à deux lieues et demie de Nantes, on a dépassé le château de La Gascherie situé au bord de cette jolie rivière. Les Huguenots chassés de Nantes s'y réfugiaient et pouvaient y célébrer leur culte. J'en parle au passé car le duc de Mercœur a privé les religionnaires du peu de liberté qui leur restait. Le soir, nous avons soupé et dormi dans une taverne du port fluvial de Nort, où l'Erdre navigable depuis Nantes cesse de l'être. Une petite étape nous menait le lendemain jusqu'à l'abbaye cistercienne de La Meilleraye, dont les moines nous ont fait bon accueil avant de nous offrir le gîte et le couvert. J'ai constaté que le sauf-conduit du duc de Mercœur faisait merveille. Le troisième jour, nous étions à Châteaubriant, demeurée entre les mains du duc et des Ligueurs. Là encore nous fûmes bien reçus, cette fois chez un échevin qui m'a conseillé de prendre garde aux Royaux dans le comté de Rennes et particulièrement aux Huguenots, insolents à Vitré et aux alentours.

Partout on entendait les mêmes propos désabusés, exprimant une grande lassitude et accompagnés des mêmes souhaits d'un retour à la paix. Souhaits mitigés non seulement par la crainte de représailles de la part des Royaux quand ils auraient chassé les Ligueurs, mais aussi par les réserves et pour beaucoup la franche hostilité qu'inspirait la personne du roi Henri IV. Sans compter les regrets, chez certains, de voir s'envoler l'espoir d'une Bretagne où le peuple ne serait pas l'éternel muet. J'avais pu mesurer à Nantes la popularité de la Ligue, pourtant si contraignante en matière religieuse, ce qui ne gênait pas des populations massivement acquises au catholicisme romain. En revanche, sous sa domination le peuple pouvait faire entendre sa voix, ce que nul ne se souvenait d'avoir jamais connu. Ces sentiments contradictoires tourmentaient les esprits, comme je m'en suis rendu compte en conversant avec nos hôtes.

Mes cavaliers avaient été bien choisis. L'un taiseux, l'autre plus jeune et plus causant, tous deux donnaient une impression de sang-froid. Ils ne se souciaient que des chevaux, des chemins, des vivres et des haltes prévues dès le départ de Nantes. Partis de Châteaubriant le matin du quatrième jour, tardivement car notre hôte l'échevin avait souhaité me faire visiter la ville, nous parvenions par une voie désormais plus étroite et moins facile à la petite ville de Martigné-Ferchaud, dans le comté de Rennes, à l'heure de midi. Le temps était beau et nous avons fait honneur à nos provisions en plein air, près du bel étang de La Forge, très allongé, formé par un élargissement de la rivière Semnon que domine la ville. Celle-ci et l'étang tiennent leur nom des forges de fer qui sont ici en activité depuis des temps très anciens, selon les habitants. C'est encore le cas de Forges-la-Forêt, à une lieue et demie de Martigné où, le Semnon franchi, nous arrivâmes tôt dans l'après-midi. Ce village se trouve à l'orée de la forêt de La Guerche qu'on allait traverser avant d'atteindre le château d'un seigneur favorable à la Ligue. Nous étions au profond des bois quand les brigands nous sont tombés dessus.

Les gens de Forges nous avaient prévenus de leur présence et nous étions sur nos gardes mais sans doute insuffisamment, pensant ces individus de sac et de corde plus intéressés par des voyageurs sans défense que par trois cavaliers armés d'épées et de pistolets. Il est vrai que la bande comptait une dizaine d'hommes à pied munis de gourdins et pour certains d'une épée, qui ont cherché à nous désarçonner. Chacun de nous s'est trouvé soudain aux prises avec trois ou quatre d'entre eux. Mes deux cavaliers se battaient comme des lions, quant à moi je m'efforçais de mettre en pratique ce que j'avais appris à Nantes et quelque peu oublié. L'engagement n'a pas duré longtemps, pourtant ce n'est pas l'impression que nous avons eue. Ils se sont repliés, emportant leurs blessés, nous abandonnant le terrain et nous y laissant cabossés, l'un de nous, le plus jeune des cavaliers, plus que les autres. À demi-assommé, il avait à la tête une plaie inquiétante. Nos chevaux dont ces bandits auraient aimé s'emparer étaient indemnes, à peine s'ils avaient bronché. Que faire ? Déjà, sortir de ce domaine forestier. Le cavalier valide a hissé sur son cheval le compagnon blessé dont je tenais la monture en laisse. On a fini de traverser la forêt et poursuivi notre chemin en direction de La Guerche. Nous n'avions pas franchi une lieue, péniblement, qu'on apercevait à main droite une maison de ferme où nous sommes allés demander de l'aide. Le fermier et sa femme étaient de bons chrétiens. Notre compagnon, à demi-conscient, paraissait sur le point de rendre le dernier soupir. Un valet est parti chercher au village voisin un prêtre qui pourrait lui donner le sacrement d'extrême-onction. Le fermier, un grand diable aux cheveux ébouriffés et au regard vif, nous a proposé de rester jusqu'au lendemain. Il nous a logés dans une grange, près de l'étable abritant leurs deux bœufs de labour, tandis que la fermière nettoyait la plaie du blessé et le pansait. Tous deux auraient souhaité savoir où l'on se rendait et pourquoi. Notre blessé sortait de sa torpeur et la vue du prêtre venu lui administrer les derniers sacrements l'a tout à fait réveillé.

Nous étions en territoire acquis à la Ligue mais il y avait des exceptions. Comprenant que nos hôtes n'appartenaient pas à la minorité royaliste, je leur ai dit qui j'étais et le but de mon voyage. La glace ainsi rompue, nous avons partagé le souper des fermiers qui regrettaient sa modestie. Ils étaient pauvres, la soldatesque des deux camps étant passée par là et s'étant servie. Les brigands qui nous avaient attaqués dans la forêt de La Guerche, avons-nous appris, étaient d'anciens paysans ruinés par la guerre ; désormais sans foi ni loi, ils s'en prenaient à tout ce qui passait à leur portée. Le fermier a évoqué la révolte qui, sept ans plus tôt, au printemps et à l'été 1589, avait embrasé toute la région, quand dix-mille paysans de plus de cinquante paroisses assiégeaient dans la ville de Vitré les seigneurs calvinistes réunis autour du jeune comte de Laval. La baronnie de Vitré et la seigneurie de La Guerche étaient en ébullition. La venue du duc de Mercœur avait renforcé les paysans mais, appelé ailleurs, il avait dû se retirer sans avoir enlevé la place, l'une des mieux fortifiées de Bretagne. Notre hôte avait participé au siège à la tête des paysans rebelles de la seigneurie et depuis lors les Calvinistes vitréens l'avaient à l'œil.

Avant de connaître Anne, je partageais en presque tous domaines les idées de ma famille, sans me poser de questions. J'avais quatorze ans quand la Bretagne s'était enflammée pour la Ligue avec la ville de Nantes, le duc de Mercœur à sa tête et, en compagnie des miens, j'avais suivi le mouvement. Maintenant la situation me paraissait moins simple et il ne m'était plus possible d'adopter aveuglément les opinions de mon entourage. Il y avait eu en Bretagne des conversions au protestantisme dans les villes, chez les artisans, les marchands, parfois les marins, les bourgeois de rang second et, dans les campagnes, chez les nobles ; dans l'est du pays plus que dans l'ouest et dans le comté de Nantes plus qu'ailleurs. Je me demandais pourquoi la paysannerie, c'est-à-dire une écrasante majorité de la population, était restée imperméable à l'hérésie qui n'avait pas été plus réprimée chez nous que dans d'autres provinces.

– Les Huguenots se plaignent de nos violences, a dit notre ami fermier, quand ce sont eux qui ont multiplié les provocations. Partout où ils étaient en force, ils perturbaient nos cultes et entravaient nos processions. Ils ne voulaient plus de nos pèlerinages et nous accusaient d'idolâtrie, ils s'en prenaient aux images et aux statues de nos églises. Quand vous serez à La Guerche, entrez dans l'église et vous verrez combien les Calvinistes ont maltraité les vitraux, vers le milieu de ce siècle. La verrière de l'Annonciation où l'on voit le confesseur d'Anne de Bretagne agenouillé devant la Vierge a beaucoup souffert. Ces mécréants ne veulent entendre parler ni de madame Marie ni des Saints. Que ferions-nous, pauvres paysans, sans la Vierge Marie, mère du Seigneur, qui nous protège et nous console, sans nos Saints qui intercèdent pour nous et nous guérissent ainsi que nos bêtes grâce à l'eau de leurs fontaines ? Le pire de tout est que les hérétiques ne prient jamais pour les morts et ils ignorent la Toussaint, sacrée entre toutes les fêtes !

Le fait est qu'aucun peuple n'accorde autant de place aux défunts que les Bretons, comme en témoignent nos ossuaires imposants partout répandus. Et notre hôte de conclure :

– Nous autres paysans avons embrassé en foule le parti de la Ligue parce que les Chiens Noirs, les « *Ki du* » comme disent les Bas-Bretons, veulent nous priver de ce qu'on a de plus sacré.

La fermière, jusque-là silencieuse, observa que partout où ils dominent, les ministres du culte parpaillots se targuent d'interdire les jeux, danses, mascarades et autres débauches, de réformer les femmes et de censurer jurons et blasphèmes.

– Les paysans bretons détestent qu'on les contraigne, ajouta-t-elle, et ne veulent à aucun prix de cette bigoterie obligatoire !

Plus la conversation se prolongeait et plus notre situation, à Anne et moi, me paraissait inextricable. Je me sentais moulu et suis allé dormir, suivi de mes compagnons. Le cavalier blessé respirait paisiblement dans son sommeil.

Le lendemain, il allait mieux et le fermier a bien voulu le garder un jour de plus pour nous permettre à tous trois de poursuivre notre route. Après une journée sans histoire puis une bonne nuit, le blessé convenablement pansé pouvait prendre le départ et l'on allait se mettre en route quand a surgi un parti d'une quinzaine de cavaliers qui ont investi la ferme.

L'officier qui les commandait avait reçu l'ordre d'arrêter le maître de la ferme et de le conduire à La Guerche pour l'y enfermer ; et, si des étrangers se trouvaient chez lui, de les mener à Vitré. J'ai vivement protesté contre cette arrestation arbitraire de voyageurs attaqués par des brigands et réfugiés dans cette ferme. L'officier a répliqué qu'il exécutait les ordres. J'ai fait valoir que le blessé n'était pas transportable. Allongé dans la grange avec son pansement impressionnant, notre homme avait compris ce qui se passait et s'appliquait à paraître à demi-mort. Quant à mon autre garde du corps, il s'était volatilisé. L'officier ne donnait pas l'impression de vouloir faire du zèle et n'a pas poursuivi les recherches. Il nous conduirait respectivement, le paysan et moi-même, à La Guerche et à Vitré. Pour les autres, on verrait plus tard. Les soldats se sont emparés de nos trois chevaux et m'ont laissé en monter un, lié par une corde à l'un des leurs. Attaché à une autre bête, le fermier suivait à pied. Lorsqu'on s'est éloignés, la fermière poussait des cris et s'arrachait les cheveux. Les yeux du mari captif lançaient des éclairs, les soldats riaient et je me demandais où tout cela allait me mener. Le fermier, Ligueur notoire, était-il depuis longtemps sous la menace d'une arrestation ? Dans ce cas, on aurait joué de malchance en se trouvant là par hasard. Avions-nous été signalés, dénoncés et le paysan était-il victime de sa charité à notre égard ? Cette idée me faisait mal. Que penserait mon oncle quand mes gardes du corps, rentrés à Nantes en simples piétons, raconteraient ce qui s'était passé ? Les illusions des Nantais m'apparaissaient en pleine clarté. Si, trois ou quatre ans plus tôt, la Bretagne était presque tout entière acquise à la Ligue et au duc de Mercœur, ce n'était assurément plus le cas.

À La Guerche, à une demi-lieue de la ferme, j'ai perdu de vue l'infortuné paysan. Restaient cinq lieues et demie à parcourir jusqu'à Vitré. Les soldats se sont restaurés en route, en me laissant une part de pain et de pâté. Je crois qu'ils se demandaient qui j'étais. Nous étions le soir à Vitré aux impressionnants remparts, à la forteresse formidable. Après Rennes et Nantes, c'est l'une des plus grandes villes de Bretagne avec Vannes et Quimper. On m'a enfermé en un lieu exigu qui, pour n'être point un cul-de-basse-fosse, n'était guère plaisant pour autant. Une meurtrière pour fenêtre, une botte de paille pour lit ; une écuelle, une cuillère et un gobelet ; un seau d'eau pour me laver et un autre pour les besoins naturels : voilà où m'avaient conduit les manœuvres d'un oncle préoccupé par mon avenir, couronnées par l'imagination romanesque d'un poète. Deux hommes sont entrés pour me fouiller. Ils ont saisi le sauf-conduit du duc de Mercœur ainsi que ma bourse ; mais la commission du duc relative à l'acquisition du psautier, cachée dans ma culotte, a échappé à leur vigilance. Le lendemain, j'étais présenté à un magistrat qui voulut en savoir davantage sur cette affaire de psautier dont je lui parlais. Après m'avoir écouté et fait noter mes déclarations par un greffier, il a déclaré mon histoire difficile à croire. J'étais probablement un espion à la solde de Mercœur, auquel cas je pouvais m'attendre à être pendu haut et court !

J'ai renoncé à leur montrer la commission du duc, qu'ils croiraient sans doute factice mais qui me permettrait peut-être d'acquérir l'objet si je réussissais à m'extraire de ce mauvais pas. Quand je suis retourné dans ma cellule, mon moral était au plus bas. Ma mémoire, marchant à reculons, me ramenait au fermier ligueur puis aux brigands forestiers, ensuite au poète bibliothécaire, à mon oncle et enfin à Anne Kervour. Je revoyais cette mercerie où je l'avais fortuitement croisée un jour de pluie. Le mot « croiser » ne convient pas qui évoque un événement insignifiant, dénué de conséquences. D'emblée Anne m'avait attiré, on s'était parlé puis j'avais eu grande envie de la revoir. Maintenant j'étais au fond de ce cachot, sentant déjà la corde autour de mon cou et c'était la conclusion d'un fatal enchaînement qui avait commencé une année auparavant, un jour de pluie, de pluie battante. Je n'en aurais pas été là si seulement ce jour-là il y avait eu du crachin breton et pas cette fichue pluie d'orage ! Anne avait beau être l'amie des gens qui m'emprisonnaient, je n'imaginais pas qu'elle aurait pu intervenir en ma faveur si elle avait eu connaissance de ma situation.

D'humeur neutre, difficile à cerner, le magistrat instruisant mon affaire n'était ni jeune ni vieux, ni grand ni petit, ni gras ni maigre, ni beau ni laid. Un homme quelconque, vêtu sans recherche ni négligence, pourtant ses fonctions ne l'étaient point puisqu'il pouvait m'envoyer à la potence. Quand je l'ai revu, j'avais réfléchi à ma défense et maîtrisais mieux mes émotions comme mes paroles. J'ai apporté des précisions sur l'attaque subie dans la forêt, les circonstances de notre arrivée dans cette ferme inconnue et le secours bienvenu que nous y avions trouvé. Surtout, j'ai insisté sur la modestie de mon emploi auprès de monsieur de Montreux, bibliothécaire d'un duc de Mercœur que j'apercevais parfois mais auquel je n'avais jamais affaire. Le magistrat a remarqué que le duc de Mercœur n'aurait pas donné un sauf-conduit au premier venu. Autre fait propre à éveiller les soupçons, le fermier qui nous avait accueillis au sortir de la forêt était le plus fieffé Ligueur de toute la seigneurie de La Guerche. J'ai répondu que, sa ferme se trouvant presque sur notre chemin, il était naturellement le plus à même de nous venir en aide. M'ayant laissé moisir un temps interminable dans mon cachot où j'étais assailli de bouffées d'angoisse qui me serraient la gorge, des gardes sont venus m'en ressortir. Le magistrat, ayant remisé son apparente neutralité, fut cette fois offensif d'emblée :

– Nous sommes maintenant bien informés sur votre compte. Votre famille est tout entière acquise à la Ligue et à Mercœur depuis le début de leur rébellion. Un de vos oncles appartient au prétendu conseil d'État et de Finances de cet imposteur de Mercœur, un autre est vicaire à Sainte-Radegonde, ce foyer d'incendiaires et Nicolas de Montreux, votre patron, est intimement lié aux plus fanatiques de ceux qui combattent le roi. À qui ferez-vous croire que le duc de Mercœur vous a envoyé avec deux gardes du corps et un sauf-conduit jusqu'aux entours de Vitré pour y quérir un psautier ? Un petit enfant ne goberait pas votre fable. Nous avons enquêté à Montautour où personne n'a entendu parler de cette merveille ! Vous êtes en mauvaise posture, mon ami.

Qu'attendait-il pour me faire pendre s'il était aussi sûr de son fait ? Revenu dans ma geôle, j'étais résigné à mon sort et j'avais même hâte d'en finir, regrettant de quitter cette terre en pleine jeunesse, heureux cependant de me sentir en paix avec ma conscience et avec tous. Surpris qu'on ne m'ait pas mis à la question pour me faire avouer que j'étais un espion et dénoncer des complices, je redoutais cette épreuve. Le magistrat, ai-je pensé, me laisse mijoter dans l'espoir de recueillir des aveux spontanés plus crédibles que s'ils étaient arrachés sous la torture, ce qui serait peut-être bon pour sa carrière et son avancement.

Dans mon cachot, j'ai eu la visite d'un prêtre venu m'apporter les secours de la religion. J'ai pensé que ma dernière heure était proche. Je me trompais. Il venait me réconforter, m'assurer que tout n'était pas perdu. Henri IV voulait réconcilier les Français, ainsi les anciens Ligueurs raisonnables pourraient-ils apporter leur pierre à la nouvelle France que le roi voulait construire. En l'écoutant, je tombais des nues. Je me suis demandé si ceux qui me tenaient entre leurs mains ne soufflaient pas le chaud et le froid pour m'affoler et me faire confesser tout ce qu'ils voulaient. Si les catholiques royalistes envisageaient de s'entendre avec certains Ligueurs, peut-être était-ce pour contenir les protestants dont ils ne pouvaient admettre les exigences croissantes ? Quelques jours plus tard, l'éclaircie se confirmait. Le magistrat, qui me parut moins contraint, me demanda des détails sur mes études, mes diplômes, mon travail à la bibliothèque ducale. Il me dit que, mieux renseignées à mon sujet, les autorités judiciaires estimaient que mon récit et mes explications n'étaient pas totalement invraisemblables.

Persistait néanmoins un sérieux doute interdisant ma libération. Ma nourriture s'améliora. On me donna une couverture car le temps était plus frais et le prêtre m'apporta un livre que j'eus quelque peine à déchiffrer car la lumière du jour pénétrait avec parcimonie dans mon cachot. C'était la fameuse *Consolation de la philosophie* rédigée jadis par Boèce lors de son emprisonnement à Pavie.

Le mois d'octobre était bien avancé lorsque le magistrat me convoqua pour m'annoncer que la justice royale, dans sa grande clémence, allait m'élargir. Il me serait toutefois interdit de quitter Vitré. Quant à la somme d'argent qui m'avait été confisquée, elle ne me serait pas rendue avant que je sois autorisé à quitter la ville.

– Comment vais-je faire pour me nourrir, me loger ?

– Un jeune homme instruit trouvera toujours à s'employer. Le maire de la ville me disait hier qu'un gros marchand de ses amis cherche quelqu'un comme vous pour l'assister dans ses écritures. Vous devriez voir de ce côté quand vous serez libre, ce qui ne saurait tarder.

J'allais de surprise en surprise. Ne croyaient-ils plus que j'étais un espion ? Me libérait-on pour me suivre et voir qui j'allais rencontrer ? En ce cas, mes geôliers seraient déçus. Une autre idée me vint à l'esprit. Si je n'étais pas un personnage important, mes deux oncles, eux, étaient connus parmi les Ligueurs de Nantes. Leur faire croire que j'avais rallié les Royaux à Vitré contribuerait à saper leur moral et peut-être leur unité. Je cessai bientôt de me mettre martel en tête. Sortir de prison, voilà ce qui comptait ; ensuite, je pourrais m'arracher complètement à leurs griffes. Mon esprit trottait et même galopait en liberté. Je repensais à la mission dont j'avais été chargé et le psautier revenait au premier plan de mes soucis. Bien que dépouillé de l'argent destiné à son paiement, j'espérais encore en toute naïveté me le procurer grâce à la commission du duc encore en ma possession. Montautour où se trouvait l'objet n'était pas loin de Vitré et, si je réussissais à fuir cette ville, je n'aurais qu'un saut à faire pour toucher au but.

Les marchands qui font le commerce des toiles tiennent à Vitré le haut du pavé. Groupés dans la confrérie de l'Annonciation, ils se réunissent solennellement deux fois par ans, le 25 mars pour la fête de l'Annonciation et à Noël. Je travaillais aux écritures depuis ma sortie de prison chez maître Gallodais, l'un des plus riches Vitréens de cette corporation, qui me logeait avec les domestiques dans une dépendance de son bel hôtel de la rue Notre-Dame. Moi qui m'étais détourné du négoce de mon oncle nantais, le destin me riait au nez en me ramenant de force vers les affaires. Bientôt, j'en savais long sur l'industrie toilière qui fait la richesse et la fierté de la Bretagne. Je n'avais pas ignoré qu'elle était l'une des plus importantes régions d'Europe tant pour la production des toiles que pour leur exportation, grâce à ses ports et ses bateaux, principalement vers l'Espagne ; j'apprenais qu'il existe dans la péninsule trois grands bassins de production. À l'ouest, les fines toiles blanches de lin du Léon, les « Créées » de Morlaix ainsi que les toiles de chanvre ou « Olonnes » de Locronan, de Pouldavid et du cap Sizun qui sont exportées par Morlaix et dont étaient faites les voiles de l'Invincible Armada. Au centre, les « Bretagnes » en lin de Loudéac et de Quintin, exportées par Nantes vers l'Espagne puis, par Sanlúcar et plus récemment Cadix, vers les Amériques. À l'est, les toiles de chanvre de Vitré, « Canevas » et « Noyales » également exportées vers l'Espagne mais par Saint-Malo. Début avril, quand, selon le dicton, « on entend le coucou », les paysans sèment le chanvre et le lin dans leurs courtils aux alentours de Vitré. Ils les tissent pendant l'hiver, alors que les travaux des champs sont en sommeil. Auparavant, il a fallu les rouir et teiller afin d'en dégager puis filer les fibres. Plusieurs familles paysannes se retrouvent souvent pour ces travaux de rouissage et de teillage, ou pour des veillées de filerie.

Bertrand Gallodais, mon nouveau patron malgré moi, achète aux paysans les toiles qu'ils ont tissées. Il en revend et livre une partie à des commerçants des pays de Rennes et Vitré tandis qu'une autre est dirigée vers Saint-Malo puis transportée par mer en Espagne. Non pas des Bretagnes pour faire de jolies chemises à l'intention des seigneurs espagnols et de leurs dames des Amériques, ni même des Olonnes pour fabriquer ces voiles qui équipent toute la flotte militaire du royaume d'Espagne et bien des flottilles de pêche, mais des Canevas qui sont de la grosse toile de chanvre écrue destinée à la confection d'emballages de toute sorte, de torchons, de serviettes, parfois aussi de voiles pour bateaux de pêche. Usages moins glorieux mais universels et permanents. Indispensables à toutes les classes de la société en Europe et en Amérique, ces Canevas peuvent rapporter beaucoup d'argent.

Dans un bâtiment voisin de l'hôtel Gallodais, je tiens les écritures des achats de toile en compagnie de deux autres commis, l'un tenant celles des ventes en Bretagne et l'autre celles de l'exportation. Le fastidieux emploi ! Je suis nourri et à titre exceptionnel logé par le patron. L'un des commis, célibataire, prend comme moi ses repas avec les domestiques et les cochers, pour un petit prix. Les repas sont animés, parfois gais. J'ai appris que les maîtres sont de braves gens à condition de bien faire son travail. Le fils aîné ne s'est pas entendu avec maître Gallodais et il est parti en Espagne où il se charge de revendre en Andalousie les toiles qu'il achète à son père ou de les exporter aux Amériques. Le second fils, prêtre, est à Rennes auprès de l'évêque. Ensuite viennent cinq filles qu'il faudra un jour marier, si possible sans trop tarder. À leur sujet, surtout les deux plus grandes, les commentaires vont bon train. Je n'ai pas tardé à les rencontrer, d'abord la seconde, brunette au nez retroussé. Elle a saisi un prétexte pour venir nous voir à table, souriante, saluant les uns et les autres, paraissant surprise de ma présence puis m'observant sans insister. Un autre jour, ce fut l'aînée. Grande et bien faite, les cheveux d'un blond filasse, les yeux gris clair, le nez long et mince, elle paraissait plus réfléchie que sa sœur, plus réservée. Comme chez monsieur de Goulaine, je découvrais d'autres visages, d'autres métiers et conditions, une nouvelle atmosphère. Cependant, mon intention était de ne pas prendre racine à Vitré et même de m'en échapper le plus tôt possible. Dans l'enceinte de ses remparts, à part la place du château et celle du marché, dite du Marchix, la petite ville n'est qu'un lacis de ruelles et la seule rue de quelque importance est celle qui relie ces deux places. Haut lieu du protestantisme en Bretagne, j'ai découvert qu'elle est néanmoins en majorité catholique. Les protestants y pratiquent librement leur culte sous la protection du maître des lieux, monsieur de Laval, baron de Vitré, calviniste comme ses amis hobereaux des environs, qui forment sa cour. J'ai profité du dimanche pour me promener dans la ville et voir comment se présente la poterne qui, au nord, permet d'y entrer et d'en sortir.

Maître Gallodais m'a fait venir dans son cabinet de travail pour me dire qu'il était content de moi et ne tarderait pas à me confier des tâches plus importantes, en augmentant mon salaire. Il m'a demandé si je me plaisais à Vitré. J'ai répondu qu'il était trop tôt pour le dire et que ma situation ne me laissait pas l'esprit assez libre pour bien répondre à sa question. Il a toussé deux fois et caressé sa barbe d'un air embarrassé avant de m'inviter à déjeuner le dimanche suivant. Madame Gallodais serait charmée de me voir à leur table. Surpris, j'ai dit que je ne méritais pas cet honneur mais ne pouvais refuser une invitation aussi aimable. Et, le dimanche venu, je suis allé déjeuner chez mon patron. Scène charmante que celle de ce repas de famille avec les parents et leurs cinq filles joliment habillées. Les trois plus jeunes étaient encore des gamines, les deux plus grandes presque des jeunes femmes. J'avais déjà eu l'occasion de les rencontrer à diverses reprises et même d'échanger quelques remarques avec elles, mais jamais aussi longuement. Madame Gallodais veillait à la bonne ordonnance du repas et s'exprimait peu ; monsieur Gallodais, en admiration devant ses filles, les laissait parler. Les plus jeunes babillaient, l'aînée les faisait taire pour me parler et, m'a-t-il semblé, démêler le vrai du faux dans ce qu'on avait dit de ma personne. Elle donnait l'impression de s'intéresser à moi, avec discrétion, tandis que la cadette, tout charme et tout sourire, faisait la coquette et paraissait plutôt souhaiter que l'on s'intéressât à elle. Je crois que ces attitudes différentes, opposées même, n'étaient pas de circonstance et correspondaient à leurs natures respectives. Quelques semaines plus tard, nouvelle invitation. J'étais gêné d'entrer dans l'intimité de ces gens auxquels je comptais fausser compagnie, mais comment me dérober sans les vexer et perdre leur sympathie ? Ce qui risquait de compliquer mes projets de fuite. Maître Gallodais, plus disert que précédemment, parlait de son fils François parti vivre au loin, en famille, dans une ville portuaire du sud de l'Espagne. François, que je lui rappelais notamment par mon jeune âge, avait vogué dans le sillage de Pierre Malherbe, ce Vitréen dont l'histoire faisait rêver les enfants du pays.

Malherbe, fils de toilier, avait quitté Vitré pour Sanlúcar, sur la côte andalouse, dès l'âge de douze ans et y avait bientôt fait le commerce des toiles. Trois ans plus tard, devenu Pedro Malahierba et espagnol à s'y méprendre, il gagnait les Amériques puis arpentait le Mexique, Panama, le Pérou, descendait jusqu'en Patagonie où il s'embarquait pour les îles Philippines. On disait à Vitré qu'il poursuivait son tour du monde après Magellan et Drake et avait atteint la Chine. Que de chemin parcouru à guère plus de trente ans d'âge ! Moins aventureux, François Gallodais, de Sanlúcar où il s'était fixé, expédiait les toiles de Vitré jusqu'au Nouveau Monde. Sans interrompre leur père, les filles écoutaient distraitement une histoire qu'elles connaissaient par cœur. Maître Gallodais a terminé son récit et le ton est monté entre l'aînée et la cadette. Elles se regardaient sans aménité, se contredisaient. La cadette était drôle, moqueuse, jouait de la mimique, de la voix, des épaules, l'aînée gardait son calme en ripostant par des mots qui ne rataient pas leur cible. Les parents ont mis le holà à ce manège avant que je prenne congé.

À quelque temps de là, Constance, l'aînée, s'est arrangée pour se trouver seule avec moi. M'ayant aperçu à la sortie de la grand-messe dominicale, elle s'était approchée pour m'entraîner à l'écart. Elle a dit vouloir me parler et nous avons marché ensemble. Avais-je l'intention de m'intéresser aux affaires de son père, voulait-elle savoir, au point d'envisager de me fixer à Vitré ? Constance croyait comprendre que le négoce n'était pas ma vocation, que j'avais renoncé à travailler dans ce domaine avec un oncle et que je souhaitais plutôt poursuivre des études en vue d'une carrière universitaire. Si tel était le cas, mon désir et mon souci devaient être de quitter Vitré dès que possible. Je ne voyais pas où elle voulait en venir et lui ai demandé pourquoi elle me posait ces questions. Elle m'a répondu qu'elle avait de l'amitié pour moi et regrettait de me voir perdre mon temps et gâcher ma vie. Convaincue que ma voie n'était pas celle du commerce mais des lettres et de l'enseignement, elle me comprenait. À l'instar de mon amie Anne, elle aimait la littérature : les poèmes de l'Espagnol Góngora, *La Vie de Lazarillo de Tormes* par un de ses compatriotes anonymes, *L'Histoire des amants fortunés*, contes recomposés par Pierre Boaistuau… Je pensais qu'elle voyait juste. Nous n'étions plus loin de l'hôtel familial quand elle me dit aimer sa cadette, pleine de qualités mais irréfléchie :

– La gaieté d'Apolline est factice. Ma sœur est en proie

à une révolte intérieure. Elle ne supporte plus notre vie familiale et veut à tout prix se marier pour partir, mais elle ne voit à Vitré aucun jeune homme qui lui plaise.

À en croire Constance, sa sœur était prête à se jeter dans mes bras pour me séduire et m'épouser. Je tombais des nues. Si jamais je succombais aux charmes de cette jeune fille, je me trouverais devant d'impossibles choix. L'épousant, je resterais à Vitré à faire le commerce des toiles avec monsieur Gallodais et ce serait pour m'en désoler chaque jour davantage. Prenant la poudre d'escampette, j'abandonnerais une malheureuse déshonorée, peut-être enceinte et désespérée. Plus probablement, Apolline me pousserait à m'enfuir avec elle pour gagner Rennes ou plutôt Paris, où ni d'incertains et maigres revenus ni même sa dot, si le mariage se faisait, n'autoriseraient un genre de vie conforme à ses goûts et ses habitudes. Encore fallait-il voir le problème sous toutes ses faces, dit encore Constance. Si je ne cédais pas à Apolline, elle était femme à me rendre la vie impossible. Je n'ai pas demandé de quelle façon. Constance lisait beaucoup de contes, c'était évident, néanmoins ce péril qu'elle imaginait ne me semblait pas extravagant. Elle connaissait bien sa sœur et, au sujet des hommes, ne manquait pas de perspicacité. Nous arrivions à l'hôtel Gallodais et je l'ai remerciée, sensible à l'amitié qu'elle me manifestait. J'allais réfléchir à tout cela et nous nous reverrions dès que possible, mais il n'était pas si facile de parler tranquillement. Un midi, mes deux collègues partis déjeuner, je me trouvais seul, plongé dans un travail d'écriture que je voulais terminer, lorsque Constance est apparue.

– Ce que vous m'avez révélé l'autre jour, ai-je dit, m'a

confirmé l'urgence de quitter Vitré. Comme vous le savez, étant assigné à résidence je n'en ai pas le droit. Je ne sais comment faire, les portes de la cité sont bien gardées.

Constance m'a pris la main et, les yeux dans les yeux, m'a dit :

– Je vous aiderai.

Elle avait dû y réfléchir car elle m'assura que les fêtes de Noël et leur cortège d'agitation viendraient vite et que la période serait propice à mon évasion. Aidant son père dans ses affaires, elle connaissait les charretiers qui transportaient les toiles, leurs itinéraires, leurs dates de départ et d'arrivée. Ils étaient proches des hommes d'armes qui gardaient les portes de la ville et ne vérifiaient pas leur chargement. Il serait facile de me glisser dans une des charrettes garées près de l'hôtel. Constance m'indiquerait la charrette partant pour Montautour où je voulais aller, et me dirait le jour et l'heure de son départ. J'ai eu la pensée fugitive d'un piège mais j'étais décidé à prendre tous les risques pour m'échapper.

Noël arrive enfin. Les gens s'affairent, les églises sont décorées, la maison Gallodais ne chôme pas. Constance me prévient qu'il y aura des toiles à prendre à Châtillon en Vendelais, sur le chemin de Fougères, puis à transporter à Vitré en attendant qu'elles partent pour Rennes. Il me faudra quitter la charrette à Balazé et trouver le chemin de Montautour où je veux me rendre. Le charretier se mettra en route dès l'aube, deux jours avant Noël, et sera revenu pour les fêtes, dit Constance qui me conduit au hangar où sont les voitures et me montre celle que je devrai prendre. Vue de plus près, l'affaire me paraît délicate.

Le jour venu, je me suis levé à l'aurore comme chaque matin en même temps que mes compagnons de chambrée, j'ai plongé mon visage et mes mains dans un seau d'eau glacée et, toujours avec les autres, après m'être habillé, je suis allé me réchauffer l'estomac avec une assiettée de soupe de légumes et de pain trempé. Auparavant, j'avais vidé ma vessie et mes tripes dans les lieux d'aisance au fond du jardin. Cette colique était peut-être causée par la peur que j'avais d'être pris et de retourner en prison, en tout cas je l'ai gardée en mémoire. Ensuite, ma journée allait prendre un tour inhabituel.

Au lieu de gagner le bureau des commis aux écritures, je suis allé discrètement jusqu'au hangar aux voitures où j'ai repéré la charrette que j'allais emprunter. J'observais la bâche recouvrant la partie arrière où seraient au retour placés les ballots de toile lorsque Constance a surgi. Elle ne pouvait, dit-elle, se satisfaire du petit « Au revoir » discret que la proximité d'autrui avait rendu seul possible la veille. Surtout, elle n'avait pu me dire que s'il m'arrivait de penser à elle et de désirer la revoir, je n'aurais qu'à lui faire signe. Elle partageait mes goûts et approuvait mon projet d'études prolongées en vue d'enseigner à l'Université. Le cocher allait venir, il fallait se séparer. Elle m'a paru pâle lorsqu'elle s'est approchée et que ses lèvres ont effleuré les miennes. Sans avoir le temps d'y réfléchir, je me suis glissé sous la bâche en attendant la suite, le cœur battant.

L'homme est venu, il a attelé son cheval et n'en finissait pas. Je bouillais d'impatience. Enfin, fouette cocher ! Le chemin n'est pas long de l'hôtel Gallodais à la poterne Saint-Pierre, qui était ouverte. Mon charretier a salué les gardes qui lui ont répondu. Peu après, ayant traversé la rivière Vilaine, nous roulions dans la campagne que j'apercevais en soulevant la toile. Cet hiver-là le temps était sec, aussi les routes, qui d'habitude sont défoncées et deviennent des fondrières en cette saison, étaient encore carrossables. Chemin faisant, je me disais que l'alerte ne serait pas donnée avant midi et que, en cette avant-veille de Noël, les autorités chargées de ma surveillance auraient d'autres chats à fouetter. D'autant que j'étais apparu comme un opposant bien inoffensif et que, s'il prenait envie aux Royaux de me pourchasser, ils choisiraient la direction du sud, vers Nantes, plutôt que celle du nord. Comme nous approchions de Balazé, j'ai profité d'un ralentissement du cheval lancé au trot depuis Vitré pour me laisser glisser au bas de la charrette avec le ballot de hardes que j'avais eu la précaution d'y cacher la veille. Le charretier n'a rien vu.

D'une branche de houx je me suis fait un bâton et j'ai marché vers Balazé, vite atteint, où j'ai pris le chemin de Montautour. J'avais croisé des paysans aux cheveux longs, revêtus de peaux de bique qui leur donnaient un air farouche. Constance, qui décidément pensait à tout, avait glissé dans mes mains un en-cas que j'ai dévoré dans une auberge de Montautour où j'étais parvenu avant midi et où l'on m'a servi des bolées d'excellent cidre. Je me disais que les desseins de la Providence sont insondables et que, si certaines femmes se trouvent sur notre route pour nous conduire à la perdition, d'autres comme Constance y ont visiblement été placées pour nous sauver. Que les actions humaines sont presque toujours un mélange où le bon s'accompagne vite de moins bon et que parfois les deux cheminent ensemble. Ainsi, Constance m'était venue en aide car elle éprouvait pour moi, je n'en doutais plus, de tendres sentiments, mais aussi pour me soustraire à sa sœur dont elle redoutait l'art de séduire. J'ai secoué la tête et me suis dirigé vers le presbytère, en haut du village, pour rencontrer le recteur de la paroisse. La commission du duc de Mercœur était encore en ma possession, mais je n'avais plus la bourse et la tâche m'apparut soudain ardue. Je me suis demandé si j'avais bien fait de venir jusque-là. Cependant, rentrer à Nantes sans avoir tout tenté pour obtenir ce psautier dont j'étais si proche m'aurait été insupportable.

Le recteur qui sortait de table m'a reçu et a cru à mon récit. Mon arrestation et ma captivité à Vitré ne le surprenaient pas. Il avait été auparavant contacté par un Ligueur des environs à la demande du duc de Mercœur à propos de ce psautier qui avait une longue histoire. Au XIIe siècle, le roi d'Angleterre, Henri II, avait enfin consenti au mariage après quinze ans de fiançailles de Geoffroy, son troisième fils, avec Constance, l'héritière du duché de Bretagne. Les futurs époux venus de Normandie, dont le roi d'Angleterre était également duc, se rendaient à Rennes où était prévue leur entrée solennelle. Ils firent étape à Montautour et pour une raison inconnue c'est dans cette modeste paroisse qu'ils se marièrent. La duchesse de Bretagne avait remercié le recteur de Montautour en lui offrant ce magnifique psautier qu'il ne voulut pas considérer comme un bien privé et transmit à son successeur en souhaitant que cette transmission devienne coutume et se perpétue.

– Malheureusement, poursuit le recteur, depuis bientôt

une décennie notre Bretagne est devenue un champ de bataille où Royaux et Ligueurs s'entretuent, et où beaucoup de combattants ne sont plus que des brigands sans scrupules ni pitié, sans respect pour les choses saintes. De surcroît, les Huguenots qui sont nombreux par ici s'en prennent aux églises et même aux presbytères. C'est pourquoi, quand le magistrat de Vitré a fait enquêter à ce sujet, j'ai jugé prudent de dire que je n'étais au courant de rien. Croyant le projet du duc de Mercœur abandonné, j'ai pensé que le psautier serait mieux à sa place dans un couvent rennais. En l'occurrence, celui des Capucins où je l'ai porté moi-même il y a quelques semaines et où vous devriez le trouver.

Le recteur, qui visiblement penchait pour la Ligue et souhaitait m'aider, m'a invité à rester à Montautour pendant les fêtes de la Nativité. Je fus donc logé dans sa cure. Le lendemain de Noël, je prenais à pied le chemin de Rennes, en contournant soigneusement Vitré.

5

BAS-FONDS

Deux jours de route où je m'étais fait aussi discret que possible et j'arrivai à Rennes. À Saint-Aubin du Cormier, j'avais dîné dans une auberge avant de m'endormir en dédiant une pieuse pensée aux Bretons qui, un siècle plus tôt, avaient livré en ce lieu la dernière grande bataille pour l'indépendance du pays. Renforcés de contingents allemand, anglais, espagnol et gascon, ils avaient affronté les Français et leurs mercenaires suisses et italiens. Après la défaite, des milliers d'entre eux jonchaient le sol où ils allaient être ensevelis. Je retournais maintenant dans mon esprit une préoccupation plus terre-à-terre mais d'une grande urgence : comment survivre à Rennes ? Au départ de Vitré, j'avais en poche l'argent des salaires versés par monsieur Gallodais, ce qui m'avait dispensé de mendier en route. Cette petite somme ne me mènerait pas loin. À Rennes où je ne connaissais personne et devrais éviter d'attirer l'attention, il me faudrait rapidement gagner ma vie. Comme j'arrivais dans la grande ville, un paysan qui apportait des légumes dans sa charrette m'a renseigné :

– À main droite, c'est le champ de foire aux oignons, à main gauche l'abbaye Saint-Melaine puis l'église et le cimetière Saint-Jean. Va devant toi, laisse la rue qui part à gauche et, toujours tout droit, tu tombes sur la porte Saint-Georges.

À la porte, les gardes m'ont demandé qui j'étais, d'où je venais et ce que je comptais faire à Rennes. J'ai dit que j'étais un licencié ès-arts venu de Montautour et que le recteur de cette paroisse m'adressait à l'abbé du couvent Saint-François de Rennes pour qu'il m'aide à trouver un emploi de maître d'école. L'un des gardes, méfiant, m'a demandé le nom du recteur de Montautour.

– Martin Boetel, ai-je répondu.

– Laisse-le passer, a dit l'autre.

Cette partie de la ville n'était guère animée. J'ai suivi la rue Saint-Georges qui m'a paru fort longue puis erré dans un dédale de ruelles avant de parvenir à une Halle envahie par la cohue, ensuite j'étais sur la grande place du Champ-Jacquet, ainsi nommée, m'a-t-on dit, parce que s'y réunissaient les pèlerins partant pour Saint-Jacques de Compostelle. L'effervescence y régnait, les chalands étant attirés par le marché de Noël qui se tiendrait jusqu'à la Saint-Sylvestre. Je suis entré dans une taverne où j'ai été bien aise de me reposer et d'étancher ma soif. Au patron qui m'apportait un pichet de cidre, j'ai demandé s'il ne recherchait pas un porteur de plateaux pour l'aider. Il me dit que je trouverais plus facilement à m'employer du côté du faubourg Saint-Aubin, au nord de la ville, où je me suis rendu en sortant par la Porte aux Foulons. Les gardes m'ont laissé franchir les murs de l'enceinte sans me poser de questions. Alors que le jour baissait, j'étais perdu sur une grande place quand j'ai aperçu une lumière vers laquelle je me suis dirigé. La taverne de La Chouette ! J'étais donc place Sainte-Anne, à l'entrée de la rue Haute qui va vers Saint-Malo. J'ai poussé la porte, descendu deux marches et me suis trouvé dans un sous-sol mal éclairé, au plafond bas, bruyant et grouillant de monde, sentant le renfermé et la fumée de tabac. J'ai demandé s'il y avait du travail au patron qui voulut savoir si j'avais déjà été serveur. Ce n'était pas le cas et il a fait la grimace. Non, il n'avait rien pour moi. Puis il s'est ravisé : que je revienne le lendemain matin et l'on verrait de quoi j'étais capable. C'était l'heure du repas, j'avais faim et j'ai mangé un ragoût peu ragoûtant, tout en observant les lieux et en écoutant ce qui se disait. Comme je m'en allais, le patron m'a indiqué un galetas où dormir, plus loin dans la rue Haute. La nuit était presque tombée lorsque j'y suis arrivé.

Crotté, car il avait plu, j'ai cogné à la porte jaune indiquée par le tavernier et une femme est venue l'entrouvrir qui m'a jeté un regard méfiant, me mettant sa chandelle allumée sous le nez. Entre deux âges et déjà décrépite, borgne avec une taie sur l'œil, elle voulait que je paie un mois d'avance pour sa pièce à louer mais s'est contentée d'une semaine. Elle m'a conduit à l'étage, en boitant, jusqu'à un réduit peu engageant situé sous les combles. La logeuse m'a dit qu'il y avait un puits à l'entrée de la rue Haute et qu'elle pourrait me prêter un seau si je voulais y chercher de l'eau pour me laver. Elle est redescendue et je me suis allongé sur le matelas étendu par terre. Épuisé, je me suis endormi aussitôt. Le réveil du lendemain fut humide et glacial, en décembre dans cette chambre sans feu. La mission à remplir s'était muée en défi à relever. Il me fallait admettre que, sans l'argent du duc qui m'avait été confisqué, il m'était devenu presque impossible d'obtenir le psautier. Échappé de Vitré par heureuse fortune, j'étais allé à Montautour tenter le sort qui s'était joué de moi en me poussant vers Rennes où, toujours égaré chez les Royaux, je me trouvais dans une situation critique à tous égards. Pour l'instant, pas question de m'adresser à l'abbé du monastère rennais où se trouvait le psautier. Au mieux, il refuserait de me recevoir et, s'il me recevait, m'éconduirait vite tant j'avais une piteuse mine ; au pire, si ses sympathies allaient aux Royaux, il me dénoncerait et ferait arrêter. La trêve entre Royaux et Ligueurs durait depuis des mois et tout donnait à penser qu'un arrangement allait survenir entre les deux parties. La sagesse me commandait donc de survivre de mon mieux en attendant la paix imminente qui m'autoriserait à émerger en toute sécurité des ténèbres où j'étais plongé. Ensuite, je tenterais encore d'obtenir le psautier pour le porter au duc.

Dans le quartier où j'avais ma tanière, on voyait surtout de vieilles maisons basses, des taudis qu'on devinait sans air ni lumière, comme le mien, aux murs suintant d'humidité. Embauché en tant que serveur à la taverne de La Chouette, je n'avais pas la tête de l'emploi, perdu au milieu de cette clientèle déclassée et souvent aigrie de soldats mutilés, invalides, de vieux serviteurs abandonnés, de filles de joie, d'ouvriers estropiés ou mal considérés comme les écorcheurs de vilaines bêtes ou les crieurs de vin. On se moquait de moi en me faisant à l'occasion un discret croche-pied, les filles m'appelaient « mon mignon », le patron me malmenait. Je m'abstenais de répondre aux provocations, ne sortant mes griffes qu'en cas d'abus. Parmi les pratiques, des marauds, adeptes m'a-t-on dit du vol à l'étalage dans l'enceinte de la ville, parlaient entre eux à voix basse, sans se faire remarquer ni s'occuper de moi. La nourriture était copieuse, simple et monotone : légumes et viande bouillie. Je reconnaissais parfois un client qui mendiait sous le porche des églises Saint-Aubin ou Bonne Nouvelle devant lesquelles je passais en sortant de chez moi. Si des habitués venaient prendre leurs repas à la taverne, d'autres, inoccupés, la fréquentaient pour y trouver de la compagnie, se réchauffer, boire, jouer aux cartes, fumer du tabac, tuer le temps. Le patron jetait dehors ceux qui avaient trop bu, semaient le désordre, en venaient aux mains. Un soir, mon travail terminé, le patron fermait la taverne et une fille qui en sortait en même temps que moi m'a dit :

– Viens chez moi, ce sera gratis pour tes beaux yeux, tu as l'air gentil.

Jeune, jolie, sa vie ne l'avait pas encore fanée. Nous avons parlé. En quelques mots, elle m'a raconté sa triste et banale histoire. Elle insistait pour que je la suive.

– Tu es gentille aussi mais on m'attend. Tu devrais te trouver un autre métier.

Elle paraissait décontenancée :

– Je ne te plais pas ?

– Ce n'est pas le problème ! Il faut que je rentre.

Je n'avais pas été loin de succomber à la tentation mais j'avais craint, trouvant chez elle un havre, de m'attendrir sur ses malheurs et de ne plus m'en dépêtrer. Il avait été convenu avec le patron que mon misérable salaire augmenterait si je donnais satisfaction. Ayant compris que ma situation n'était pas claire, il en profitait pour ne pas tenir parole. Je retrouvais le soir une pièce froide aux murs couverts de moisissures et me disais que j'allais tomber malade. J'éprouvais un sentiment atroce de déréliction. Dieu m'abandonnait et je n'étais pas loin de toucher le fond. Me voyant comme une bête tombée dans un piège, je ne me sentais plus en état de fuir Rennes. Les Royaux étaient maîtres désormais de la plus grande partie de la Bretagne et j'étais sûr de tomber entre leurs mains en tentant de rejoindre Nantes. Cependant, mon orgueil m'interdisait d'accepter la défaite. À mon découragement a succédé un mouvement de révolte. Déjà, le jour même, j'avais saisi au col un client de la taverne qui me bousculait et envoyé promener le patron mécontent. Il me fallait quitter sans tarder ces lieux sordides où je dormais et travaillais. Mercœur et le roi ne signaient toujours pas leur satané traité de paix et je ne me décidais pas à demander une audience à l'abbé du monastère franciscain. Redoutant de me retrouver au cachot comme à Vitré, je pensais à Anne Kervour et me demandais ce qu'elle m'aurait suggéré pour sortir de ce bourbier.

Je dépérissais depuis cinq semaines dans ce faubourg de Rennes. Passant chaque jour devant l'hôpital Sainte-Anne où sont accueillis les malades indigents, j'eus l'idée d'y proposer mes services, qui furent acceptés. À la taverne de La Chouette et dans le quartier de la rue Haute, j'avais été mêlé à une faune dont j'ignorais jusque-là l'existence. Dans cet hôpital où je ne pénétrais pas sans appréhension, j'allais découvrir des aspects plus sombres encore de la condition humaine. Nourri convenablement et jouissant d'une chambrette propre, je recevrais une somme modique en échange du travail assidu qu'on attendait de moi au service des malades, six jours sur sept et parfois plus, dans la partie de l'hôpital réservée aux hommes, défraîchie et mal chauffée. J'étais affecté, en compagnie d'un gros costaud des environs de Rennes, à l'une des deux salles communes, grande pièce où une quinzaine de lits étaient rangés de chaque côté d'une allée centrale. À l'une des extrémités, un autel était isolé par un grand rideau que l'on pouvait tirer. Chaque jour l'aumônier venait dire la messe que les malades pouvaient suivre de leur lit, tandis qu'à l'autre bout de la salle des paravents isolaient les mourants. Peu de lits à une place recevaient les plus atteints ; la plupart des lits étaient à deux places et il y en avait même un à trois places. Les malades étaient des pauvres, des vieillards, des sans famille souvent saisis par la froidure de l'hiver. On entendait sans cesse tousser et cracher et il y avait beaucoup de sirop à distribuer pour calmer la toux des catarrheux mais aussi des potions pour apaiser les douleurs et l'angoisse des insomniaques qui gênaient les autres. Les gémissements de ceux qui souffraient, loin de susciter la compassion de leurs compagnons de misère, déclenchaient des concerts d'imprécations. Nous assistions les patients pour la toilette, les repas et les actes de la vie courante qu'ils n'étaient plus en état d'accomplir seuls. Étant en hiver, on avait à entretenir le feu du poêle. Quand l'aide vidait les crachoirs et les seaux de toilette, la salle s'emplissait d'une odeur qui me conduisait à cent lieues des bergeries d'Arimène et d'Alphise de Nicolas de Montreux, dont le souvenir me visitait parfois. Les draps étaient usés et en trop petit nombre pour être changés comme il aurait fallu. Chaque matin passait le médecin qui examinait les malades, leur langue, leur urine, tâtait leur pouls, prescrivait des médications. Pour l'anorexie, c'étaient la sauge et le romarin. La toux, il la traitait par le thym et le miel. La direction lui reprochait de ruiner l'établissement avec ses potions coûteuses, d'ordinaire réservées aux riches ; ainsi la mandragore à laquelle il tenait, distribuée à petites doses aux nerveux, aurait pu être remplacée par la belladone. J'avais les échos de tensions et parfois d'éclats. Quelques-uns libéraient leur lit en guérissant, la plupart en mourant. On était tout près du cimetière Saint-Aubin, où le coin des indigents recevait leur dépouille après une brève cérémonie à la chapelle mal entretenue de l'hôpital. Un moine franciscain qui était également prêtre venait de son couvent pour épauler le vieil aumônier souvent malade en visitant et réconfortant les malades, et en administrant aux mourants l'extrême-onction qui apaisait leur âme avant qu'ils paraissent devant leur Créateur.

L'hiver n'en finissait pas, tout comme les négociations entre belligérants. Chacun campait sur ses positions et, un peu partout en Bretagne, les opérations militaires étaient à l'arrêt. Février de l'année 1597 arriva et le Carême, période de jeûne et de pénitence, allait être inauguré par le mercredi des Cendres. Depuis quelque temps, il se disait à Rennes que les festivités d'avant Carême et surtout de Mardi gras seraient cette année grandes et joyeuses pour lutter contre la morosité ambiante. On ne parlait que des énormes travaux préparatifs en cours. Charles de Cossé, comte de Brissac, arrivé à Rennes en octobre 1596 pour remplacer feu le maréchal d'Aumont, y commandait les troupes royales mises au repos pendant la trêve. Brissac avait été gouverneur de Paris pour la Ligue avant de retourner son pourpoint. En remerciement, le roi l'avait nommé maréchal et lieutenant général en Bretagne. À Rennes et plus généralement en pays breton, il était blâmé et parfois honni par les Royaux pour avoir été un chef de la Ligue, et par les Ligueurs parce qu'il commandait les Royaux après avoir trahi la Ligue. Le maréchal avait pensé se concilier au moins le menu peuple en lui offrant de la distraction, c'est pourquoi on voyait et entendait une armée d'ouvriers construire au Champ-Jacquet d'immenses échafaudages et les décors impressionnants d'un château de fantaisie. Le Mardi gras, 18 février au soir, il y eut un grand concours de peuple pour assister à une bataille agrémentée d'une canonnade, de musique martiale et d'un feu d'artifice. Avant même d'avoir pris fin, la guerre, pourvoyeuse de sang et de larmes, cédait un instant la place à sa représentation théâtrale très réussie, sans autres éclats que de rire à ce qu'en disaient les soignants de Sainte-Anne. Plus encore que les plaisanteries fusaient les critiques du coût de ces fêtes. Où Brissac avait-il trouvé les quinze-cents où même deux-mille écus auxquels il était estimé ? On protestait que cet argent aurait mieux servi à soulager le peuple de sa misère qui était grande tant avaient renchéri le seigle et le froment. Pour la plupart, les patients de l'hôpital n'étaient pas en état de s'intéresser aux réjouissances. À peine avaient-ils entendu parler, pendant les trois jours gras précédant le mercredi des Cendres, des défilés de masques accompagnés de musique et de pétards, arrosés de cidre et parfois de vin. Ensuite, avec le Carême funeste aux bouchers et faste aux poissonniers, la ville retrouva son habituelle retenue.

Vivant à Rennes depuis trois mois, je supportais mal la vie que j'y menais, encore que cette formulation soit inappropriée puisque je n'y menais rien, étant mené sur toute la ligne et me demandant combien de temps cela durerait. Et voici qu'en avril se répand le bruit que la trêve est rompue ! Le duc de Mercœur s'est emparé du château de Saint-Mars la Jaille dans le comté de Nantes et le maréchal-comte de Brissac, furieux, n'a pas tardé à riposter en s'emparant de la ville de Châteaubriant. Cette maudite guerre ne finira donc jamais ? En trois mois, j'avais tissé des liens presque amicaux avec le franciscain qui venait à l'hôpital apporter des secours spirituels aux pauvres malades. Même s'il ne croyait plus guère au succès de la Ligue, c'était toujours de ce côté qu'il penchait. Il m'avait laissé entendre que l'abbé de son monastère était à ce sujet dans les mêmes dispositions que lui. La personne du roi et sa politique ne leur inspiraient que méfiance. J'ai cru pouvoir lui confier mon histoire et ma vive envie de rencontrer son abbé. À mon soulagement, il a obtenu que je sois reçu. Qu'on me remette le psautier ou, comme il était probable, qu'on refuse, j'étais décidé à conclure mon périple hasardeux, commencé par une cavalcade et prolongé en douloureux et dangereux cheminement. Il était temps de renoncer à ma chimère. Abreuvé d'épreuves, que dis-je, saoulé par les potions amères ingurgitées en chemin, ma quête prenait fin à Rennes et, avec ou sans le psautier, je reprendrais sans tarder le chemin de Nantes quels que soient les risques. L'abbé franciscain faciliterait peut-être ce retour en m'assistant d'une aumône, car j'étais fort démuni. À peine étais-je introduit chez ce dignitaire religieux que je prenais conscience de l'incongruité de ma démarche. Comment croire qu'en ces temps de brigandage où pullulaient les menteurs et les voleurs, le père abbé se fierait à mon discours et à ma bonne mine pour me remettre un objet aussi précieux ? Petit et maigre, l'œil sombre sous des sourcils épais et gris comme sa barbe, avec des poils qui lui sortaient du nez, des oreilles, il m'a écouté attentivement puis parlé avec franchise :

– Si j'avais encore ce psautier, mon fils, je n'aurais pu me défaire d'un objet de valeur offert à notre couvent. En l'occurrence, je suis bien empêché de vous donner satisfaction car il n'est plus en ma possession. Devant l'insécurité générale qui dure depuis des années et dont on ne voit pas la fin, devant ces pilleries ne respectant même plus les édifices religieux ni les objets sacrés qu'ils renferment, monsieur le recteur Boetel, de Montautour, a estimé que notre couvent devait devenir non seulement le dépositaire mais aussi le propriétaire du psautier qu'il nous apportait. À la même époque, nous recevions les appels de détresse d'un de nos monastères franciscains de Basse-Bretagne ayant subi de ruineux dommages du fait de troupes appartenant à divers camps, surtout anglaises. Nous-mêmes, ici en grande difficulté, étions dans l'impossibilité d'aider financièrement nos frères. Pour eux, j'ai pensé à ce psautier qui, sans valoir une fortune, devait pouvoir être négocié à un prix intéressant. Après avoir consulté mes frères franciscains de Rennes, je l'ai donc fait parvenir pour l'amour du Christ à ceux de Guingamp chez qui il se trouve maintenant, à moins qu'ils aient déjà trouvé un acquéreur aussi averti que monsieur le duc de Mercœur. Si par aventure vous souhaitiez vous hasarder jusqu'à Guingamp, n'hésitez pas à faire un détour par Dinan où le supérieur des Cordeliers vous présentera des personnes susceptibles de vous aider à poursuivre votre quête avec quelque chance de réussite.

La messe était dite. Pas de question à poser, nul commentaire à ajouter, un simple remerciement à exprimer. J'ai pris congé du père abbé puis marché dans les rues de Rennes, décontenancé par le cours inattendu des événements. Une fois de plus, cet objet ensorcelé se mettait à bondir et me narguer au moment où je m'apprêtais à mettre la main dessus. Moi qui avais décidé de prendre le chemin de Nantes, je me trouvais maintenant face à une nouvelle éventualité, tout à fait imprévue. Mon choix a été vite fait de risquer ce détour par Dinan et d'y chercher de l'aide pour atteindre Guingamp, où les moines franciscains s'ils avaient encore le psautier, ou bien son acheteur s'il consentait à s'en dessaisir, ne le laisseraient pas partir à moins de vingt livres qu'il valait bien et que je n'avais plus. Mes démarches infructueuses à Montautour puis au couvent rennais m'avaient ramené au réel et ouvert les yeux sur la difficulté de mon entreprise. Toutefois, encouragé par les propos de l'abbé, je reprenais espoir en la Providence, voulant croire qu'elle me prendrait en pitié pour venir de quelque façon à mon secours. J'ai donné un préavis d'un mois au religieux dirigeant l'hôpital. C'est ainsi qu'à la fin mai, peu après l'annonce de la reprise de Pontivy par les Royaux, je rassemblais mes quatre sous et mes trois loques et quittais Rennes par la porte des Foulons puis la rue Haute, et bientôt sa barrière, pour prendre la direction de Saint-Malo qui était aussi celle de Dinan.

6

SOUDARDED

Sur la route de Dinan, je tournais le dos à Nantes et tout en marchant m'interrogeais encore sur ce qui me poussait à tant risquer pour obtenir cet objet précieux qui ne cessait de se dérober. J'étais comme un chasseur acharné à traquer un gibier sans admettre de rentrer bredouille. Après deux ans de traque, revenir à Nantes seul, sans cheval ni argent ni psautier aurait été plus que pénible, infamant. Si la poursuite était déraisonnable, le renoncement, dont je n'avais pas été loin, se révélait impossible. Sans doute aussi voulais-je infliger quelque remord à ceux qui m'avaient lancé dans cette périlleuse aventure. Après deux jours de marche, coupés d'une nuit à la belle étoile près de Hédé, je laissais la route de Saint-Malo peu après Pleugueneuc et prenais à main gauche celle de Dinan où j'arrivais sans encombre, Dieu merci, vers le milieu de la journée.

Après Nantes, Dinan était sans conteste la deuxième ville ligueuse de la province par le nombre de ses habitants, la fermeté de ses convictions mais aussi la puissance de ses défenses et l'importance de sa garnison. Au pied de son château et des remparts formidables juchés sur le plateau dominant la Rance, j'ai donné aux gardes le nom du supérieur des Cordeliers de Dinan auquel m'avait adressé celui de Rennes. Comme on ne me prenait pas au sérieux, j'ai insisté : je venais de Nantes avec un message important à transmettre à ce religieux. Ils ont dû faire le nécessaire car, après de longues minutes, j'étais conduit par un soldat au couvent des Franciscains où le supérieur m'a reçu et écouté avec attention voire bienveillance avant d'informer de mon problème un officier de la garnison qu'il connaissait. Je pouvais dormir au couvent. Le soir même, je rencontrais ce capitaine de chevau-légers.

Le maréchal de camp commandant la garnison, m'a-t-il dit, avait réclamé au duc de Mercœur des instructions à mon sujet. Il allait falloir attendre la réponse pendant plus d'une semaine. Lors de cette attente au couvent, je parlais chaque jour avec les moines. J'ai constaté leur affliction devant la situation politique et militaire. La Bretagne, disaient-ils, avait jusque-là échappé par miracle au péril huguenot mais lorsque Navarre, c'est ainsi qu'ils nommaient le roi, aurait triomphé, elle serait infectée par l'hérésie dont le duc de Mercœur l'avait protégée. Quant aux troupes que j'apercevais en me promenant dans la cité, elles donnaient l'impression d'avoir gardé la discipline militaire. Sans nul doute, cependant, ces soldats et plus encore leurs chefs se demandaient ce qu'il adviendrait d'eux s'ils devaient rendre les armes. Le roi Henri IV avait la réputation justifiée de combler de titres et d'argent les princes et les grands seigneurs qui l'avaient combattu et faisaient leur soumission, mais se montrait moins généreux avec le menu fretin. Après une attente d'une dizaine de jours, la réponse du duc de Mercœur est arrivée et je crois qu'elle a surpris ces messieurs officiers de Dinan qui ne croyaient guère à mon histoire.

Le duc disait de m'équiper et me renflouer financièrement pour que je puisse remplir ma mission en accompagnant la troupe de chevau-légers qui allait partir pour Guingamp. Miraculeux rétablissement ! Cette réponse montrait le prix que Mercœur continuait d'attacher à la possession du psautier et confirmait le bien-fondé de mon obstination. À partir de cet instant, j'ai eu droit à la considération des moines comme des militaires.

Quelques jours plus tard, j'accompagnais une vingtaine de cavaliers qui devaient rejoindre monsieur de Kerousy, commandant la Ligue dans la région de Guingamp. Au cours des dernières années, les Royaux n'avaient cessé de gagner du terrain dans toute la partie nord de la Bretagne proche du littoral. Ils avaient reçu l'aide de l'armée anglaise qui avait, en maints endroits, semé la désolation avant de repartir. Pour éviter autant que possible les Royaux, le lieutenant des chevau-légers avait reçu l'ordre d'aller d'abord vers le sud, ensuite de progresser vers l'ouest à travers les forêts de la Hardouinais et de Loudéac pour enfin remonter vers le nord par la forêt de Lorge. Ce trajet, plus long mais plus sûr que celui de la côte, augmentait nos chances d'atteindre Guingamp sans être interceptés. Nous évitions les bourgs et avancions en pleine nature qui était belle à quelques jours de l'été. Les hommes étaient silencieux, peu enclins à dire leur appréhension de s'enfoncer dans un territoire où beaucoup de cités étaient tombées aux mains de l'ennemi. On trouvait à se ravitailler dans les fermes où les paysans, ne sachant de quel parti nous étions, se gardaient de tout commentaire, surpris et contents d'être payés. Nous avions chevauché presque une semaine quand, à l'approche de Guingamp, le parler breton a commencé à se faire entendre. Abordant avec précaution le château de monsieur de Kerousy, nous l'avons découvert occupé par les Royaux. Le maître s'était réfugié chez un petit noble de ses amis et vassaux, monsieur de Coatmen dont le manoir fortifié n'était pas éloigné et où l'on nous a bien reçus. Dès le lendemain, je partais à pied pour Guingamp avec un valet du manoir, bretonnant comme tous les gens de cette région.

La ville avait beaucoup souffert, surtout la partie hors les murs. Les couvents des Jacobins et des Capucins étaient ruinés. J'ai pu parler à quelques frères capucins de Saint-François acharnés à se maintenir dans les ruines de leur couvent qu'ils avaient commencé à reconstruire. Ils connaissaient l'histoire du psautier, accueilli comme un don du ciel et qui par chance avait trouvé pour acquéreur un bourgeois des environs, amateur de livres et particulièrement de livres pieux. Il leur en avait offert un bon prix. Cet apport tant espéré leur avait permis d'engager les premiers travaux de rénovation du couvent. Les frères m'ont donné le nom de cet acheteur de l'ouvrage et indiqué où le trouver. Encore une fois, j'avais le sentiment de toucher au but.

Mon guide et moi quittions les faubourgs de Guingamp quand un groupe de soldats nous a entourés. L'un d'eux s'est adressé à nous avec un fort accent anglais, voulant savoir qui nous étions, d'où nous venions, où nous allions. J'ai laissé parler mon compagnon, qui n'a pas été assez convaincant car les soldats nous ont obligés à les suivre malgré mes protestations. Ils nous ont conduits jusqu'à un manoir proche qu'ils occupaient, pour nous y enfermer dans une cave. Entre eux ils parlaient anglais, à ma surprise car je croyais les troupes anglaises parties de Bretagne. Nous serions interrogés le lendemain, nous a-t-on dit. Le soir venu, un soldat qui nous apportait notre pitance a engagé la conversation dans un français hésitant. Il paraissait bon bougre et voulait savoir si nous étions de Guingamp et connaissions la région. Je lui ai demandé s'il était anglais. Il a répondu que sa compagnie, composée d'Anglais et de deux Irlandais, était la seule que la reine Élisabeth ait laissée en Bretagne pour combattre sous les ordres du maréchal de Brissac. Après une brève hésitation, il a admis être l'un de ces deux Irlandais et demandé si nous étions catholiques.

– *Ya, ya katoliked omp, penn-kil-ha-troad !* a bretonné mon compagnon.

J'ai traduit :

– Oui, oui tout ce qu'il y a de plus catholiques.

– Moi aussi ! s'est exclamé l'Irlandais.

Son copain et lui en avaient assez de combattre parmi les rangs de l'armée anglaise qui massacrait leurs frères d'Irlande et ils s'apprêtaient à déserter pour rejoindre les Espagnols dans le sud de la Bretagne. La révolte avait éclaté en Irlande et le roi d'Espagne soutenait les rebelles.

– Je suis de garde cette nuit et nous allons partir, a dit le soldat. On peut vous aider à fuir et en échange vous nous guiderez vers le sud. Soyez prêts, je viendrai vous chercher vers minuit.

Je ne savais plus que penser de ces événements qui se

précipitaient et dont la maîtrise m'échappait. Que nous voulaient les Anglais des troupes royales qui nous avaient arrêtés ? Qu'allaient-ils faire de nous ? Peut-être nous libérer sans tarder, auquel cas, si notre fuite échouait, nous leur fournirions un motif pour prolonger notre captivité et nous infliger Dieu sait quels maux. Mais n'était-ce pas au contraire en refusant de fuir que nous risquions le pire ? Mon compagnon n'avait pas de ces états d'âme. S'échapper dès que possible et à tout prix, voilà pour lui ce qu'il fallait tenter, en remerciant la Sainte Vierge de nous avoir envoyé ces Irlandais. Ce garçon voit juste ! me suis-je finalement dit. Les pensées n'ont cessé de me courir en boucle dans la tête qu'à l'arrivée de notre coreligionnaire, tournant avec précaution la clef dans la serrure puis marchant sur la pointe des pieds. L'instant suivant nous avions rejoint l'autre soldat et, heureux de retrouver l'air libre, prenions la direction du manoir où se trouvaient les Ligueurs, et où nous parvînmes épuisés alors que l'aube pointait.

Notre guide connaissait tous ces chemins faiblement éclairés par un quartier de lune et nous avons longé sans encombre le bois de la Roche puis traversé ceux de Kerauffret et de Coat-Lion. Au manoir fortifié de Coatmen, monsieur de Kerousy, ragaillardi par l'arrivée du renfort imprévu de Dinan qui allait lui permettre de jouer de bons tours aux Royaux, était jovial et en avait grand mérite, non seulement parce que les circonstances ne s'y prêtaient guère mais aussi parce qu'il s'était sacrifié pour la Ligue dont les guerres lui avaient causé de grandes pertes quand elles en avaient enrichi tant d'autres. Le geste du gentilhomme qui l'avait accueilli était d'autant plus méritoire que quantité de Ligueurs perdaient courage tandis que d'autres se préparaient à devenir des Royaux de la dernière heure.

Tôt levé, monsieur de Kerousy avait éclaté de rire en nous voyant arriver aux aurores, mon guide et moi, avec les deux soldats étrangers :

– Je vois que vous avez fait deux prisonniers ! s'était exclamé d'une voix de stentor le chef de la Ligue à Guingamp.

Renseigné au sujet de ma quête du psautier, il se montra convaincu que l'actuel propriétaire, qu'il connaissait et dont la demeure n'était pas éloignée, accepterait de s'en dessaisir pour le duc de Mercœur, surtout s'il m'était possible de lui en payer le prix. Il remarqua :

– Le cher duc est bien avisé de vouloir se procurer ce pieux ouvrage. Dans la situation où nous sommes, il ne lui faudra pas moins que les Psaumes de David pour appeler le Seigneur à la rescousse : « Éternel tu es mon refuge, sois attentif à mes cris. Délivre-moi de ceux qui me poursuivent car ils sont plus forts que moi. »

Voilà qui me rappelait Anne Kervour dont j'ai chassé la troublante image. Se tournant vers un ecclésiastique aussi matinal que lui-même, monsieur de Kerousy a ajouté :

– Vous voyez, monsieur mon chapelain, les Huguenots ne sont pas les seuls à connaître les Psaumes.

Les Ligueurs des environs sont venus au manoir rencontrer ceux de Dinan pour passer ensemble une soirée où le cidre doux du pays de Rennes ne manquerait pas. À l'entrée éclairée par des torches, ils étaient accueillis par deux sonneurs, l'un de bombarde et l'autre de cornemuse, jouant des airs religieux ou guerriers. Dans la grande salle, des nobles et aussi des paysans en nombre, quelques femmes, plusieurs prêtres se retrouvaient et fraternisaient, montrant une détermination farouche. Les Ligueurs entouraient François de Kerousy qui, après quelques mots de bienvenue en français à l'intention des chevau-légers, poursuivit en breton pour exalter l'esprit de résistance de la Basse-Bretagne réfractaire à l'hérésie. Après avoir rappelé les faits d'armes des Ligueurs de Guingamp, il martela en conclusion que tout défaitisme devait être banni car, si les Royaux s'emparaient des villes bretonnes, en revanche dans nos campagnes et à Guingamp en particulier, ils ne feraient jamais la loi. Il fut longuement acclamé.

Un chant populaire célébrant le départ des combattants pour la grande bataille de Craon s'était répandu en Basse-Bretagne et mon guide l'entonna. Au fil de ses couplets, paysans et gentilshommes partaient au combat comme à la croisade et l'un deux s'ouvrait une veine du bras pour peindre avec son sang une croix rouge sur son pourpoint blanc. Emporté par sa mélopée, le chanteur montra l'assistance d'un geste ample et éleva la voix :

– « *Setu soudarded ar vro, soudarded unanet...* »

Je traduis ce début et la suite : « Voici les soldats du pays, les soldats de la Ligue / Pour défendre la vraie foi contre les Huguenots / Pour défendre la Basse-Bretagne contre l'Angleterre et la France / Et tous ceux qui ravagent notre pays / Et sont pires que l'incendie. » Les couplets se succèdent et tous écoutent religieusement. Voici que de nouveau le chanteur donne de la voix :

– « Que Dieu secoue la gelée, que le blé soit flétri sur la terre du Français ! »

À la fin, il criait presque :

– « Jamais, jamais la génisse ne s'accouplera au loup ! »

Ce que les assistants qui se lèvent reprennent en chœur :

– « *Biken, biken, n'embaro an ounner hag ar bleiz !* »

Le loup, c'était le roi de France, la génisse, c'était nous et je chantais avec les autres.

Le lendemain, toujours avec mon guide qui m'avait accompagné à Guingamp jusque dans ma brève captivité, j'allais au village voisin de Bourbriac où demeurait le bourgeois que je cherchais. Opulent parmi une population modeste, c'était un homme pieux. Opulence et piété, Jésus l'a montré, ne sont pas aisées à concilier. C'est poussé par la seconde et grâce à la première qu'il avait acquis le psautier. Nous avons frappé à sa porte qu'un serviteur a entrebâillée avec méfiance et, après avoir parlementé, nous sommes entrés. L'homme, réputé favorable à la Ligue, se montra impressionné par l'intérêt que portait le duc de Mercœur au psautier, qu'il est allé chercher. Je l'avais enfin sous les yeux, l'objet mythique ! J'admirais la reliure en veau rouge et le travail d'orfèvrerie des deux fermoirs d'argent doré. L'ayant ouvert, j'ai pu m'assurer qu'il était en vélin, manuscrit et enluminé. Ce bourgeois pensait sans doute que j'avais mentionné le duc pour l'impressionner mais que, missionné en réalité par un plus petit personnage, je ne pourrais lui payer ce qu'il avait donné aux moines et, à plus forte raison, ce qu'il s'apprêtait à demander. La somme nécessaire m'avait été remise à Dinan. Sachant la somme qu'il avait versée pour l'objet, je lui ai remis selon les instructions de Mercœur vingt livres qui dépassaient son prix d'achat, mentionnant qu'un tel désintéressement lui garantissait la gratitude et l'estime du duc et de la duchesse. Le précieux psautier a changé de mains et je suis reparti avec mon guide.

Il n'y a rien à dire de notre retour au manoir fortifié de Coatmen où les Irlandais, frais et dispos, étaient prêts au départ prévu pour le lendemain. Monsieur de Kerousy paraissait déçu par l'ouvrage, trouvant singulière l'importance des moyens mis en œuvre et des risques encourus pour la possession de l'objet, fût-il sacré.

– Quelqu'un de l'entourage ducal n'aurait-il pas eu intérêt à vous éloigner de Nantes ?

Sans répondre à cette perspicace question, qui avait le mérite de me ramener sur terre et l'inconvénient d'aigrir mon humeur, j'ai salué mon guide et mon hôte avant de quitter Coatmen avec mes deux Irlandais.

Estimant que le duc de Mercœur pouvait lui faire ce cadeau, monsieur de Kerousy avait gardé le cheval que je montais depuis Dinan et nous cheminions à pied vers le sud. Le psautier bien enveloppé ballotait dans une sacoche de cuir accrochée à mon épaule. Notre chemin traversait d'immenses landes désertes et l'on apercevait au loin les montagnes Noires. Mes Irlandais conversaient en gaélique. Celui qui baragouinait le français me dit qu'ils voulaient rejoindre les Espagnols, seuls susceptibles de libérer l'Irlande puisque les Français avec leur roi Henri IV étaient les meilleurs amis d'Élisabeth, la reine tenant leur malheureux pays sous le joug comme les Anglais l'avaient toujours fait. Tous deux espéraient contribuer dans les rangs espagnols à la délivrance de leur pays, en participant à la campagne du roi Philippe qui prévoyait de débarquer ses troupes en Irlande. Ils voulaient gagner dans cette intention, au ponant du pays de Vannes, Blavet où se trouvait le gros des troupes de Philippe d'Espagne en Bretagne. Ce port fortifié était notre destination commune, les Ligueurs de Guingamp m'ayant appris que la marine de guerre espagnole reliait fréquemment Blavet au Croisic ou à Nantes, et qu'à partir de Blavet il me serait donc possible de regagner Nantes par voie de mer sur un de ces navires. Marchant vers le sud, nous avons mis près d'une semaine à parvenir en vue de Blavet.

Nous contournions prudemment les bourgs. Pas facile de trouver la bonne route ! Parfois un berger nous renseignait. À la tombée de la nuit, on allumait un feu pour calmer la hardiesse des loups aperçus au loin. On dînait de provisions emportées et, avant de s'endormir à la belle étoile, les Irlandais chantaient de vieux chants gaéliques. Le soir du deuxième jour nous arrivions en Cornouaille, le pays de Bretagne, disait-on, qui avait le plus souffert non seulement des combats entre Ligueurs et Royaux mais encore des pillages et meurtres perpétrés par les seigneurs de guerre. Dans un hameau apparemment désert, une seule maison avait été épargnée par les incendies. En sont sortis quelques paysans faméliques qui, voyant notre petit nombre, se sont enhardis. Un jeune, gourdin en main, s'est avancé vers nous. Que voulions-nous ?

– Vous acheter de la viande et du pain. *Kig ha bara.*

– De la viande et du pain ? a répété le garçon en breton. Vous voulez rire ! Les gens de guerre ont tout emporté. Vous n'avez pas vu les champs à l'abandon ? On était cachés dans les garennes et les buissons, réduits à manger des orties et de l'oseille sauvage. Bien qu'on ait retrouvé un toit, on crève toujours de faim. Nous avons incendié des landes et des genêts pour y jeter les grains qu'on pourra se procurer. Sans avoir pu labourer, la récolte sera maigre.

Des gamins déguenillés sont apparus, le teint hâve, les yeux cernés. Bons chrétiens, les Irlandais ont sorti pour eux le pain qui restait au fond de leurs sacs.

– Dieu vous bénisse ! a dit le jeune paysan. Les soldats brigands ont pillé nos biens et, en échange, nous ont laissé la peste jaune qui a tué beaucoup de monde par ici.

Un vieil homme, venu vers nous avec les enfants, dégageait une puanteur d'haleine.

– Est-il malade ? ai-je demandé au garçon.

– Pour avoir calmé sa faim avec du *pempiz* qui ressemble au persil, il va peut-être mourir. Nous avons eu les soldats et la guerre qui paraît aujourd'hui s'éloigner puis la peste, la famine, maintenant nous avons les loups et c'est pour les fuir que nous sommes revenus au hameau. Ils ont dévoré tant de cadavres qu'ils ont pris goût à la chair humaine et ne nous craignent plus.

Le vieillard lui aussi voulait parler des loups :

– Ces bêtes sont malignes, féroces comme des soldats en guerre. Je vais vous dire la vérité, des loups elles n'ont que l'apparence. Ces bêtes sont des soldats morts qui hantent la terre où ils sont revenus, transformés en loups. Ici, on ne les appelle pas « loups » mais « *tud-bleizh* » : hommes-loups !

– Il est vrai que ces bêtes sont capables de ruses peu croyables, renchérit le jeune. Quand une meute de loups veut attaquer une ferme gardée par un chien, un seul s'approche et se montre et, lorsque le chien s'avance pour faire reculer le loup, la meute se découvre et met le chien en pièces.

Se tenant la tête et le ventre, le vieil homme aux yeux hagards ajouta que les loups ont une préférence pour les femmes grosses, dont ils déchirent les entrailles pour s'emparer de l'enfant qu'elles portent et le dévorer. Comme on allait les quitter et reprendre notre route, j'ai dit à ces malheureux que la paix semblait proche et de ne pas désespérer, nous aurions des jours meilleurs. Ils voulaient savoir qui nous étions. Que leur répondre ? J'ai dit que nous venions de Haute-Bretagne pour rencontrer des parents. Le soir du troisième jour depuis notre départ de Coatmen, nous étions au Faouët dont le seigneur Jean était un frère cadet de monsieur de Goulaine chez qui j'avais séjourné dans le comté nantais. Nous avons demandé l'hospitalité à ce capitaine de la Ligue marié à Anne de Ploeuc dont le frère, Vincent de Ploeuc, est marié à Mauricette de Goulaine : les deux familles sont étroitement liées. Jean avait combattu pour la Ligue dans le Léon avant de se retirer sur ses terres du Faouët où il attendait la suite des événements. Il a bien voulu nous recevoir et nous inviter le soir à sa table où l'on ne parla que de la cherté incroyable des vivres, trente écus pour une pipe de seigle, quarante-deux pour une pipe de froment ! Les commensaux de ce seigneur du Faouët connaissaient des paysans qui, dépouillés de leurs bœufs de labour comme de leurs chevaux et s'étant procuré du blé, s'attelaient à la charrue, à plusieurs, de jour mais plus souvent de nuit tant l'insécurité demeurait grande. On a dormi sur la paille d'une grange, plutôt mal, à cause non pas de la paille qui était fraîche et sentait bon mais de ce qu'avait dit Jean du Faouët en apprenant notre intention de rejoindre Blavet :

– Mal nourrie, sans solde depuis quelque temps et peut-être mal commandée, la garnison espagnole s'est révoltée.

Le bruit de cette sédition s'était répandu dans la région. Les Irlandais démoralisés ne savaient plus à quel saint se vouer et je voyais s'envoler la perspective de rejoindre Nantes par voie de mer, ce qui m'inquiétait car le trajet terrestre était risqué. Jean du Faouët nous a suggéré d'aller voir ce qu'il advenait à Blavet et, si l'ordre n'y était pas rétabli, de revenir chez lui ; il ferait son possible pour nous aider.

Le lendemain matin, comme on prenait congé de notre hôte en le remerciant de son hospitalité, il m'a donné un mot de recommandation pour un officier de la garnison de Blavet qu'il connaissait. Ayant retrouvé l'espoir, mes deux compagnons et moi-même, nous avons repris la route et trois jours plus tard, après avoir contourné Hennebont aux mains des Royaux, nous arrivions en vue de Blavet.

7

BLAVET

À Merlevenez, avant Blavet, un commerçant nous avait rapporté de récents mouvements de cavaliers et fantassins espagnols en direction de ce port offert par Mercœur à Philippe II en 1590, mais aussi des bruits de révolte dans les rangs des soldats. Nous avons traversé la ville et sommes arrivés devant les remparts et la porte de la citadelle dominant la superbe rade. Tout paraissait normal. J'ai dit à l'un des gardes que je voulais rencontrer un officier de la garnison pour lui remettre un message en main propre. Nous avons franchi la porte et attendu plus d'une heure auprès des soldats du corps de garde. L'officier est arrivé, a lu le message.

– Que puis-je pour vous ? a-t-il demandé.

J'ai répondu que, le duc de Mercœur m'ayant chargé d'une commission, je venais de Nantes quand j'avais été arrêté et emprisonné par des soldats anglais à Guingamp, puis délivré par ces deux soldats irlandais de l'armée anglaise qui voulaient servir dans les rangs espagnols. L'officier nous a ordonné de le suivre jusqu'à une vaste esplanade où notre regard fut attiré par un gibet auquel se balançaient plusieurs corps. Il y avait eu une mutinerie qui heureusement avait pu être réduite et ces cadavres étaient ceux des meneurs. Une quinzaine d'autres mutins, nous informa l'officier, attendaient d'être conduits à Nantes pour rejoindre l'une des galères espagnoles ancrées à l'embouchure de la Loire. Quand nous passions près des pendus, un vol de mouettes bruyantes s'est abattu sur eux et elles se sont mises à picorer leurs yeux. Les Irlandais, que ce spectacle ne semblait pas avoir troublés, sont partis de leur côté après m'avoir fait des adieux émus. L'officier m'a conduit à son supérieur qui m'a assuré que j'embarquerais bientôt sur le premier de leurs navires appareillant pour Nantes. En attendant, je serais l'hôte des forces espagnoles à Blavet. Leur chef s'appelait Vincente Fernandez de Acolla.

Logé dans le bâtiment des officiers, j'ai pu me restaurer avec eux. Quand il séjournait à Blavet, Don Juan d'Aguila, le commandant en chef des troupes espagnoles en Bretagne, demeurait dans un autre bâtiment où il prenait ses repas en compagnie d'officiers supérieurs. Au réfectoire des officiers, mon voisin de table appartenait au service d'intendance. Plus âgé que moi, parlant un français correct, il me traitait avec courtoisie mais prenait facilement un air protecteur. Sans états d'âme, il réduisait la récente mutinerie à l'action de quelques meneurs en l'absence du commandant en chef et du commandant de Blavet. Les troupes avaient enfin été soldées, la nourriture améliorée et mis aux arrêts de rigueur l'officier dont les violences avaient déclenché la mutinerie. Quand mon voisin a su que j'étais de Nantes, il m'a dit avoir dans cette ville des cousins qui lui donnaient parfois des nouvelles. Ils se nommaient Espinosa comme lui et je me suis rappelé un condisciple de ce nom qui brillait au cours d'espagnol qu'on suivait nombreux à Nantes, jadis, chez les Cordeliers. Tous ces Espinosa appartenaient à une famille de Médina de Rioseco, dans la province de Valladolid, dont une branche avait émigré. Je préférais éviter l'épineux sujet de la situation en Bretagne. Les relations entre Mercœur et l'Espagne s'aigrissaient, ces Espagnols se comportant souvent chez nous comme en terrain conquis.

Voyant Espinosa s'exprimer de façon recherchée, j'ai orienté nos propos vers la littérature en évoquant le poète Garcilaso de la Vega qui avait été aussi un homme de guerre et dont j'aimais les chansons et les sonnets. Mon voisin mentionna alors que son oncle, Juan de Espinosa, était libraire à Valladolid. Je me rendais compte qu'être nantais et de famille nantaise facilitait les contacts avec ces militaires car le commerce de Nantes avec l'Espagne, depuis longtemps considérable, est en grande partie entre les mains de la colonie espagnole nombreuse et prospère dans cette ville, comptant de nombreux courtiers et armateurs mais aussi banquiers et changeurs. Depuis les guerres de la Ligue, il y a eu beaucoup de nouveaux arrivants tandis que nombre d'anciens étaient naturalisés. Les membres de cette colonie importent des draps et du fer, exportent des vins et de l'eau-de-vie, ils participent à la vie de Nantes de façon de plus en plus officielle et visible. Ayant souvent acquis une situation sociale avantageuse, ils suscitent une certaine hostilité à laquelle le jeune officier n'a fait que des allusions voilées.

Quelques jours après mon arrivée à Blavet, Julio de Espinosa me dit qu'il était peu probable de voir un navire espagnol rallier prochainement Nantes comme on me l'avait dit. Lui-même peinant à assister le chef du service d'intendance, pourquoi, au lieu de rester inactif, ne leur apporterais-je pas le renfort de ma présence ? C'est ainsi que, déboussolé, je me suis retrouvé enrôlé à titre d'auxiliaire sans engagement dans l'armée de sa majesté *Felipe II, rey de España*, c'est-à-dire Philippe II, roi d'Espagne. Commis aux écritures pour avoir fait valoir mon expérience de Vitré chez maître Gallodais, du moins avais-je la consolation de gagner mon pain. J'avais prétendu ignorer le breton pour décliner l'offre de suivre les fourriers allant aux environs de Blavet acheter de la viande, des légumes, de la farine et du vin pour les mille-huit-cents bouches de la garnison soit plus de mille Espagnols, quelques centaines de Portugais et un peu moins d'Italiens. Ces hommes en armes brutalisaient la population quand ils ne pouvaient se procurer des vivres à un prix raisonnable, ce qui était fréquent car la famine régnait. Je redoutais d'être pris et massacré par les Royaux dont la victoire était proche et qui ne faisaient plus quartier aux Ligueurs frayant avec les Espagnols ou, pire encore, à leur solde. Je me demandais ce qu'Anne aurait pensé en me voyant au service de ces ennemis acharnés des Huguenots.

L'automne était venu. Je vivais à Blavet depuis quatre mois quand se sont envolés les derniers espoirs de Mercœur, qui dépendaient d'une victoire des Espagnols sur les armées françaises en Picardie. Nous l'avons su au mois d'octobre 1597, les Français ayant évacué Amiens en mars l'avaient reprise le 25 septembre et les pourparlers de paix avaient commencé. Julio, devenu mon ami, m'expliqua que le roi Felipe, vieux et malade, toujours enfermé dans son palais de l'Escurial, avait renoncé à mettre sa fille l'infante Isabelle sur le trône de France et à faire de la Bretagne une principauté de son royaume. Tout au plus les Espagnols y garderaient-ils quelques points d'appui, peut-être.

Attablés dans une taverne, face au port, on regardait les soldats de la garnison s'entraîner au tir à l'arquebuse. Julio me demanda si j'avais une fiancée et il parut stupéfait quand je lui avouai être amoureux d'une protestante perdue de vue depuis plus d'un an. Notre union qui paraissait impossible allait peut-être cesser de l'être, la victoire du roi Henri permettant aux fidèles des deux religions de vivre en bonne intelligence. Julio m'a dit que j'étais bien naïf de croire à ce conte de fées et que catholiques et Huguenots seraient toujours entre eux comme chiens et chats, en Bretagne plus encore qu'ailleurs. En revanche, ce dont il se montrait convaincu, c'était que le royaume de France demeurerait catholique et lié à l'Espagne. Dans tous les cas, les relations commerciales entre les deux royaumes seraient maintenues. Julio pensait aussi que les Ligueurs, surtout de rang modeste, allaient connaître une période difficile et que le mieux serait pour moi d'aller m'abriter en Espagne le temps nécessaire. Il me trouverait un emploi à Médina de Rioseco ou à Valladolid. Rien ne pressait car l'arrivée en août dernier de nouvelles troupes espagnoles près de Nantes sous les ordres de Rodrigo de Orozco, maître de camp, montrait que le retrait n'était pas à l'ordre de jour.

– C'est même grâce à ce renfort que Mercœur, début août, a pu reprendre aux Royaux le port du Croisic qu'il leur avait abandonné quelques jours plus tôt.

Je m'inquiétais pour mes parents lorsque Julio ajouta :

– Ne m'as-tu pas dit que tu étais né au Croisic ?

J'ai fait oui de la tête. Il me dit alors connaître le nom de ce port breton depuis longtemps car, dans sa famille, on plaisantait au sujet d'un frère de sa mère autrefois maître de barque à Santander et devenu armateur, qui était tombé amoureux d'une jeune fille du Croisic et avait dû renoncer à l'épouser à cause des guerres incessantes entre l'Espagne et la France.

– Vers quelle époque ? ai-je demandé.

– Je ne sais pas trop. Dans les années soixante-dix.

Le temps fraîchissait. On a regagné la citadelle sans que Julio ait remarqué la tempête qu'il avait déclenchée dans mon crâne. De tout côté, je voyais se creuser des abîmes. Pensant que retrouver ma famille me ferait du bien, j'ai dit à Julio que, faute de navire pour m'y emmener, j'allais gagner Nantes par mes propres moyens. J'irais à pied. Quinze mois après mon départ, étant réchappé de cent périls et par miracle en possession du psautier, j'enrageais de me voir encalminé, ensablé et chaque jour davantage enlisé à Blavet. Le duc de Mercœur était aux abois mais l'hallali n'était peut-être pas pour demain. Se préparant à soutenir un siège, il faisait abattre une partie des faubourgs de Nantes et, à sa demande, le commandement espagnol avait accepté d'ancrer trois galères dans l'estuaire de la Loire pour en interdire l'accès. Julio m'apprit aussi que, Noël approchant, les États de Bretagne, non pas les rebelles de Nantes bien sûr, mais les fidèles de Rennes, suppliaient le roi de France d'intervenir dans la province exsangue et lui offraient même deux-cent-mille écus pour l'y encourager. Il crevait pourtant les yeux que le roi n'accordait pas un grand intérêt à la Bretagne, ni aux Bretons. Je découvrais les Espagnols bien renseignés. J'étais prêt à partir et cheminer à travers le Vannetais et le Nantais, en dépit des risques, quand j'ai su qu'un de leurs navires lèverait l'ancre dans les prochains jours à destination de Nantes et que je serais autorisé à monter à bord. Il ne me restait plus qu'à prier la Providence de me protéger aussi bien sur la mer qu'elle l'avait fait sur la terre ferme.

Vient le jour du départ. C'est la première fois que je monte sur un navire et je pense à ce père inconnu, breton ou peut-être espagnol, en tout cas navigateur et dont j'ai peut-être hérité, à défaut du nom, le pied marin. Cette idée ne me rassure qu'à demi. Je me demande, une fois embarqué, comment peut flotter cette masse ronde hérissée de pièces d'artillerie et fortifiée par ses châteaux de proue et de poupe. L'ancre levée, les amarres larguées, nous avons gagné le large et déjà la côte vannetaise puis l'île de Groix s'estompent dans le lointain. La mer est houleuse. Les lames se brisent contre la coque du navire et retombent sur le pont en poussière d'embruns. Un vent d'ouest, soutenu dès le départ, forcit encore et le tangage du navire devient impressionnant tandis que le ciel s'assombrit à chaque instant davantage. Le capitaine a fait réduire la voilure et, à ma surprise, j'ai vu que nous changions de cap. J'ai demandé à un marin ce qui se passait. Une grande tempête allait s'abattre plus tôt que prévu, m'a-t-il répondu. Le Croisic, le seul port encore aux mains des catholiques, étant trop éloigné pour s'y réfugier, il ne restait plus qu'à retourner nous mettre à l'abri à Blavet.

De retour dans la citadelle, je rongeais mon frein quand Julio m'a rapporté les tensions entre le commandement de la marine et celui de l'armée de terre. Le capitaine avait reçu l'ordre d'appareiller bien qu'à son avis le temps ne le permette pas. Voyant ses craintes se confirmer, il avait préféré revenir s'abriter dès lors que sa mission n'était pas d'extrême urgence. La prudence s'imposait dans la marine espagnole depuis le désastre de l'Invincible Armada devant les côtes anglaises. À son retour, le capitaine n'avait pas subi de reproches et les relations entre les officiers des deux armes s'étaient détendues. Tout cela était confidentiel, a précisé Julio. Il avait confiance en moi, me traitant en ami et même en ami de l'armée espagnole, à mon grand embarras : un duché de Bretagne ressuscité, je le souhaitais indépendant et non sous la coupe de la couronne d'Espagne.

Sensible à son amitié, je me disais que tout cela était bien beau mais que mes affaires n'avançaient pas. Ce psautier ensorcelé à l'origine de mes déboires et que Julio avait mis en sûreté dans un coffre de l'intendance, ne devais-je pas m'en saisir et le jeter à la mer pour conjurer le mauvais sort qui s'acharnait sur moi ? Après quoi je pourrais poser la vraie question : que devenir une fois rentré à Nantes ? Depuis mon départ de cette ville, je n'avais cessé de penser à Anne dont j'étais sans nouvelles ni moyens de lui en faire parvenir. Un an et demi sans la revoir, c'était long ! Considérant les violences et les crimes liés à la guerre civile, la haine qui opposait les deux camps, je me demandais si nous trouverions la force d'affronter d'abord nos parents et amis puis l'ensemble de la société. Effrayé, accablé, alors me prenait le désir de partir seul, d'aller loin, le plus loin possible. Licencié ès-arts parlant l'espagnol, ancien aide-bibliothécaire au service du duc de Mercœur, je trouverais d'autant plus facilement un emploi en Espagne que Julio me promettait l'appui de la famille Espinosa.

Même une guerre interminable finit par se terminer. Dinan, deuxième place-forte ligueuse de Bretagne après Nantes, s'est rendue aux Royaux le 13 de ce mois de février 1598. J'entends dire qu'une partie de la garnison de Blavet sera prochainement rapatriée et que les gouverneurs ligueurs de Vannes et d'Auray sont en pourparlers avec le roi pour faire leur soumission, rendre ces villes et en évacuer les troupes venues d'Espagne. Le 16 mars, nous voyons arriver à Blavet les cent-vingt soldats de cette nation qui ont évacué Vannes la veille, vite rejoints par ceux d'Auray et, le 21 mars, ce n'est pas seulement le printemps qui vient mais enfin l'heure du départ. Trois caravelles vont lever l'ancre, chargées d'hommes regagnant l'Espagne. La mienne doit d'abord se rendre à Nantes. J'ai encore fait mes adieux à Julio, en lui exprimant toute ma gratitude car c'était bien à lui que je devais les égards et avantages dont j'avais bénéficié à Blavet en échange de menus services d'écriture.

À bord, je me réjouis du ciel bleu et de la mer calme, d'autant que selon les marins le beau temps va durer. Sans prétendre être devenu un loup de mer, je ne suis ni dépaysé ni inquiet comme la première fois. Nous avons perdu de vue l'île de Groix et passons plus tard entre la presqu'île de Quiberon et Belle-Île. Dans quelques heures, nous aurons atteint l'estuaire de la Loire où nous attendrons la marée haute pour remonter le fleuve jusqu'à l'important camp espagnol de Pellerin, à cinq lieues de Nantes. J'ai le sentiment, justifié cette fois je l'espère, de toucher au but. Le lendemain matin, comme convenu depuis Blavet, je prends congé de mes hôtes et, le psautier brimbalant dans ma sacoche de cuir, me dirige à pied vers Nantes où j'arrive aux environs de midi après un an et demi d'absence.

8

ORAGE

Après avoir traversé un faubourg dévasté, j'ai franchi sans problème les portes de la ville qui n'étaient pas gardées. Un silence inhabituel régnait dans les rues. Je suis allé chez mon oncle Daniel, qui était absent et en l'attendant j'ai parlé avec Pierrette, la servante, émue de me revoir et bouleversée par les événements qui s'étaient succédé à Nantes où l'on attendait avec inquiétude l'entrée du roi. Le duc et la duchesse de Mercœur étaient partis après avoir licencié les soldats dont certains, mécontents d'une paie jugée trop maigre, avaient ravagé des faubourgs de la ville jusque-là épargnés. Et monsieur de Montreux, avant de quitter la ville, avait organisé le transfert de la bibliothèque ducale vers la Lorraine. Mon oncle Daniel, enfin arrivé, n'a pas caché sa joie de me revoir.

Il s'était fait du mauvais sang à mon sujet. Les deux gardes chargés de ma protection étaient rentrés à Nantes et l'oncle, alerté, avait entrepris des démarches grâce à quelques contacts amicaux maintenus en dépit des circonstances avec des Royaux dissimulés. Démarches heureusement conclues par l'élargissement dont j'avais bénéficié à Vitré. Un vieil ami ecclésiastique, demeuré secrètement en relation avec monseigneur du Bec, l'ancien évêque de Nantes devenu un proche du roi de France, était intervenu en ma faveur. Entiché des prophéties de Nostradamus, savant médecin provençal et astrologue apprécié de la reine Catherine de Médicis, ce prêtre royaliste parmi les Ligueurs aimait citer le quatrain 26 de la dixième Centurie dont le dernier vers était : « Longtemps Bretaigne tiendra avec la France. » Son ami Daniel lui répondait : « Longtemps n'est pas toujours. » Cher oncle, comme il s'était reproché de m'avoir embarqué dans la quête du psautier ! Ma reconnaissance pour son dévouement l'emportait sur mes griefs. Il me dit que son frère Guillaume et sa famille s'étaient réfugiés chez des amis à la campagne, le temps de la transition qui serait peut-être agitée si l'on en croyait les propos virulents de certains Royaux. Le roi ménageait déjà les Ligueurs à tel point que les Royaux, se sentant souvent floués, l'accusaient de noire ingratitude.

J'avais sorti le psautier de son étui de cuir et mon oncle ne se lassait pas de l'admirer. Ses doigts glissaient sur la reliure en veau, s'attardaient sur les fermoirs d'argent qu'il manœuvrait avec précaution. Puis, le psautier ouvert, il s'extasiait sur la délicatesse du vélin, cette peau de veau mort-né d'une finesse extrême, avant de découvrir, ravi, les enluminures et de louanger l'écriture manuscrite, ô combien plus belle que les modernes caractères d'imprimerie, et d'entamer au hasard la lecture d'un Psaume : « Louez l'Éternel. Louez Dieu dans son sanctuaire. Louez-Le dans l'étendue où éclate Sa puissance ! » Sur quoi il se tournait vers moi :

– Tu vois que notre Église n'a pas attendu ces prétendus Réformés pour aimer les Psaumes.

Il me semblait avoir déjà entendu ce discours. J'étais content de le voir content et ma quête échevelée de cet objet précieux mais également saint me paraissait moins vaine.

– Oui, mon oncle. Et maintenant que le duc, la duchesse et monsieur de Montreux sont partis, et la bibliothèque ducale déménagée, que faire du psautier ? À qui le remettre ?

– Avant son départ, monsieur de Montreux m'a dit que la duchesse de Mercœur comptait revenir régler plusieurs affaires à Nantes. Selon lui, elle est à Angers pour y rencontrer la belle Gabrielle et arranger un mariage entre sa fille, la petite Françoise de Lorraine-Mercœur, avec César, le fils de Gabrielle et d'Henri IV. Le duc de Mercœur en est navré mais sa femme l'a convaincu que c'était le seul moyen d'étouffer tout désir de vengeance chez le roi et d'assurer au chef de la Ligue en Bretagne une position non seulement honorable mais encore avantageuse.

Trop heureuse de marier son bâtard légitimé à la fille d'un prince d'Empire, la favorite Gabrielle d'Estrées ferait tout pour convaincre le roi, à commencer par un nouvel enfant. De fait, elle était à nouveau enceinte.

– Bien, mon oncle, attendons le retour de la duchesse.

J'ai trouvé des cours de français à donner au collège des Carmes pour remplacer un maître absent. Autour de moi, il n'était question que de l'arrivée du roi. Le 4 avril 1598, son envoyé le duc de Retz a pris possession en son nom de la ville et du château, et quelques jours plus tard on voyait se répandre dans Nantes des gentilshommes huguenots en armes, ce qui suscita une vive inquiétude chez les habitants. Ceux des chefs ligueurs qui n'avaient pas quitté la ville se calfeutraient dans leurs maisons. Enfin, le 13 avril, Henri IV lui-même faisait son entrée, non pas l'entrée solennelle d'un souverain mais celle d'un cavalier botté et casqué à la tête de ses troupes. De la porte Saint-Pierre, il alla sous les acclamations du peuple versatile s'installer au château, qu'il quittait au bout de trois semaines après avoir signé le fameux Édit dont plusieurs clauses étaient secrètes. La Bretagne rétive fut l'une des dernières provinces de France à le mettre en application, après que les autorités nouvelles eurent longtemps lutté pour en limiter les effets.

Chaque jour qui passait me faisait mieux sentir la fausseté de la situation où j'allais me trouver avec Anne. J'avais grande hâte qu'on se revoie mais le redoutais tout autant. Le roi n'était pas à Nantes depuis une semaine que de toute la Bretagne accouraient les protestants pour le saluer, principalement ceux qui pouvaient le mieux se déplacer, gens de noblesse et de bourgeoisie huppée, dont beaucoup de femmes qui avaient manifesté un courage de lionnes et opposé à la Ligue une résistance acharnée. À la tête de cette foule se trouvaient mesdames de Rohan et de Laval. C'est par mon oncle et le collège des Carmes que j'avais ces nouvelles, assorties de commentaires qui n'étaient pas ceux que je livre ici. Je pensais qu'Anne avait sans doute regagné Nantes et participait à ces manifestations mais j'hésitais à lui révéler ma présence. Quand la Ligue dominait, je me sentais libre d'exprimer de la sympathie et même davantage à une Calviniste qui me plaisait et que les événements avaient condamnée à la solitude. Embarqué tout jeune parmi les Ligueurs, j'étais maintenant dans le camp des vaincus comme ma famille et mes amis qui seraient scandalisés et malheureux de me voir frayer avec les protestants. Chez les anciens Ligueurs, une idée prévalait : les Royaux peut-être, les Huguenots jamais !

Pour aller à la rencontre d'Anne, j'attendais le départ du roi. Je pensais que le brouhaha des événements allait s'atténuer, peut-être même s'éteindre, que chacun retournerait à ses affaires, ses amours, ses soucis quotidiens. Charles Harouys, l'ancien maire infortuné, était sorti de sa prison et, pour qu'il pût reprendre les rênes de la ville, Henri dans sa clémence avait intimé l'ordre de déguerpir à son remplaçant, le Ligueur Fourché de la Courousserie. Par la même occasion, le roi faisait savoir aux Nantais déconfits et plus généralement aux Bretons penauds que, désormais, c'était lui qui choisirait les maires. Ce retour d'Harouys le modéré pouvait toutefois laisser espérer que le cours de la vie allait reprendre comme avant la guerre et son cortège de malheurs. Henri apparaissait soucieux d'établir son autorité sans vouloir se venger. Anne m'a devancé. Le roi venait de quitter Nantes quand elle a envoyé un jeune garçon chez mon oncle Daniel pour s'informer de ma présence. Revenue depuis quelques jours au faubourg Saint-Jacques chez l'amie de sa mère, elle m'adressait ses affectueuses pensées. Mon oncle m'a demandé qui était cette personne malheureuse de ne pas me voir et si, à son sujet, j'avais quelque projet. Il était mon père spirituel, disait-il, et avait le droit de savoir. Au pied du mur, j'ai répondu que je rencontrais parfois Anne avant de partir en quête du psautier et que notre attachement mutuel avait résisté à cette longue séparation. Anne, veuve et mère d'une petite fille, avait à peu près mon âge ; elle était sérieuse, de bonne condition et fort instruite mais… Oui, il y avait un « mais » : elle était bonne chrétienne, cependant son christianisme n'était pas le nôtre car elle était… calviniste. J'ai su à son air consterné que mon oncle l'ignorait, il suffoquait de surprise :

– Ah ! Une parpaillote. Pense-t-elle se convertir ?

– J'en doute, ai-je dû répondre.

Un lourd silence a suivi et je mesurais la hauteur des vagues que provoquerait ce mariage. Mon oncle m'observait avec une commisération accablée, comme s'il avait affaire à un pauvre d'esprit :

– Tu nous mettras dans une situation intenable puisque, déjà exécrés des Royaux qui maintenant dominent, nous deviendrons suspects aux anciens Ligueurs. La paix retrouvée n'y changera rien. Les affaires de ton oncle Guillaume ont beaucoup souffert et de ton fait ne prendront pas le chemin d'aller mieux. Pour moi, le mieux serait qu'on m'oublie et tes amitiés calvinistes n'y contribueront pas. À défaut de penser à ta famille, au moins pourrais-tu penser à toi. Que deviendras-tu quand ton avenir d'enseignant sera brisé ? À Nantes, aucun collège ne voudra t'employer. Qu'en sera-t-il ailleurs ? Je rêvais pour toi d'une belle carrière, je te voyais aller à Paris pour étudier à l'Université qui a toujours été à la pointe du combat pour notre religion. Tu y aurais été bien accueilli, recommandé par monsieur de Montreux et protégé par madame de Mercœur, retirée dans la capitale du royaume pour y attendre son mari qui doit partir en Hongrie combattre les Turcs.

Mon oncle attendait ma réponse.

– Ce que vous dites est juste, je le reconnais, ai-je dit, ce qui a paru l'apaiser. La situation est compliquée et je vous dois d'y réfléchir. Laissez-m'en le loisir et priez pour moi.

– C'est ce que je vais faire, Gildas.

Le surlendemain, j'allais au faubourg Saint-Jacques jusqu'à cette maison que je connaissais bien, j'ai soulevé le marteau et frappé à la porte, un peu fort sans doute. Anne est arrivée, aussi belle que souriante, pour se jeter dans mes bras. J'étais heureux, je respirais mieux, mon âme était en paix. Je pensais au Paradis de Dante et à Béatrice l'accueillant d'un sourire si rayonnant qu'il eût rendu heureux un homme dans le feu, selon l'expression du poète. Je me sentais assez fort pour affronter l'hostilité que susciterait notre union.

– Quelle longue séparation, Gildas ! Je me languissais de toi.

Elle ajouta presque timidement :

– Je pensais que peut-être une occasion t'aurait permis de venir me voir à Piriac où je suis restée tout ce temps jusqu'à mon retour à Nantes, ces jours derniers.

– Anne, comment l'aurais-je pu ?

Et je lui ai fait le récit de mes aventures. En m'écoutant, elle allait de surprise en surprise et se montrait désolée. Elle a pâli quand j'ai mentionné Constance et ma fuite de Vitré mais s'est vite reprise. De sa propre expérience, elle avait peu à dire. Avec sa petite, elle avait sagement attendu à Piriac le retour de la paix chez des amis protestants qui cachaient leur croyance par crainte des Ligueurs et des Espagnols. « Un îlot calviniste perdu au milieu d'un océan papiste », disait Anne. L'Édit de Nantes, croyait-elle, allait rendre aux Réformés la liberté de conscience mais, pour la libre pratique du culte, ce serait une autre histoire.

Je pense qu'Anne eût aimé une reprise de notre relation amoureuse mais en la maintenant dans le flou, le vague, l'indéterminé, ce qui eût rendu cette plante délicate moins vulnérable en lui laissant le temps de prospérer en climat hostile sur une terre ingrate. Peut-être aussi, éprouvée par un premier mariage à l'issue tragique, redoutait-elle les nouvelles épreuves qui se profilaient à l'horizon d'un second et se serait-elle satisfaite d'un amour caché, chaste sans doute comme celui des troubadours d'antan et de la dame de leurs pensées. C'est ce que j'ai cru comprendre quand elle a évoqué notre avenir commun. Cette sagesse ne s'accordait pas avec les sentiments et les désirs qu'elle m'inspirait. Tout à l'inverse, j'étais convaincu qu'il fallait brusquer les choses, ne fût-ce que pour interdire aux forces hostiles de s'organiser, et ensuite quitter Nantes où il me serait sans doute impossible de vivre en paix à ses côtés et d'exercer un emploi. Anne avait repris ses activités d'enseignante auprès de jeunes protestantes dont les parents s'étaient retrouvés et rassemblés pour retrouver une vie normale. Elle n'avait pas la moindre envie de se convertir, je le voyais bien, même s'il fallait satisfaire à cette condition pour m'épouser. Je lui ai quand même dit que mon oncle m'avait interrogé à ce sujet.

– Que lui as-tu répondu ?

– Que je doutais fort que tu le fasses.

– Et toi, te convertirais-tu à notre foi ? Tu me vois

abjurer ma religion solennellement et publiquement ?

J'étais tenté de lui répondre que le roi l'avait fait, affirmant que Paris valait bien une messe, lorsque sa fille, la jeune Esther est entrée dans la salle. Elle était devenue une petite demoiselle.

– Tu reconnais Gildas ? lui a demandé sa mère.

L'enfant, dont je gardais le souvenir d'une fillette réservée mais gracieuse, m'a salué d'un hochement de tête accompagné d'un regard glacial. J'ai compris pourquoi quand Anne m'a dit avoir repris contact avec les parents de son défunt mari. Ils étaient très attachés à leur petite-fille et la grand-mère de l'enfant avait manifesté une vive contrariété en entendant parler de moi et du milieu catholique auquel j'appartenais. En quittant Anne, je lui ai dit que je reviendrais la voir au faubourg Saint-Jacques la semaine suivante. Il était désormais établi qu'aucun de nous deux ne se convertirait à la religion de l'autre. Sans doute pourrions-nous obtenir une dispense permettant un mariage mixte dont, hélas, nous verrions vite les effets calamiteux. Si nous restions à Nantes, je ne pourrais envisager d'y exercer le seul métier qui me convenait, celui d'enseignant. De surcroît, rejetés par les uns et les autres dans cette ville qui avait été la plus ardemment ligueuse de toute la province de Bretagne, nous serions relégués dans une redoutable solitude à deux, sauf à frayer avec de rares pestiférés de notre acabit.

À mon oncle, j'ai expliqué qu'Anne était une jeune femme délicate et sensible, à ménager s'il fallait opter pour une séparation qui m'affecterait aussi beaucoup. Je ne supportais pas l'idée de la perdre mais il était clair que, si je l'épousais, il nous faudrait quitter Nantes. J'y consentais pour ma part à la condition de pouvoir échafauder un projet commun. Nous irions à Paris où, sans l'aide financière de l'oncle Daniel, on pourrait s'installer grâce à l'héritage d'Anne. Elle trouverait à donner des cours tandis que je reprendrais mes études de maîtrise des arts au degré exigé par la faculté, en espérant que notre mariage reste ignoré du milieu universitaire. Rétrospectivement, il m'apparaît que cet échafaudage faisait peu cas du réel, d'autant plus qu'Anne ne proposait rien et me laissait patauger dans mes cogitations. Je suis retourné à l'hôtel de Briord où j'espérais trouver la duchesse de Mercœur et lui remettre enfin le psautier. Elle était bien revenue de Lamballe mais n'avait fait à Nantes qu'un bref séjour avant de partir pour Paris. Je n'ai pu me résoudre à laisser le trésor entre les mains d'un serviteur anonyme.

Au collège des Carmes, je remplaçais un maître malade qui tardait à recouvrer la santé. Les jeunes élèves de ma classe de français me devenaient familiers et je commençais à prendre à cœur leurs progrès ou leurs difficultés. Si certains ne me prêtaient qu'une attention distraite, d'autres en revanche se donnaient du mal, sachant leurs leçons et appliqués à leurs devoirs. Je n'étais pas loin de m'attacher à ce métier et me disais qu'il serait plus difficile d'y renoncer que je ne l'aurais cru. De même, la perspective de m'éloigner de ma famille à laquelle je devais tant, et de Nantes que j'avais retrouvée avec joie, me tracassait. Ces états d'âme n'ébranlaient pas ma volonté de lier mon destin à cette protestante si elle consentait à s'expatrier, au moins pendant quelques années. À Nantes, les Réformés avaient retrouvé leur liberté de conscience mais peinaient à obtenir celle du culte que les autorités entravaient de leur mieux en s'appuyant sur un Édit moins favorable aux Huguenots qu'ils ne l'avaient cru. Encore les discussions ne furent-elles alors qu'entamées et elles durèrent longtemps. L'Édit, en fin de compte, n'autoriserait dans chaque évêché, celui de Cornouaille en étant exempté, que deux lieux de culte ne devant pas se trouver à moins de trois lieues de villes épiscopales telles que Nantes, aussi les protestants de cette grande ville devaient-ils se rendre à Sucé, à trois lieues au nord.

Les jours puis les mois ont passé sans que rien ne se passe. Mon oncle prêtre prenait mon mal en patience et Anne se retranchait dans le *statu quo*. J'avais accoutumé de venir la voir chaque semaine, puis une semaine sur deux. Chaque fois, je trouvais sa gamine auprès d'elle et il me fallait insister pour parler seul à seule avec la mère. Aimable et même affectueuse, Anne s'exprimait sans réticence apparente et disait attendre que j'aie trouvé à Nantes un emploi compatible avec notre mariage mixte. En la quittant, je me demandais si elle était innocente ou si elle se moquait de moi. Ma passivité peut surprendre mais je tournais en rond faute d'apercevoir une issue et j'attendais un secours du ciel. J'ai eu cent fois l'idée de brusquer les choses, j'élaborais des plans, sommais en rêve Anne de m'épouser pour partir à Paris sans délai et la plaçais devant un ultimatum. D'autres fois, pour être en meilleure situation de lui imposer le mariage, je l'entraînais, toujours en rêve, dans la maison qu'un ami mettait à ma disposition et j'en faisais ma maîtresse. Puis je revenais à la réalité et les mirages s'évaporaient. Ces romans oubliaient le caractère d'Anne qui se serait cabrée et que j'aurais perdue à tout jamais. Mon imagination partait alors dans d'autres directions. Je croyais entendre mon oncle marchand, dont les affaires reprenaient des couleurs, me faire une alléchante proposition d'emploi sans plus accorder d'importance à la religion d'Anne, ou bien je me voyais lisant une lettre de Nicolas de Montreux m'appelant à Paris pour occuper un poste prestigieux, assorti d'importants revenus. À l'arrivée du printemps, la ville a retrouvé vie et animation.

Les gens se parlaient davantage et l'espoir renaissait. La sève montait chez les plantes, chez les bêtes, chez moi aussi. Mon oncle Daniel, le prêtre, était parti pour une retraite à l'abbaye de la Meilleraye et, me trouvant un soir dans un faubourg de Nantes où j'avais eu affaire, j'allais rentrer chez moi c'est à dire chez mon oncle qui continuait à me loger, lorsque j'ai rencontré par hasard Séraphine qui m'avait offert de brefs et doux moments d'émoi à l'époque où elle se sentait délaissée par un mari trop ligueur à son goût. L'époux compromis, me dit-elle, avait cherché refuge chez l'un de ses frères à Ancenis et annonçait maintenant son retour. Elle avait du vague à l'âme. Moi aussi. La nuit venait, c'était l'heure du souper. Séraphine m'a invité à venir manger un morceau et boire un verre. Comment refuser ? Chez elle, j'ai retrouvé un appétit dont j'avais tendance à manquer et, la soirée se prolongeant, Séraphine a montré la même généreuse ardeur au déduit que jadis. Au sortir de chez elle, passablement étourdi, j'ai vite retrouvé mes esprits et, le lendemain matin, j'étais décidé à secouer ma léthargie pour clarifier la situation avec Anne. Allant chez elle quelques jours plus tard, j'ai assisté à une scène de rue aussi pénible que banale. D'anciens Ligueurs étaient aux prises avec des Calvinistes et les injures volaient :

– Maudits Ligueurs, traîtres au roi ! clamaient les Huguenots.

– Chiens d'hérétiques, traîtres à Dieu et à la vraie foi ! ripostaient les autres.

Bientôt ce fut la mêlée, à coups de pieds et de poings. À les voir, j'eus un mauvais pressentiment. Parvenu chez Anne, j'ai prié sans ménagement la fillette de me laisser parler en tête à tête avec sa mère ; à celle-ci, intriguée, j'ai dit qu'il était temps de prendre une décision.

Elle parut embarrassée, évitant mon regard et les mots se bousculaient dans sa bouche. Impossible de quitter Nantes, dit-elle, tant était grand l'attachement mutuel d'Esther et de ses grands-parents qui voulaient contribuer à son éducation alors qu'elle-même ne pouvait consentir à se séparer de l'enfant. La fortune qu'elle héritait, moins considérable que prévu, allait lui permettre d'acquérir une maison à l'intérieur de Nantes où il serait bon que je trouve un emploi pour nourrir notre famille. Ce n'est pas ce qu'elle disait autrefois quand elle projetait d'aller vivre à Paris. Après toutes ces années de guerre civile, un mariage mixte en Bretagne, à Nantes en particulier, n'était pas envisageable dans l'immédiat. Partir à Paris était risqué mais, moins mal acceptés, protégés par l'anonymat de la grande ville, on y avait plus de chances de se tirer d'affaire. C'est ce que je lui ai répété une fois encore. Elle est restée sourde. J'étais consterné sans être surpris. Je ne sais si elle s'en rendait compte mais Anne portait un coup fatal à notre union à venir et même à notre relation. Pour une raison probablement raisonnable elle ne pouvait quitter Nantes et moi, pour une raison péremptoire, je ne pouvais y demeurer si j'épousais Anne. Deux volontés aussi légitimes que contradictoires faisaient voler en éclats le rêve de vie commune. En la quittant, j'ai dit à Anne que j'allais réfléchir mais c'était tout réfléchi. Il ne me restait plus qu'à organiser mon départ car je ne me voyais pas vivre à quelques pas d'elle sans la voir.

Tandis que je gardais ma tristesse pour moi, la tournure des événements enchantait mon oncle Daniel et il avait du mal à le cacher. Ragaillardi, il reprenait en main le cours de ma vie. Le moment était venu, disait-il, de poursuivre mes études universitaires à Paris comme il me le suggérait depuis longtemps. Il connaissait là-bas un ancien camarade de collège devenu moine bénédictin, qui serait enchanté de me rendre service en facilitant mon admission à la faculté des Arts. Ce départ pour la capitale du royaume m'éloignerait d'Anne et de la peine qu'elle me causait, en même temps qu'il m'ouvrirait la perspective d'un futur poste d'enseignant universitaire. Toute ma famille en serait satisfaite et la nouveauté du cadre me distrairait de mon chagrin. L'oncle avait raison, il fallait partir sans tarder. Quant au psautier, j'aurais aimé le laisser à Nantes en attendant de pouvoir le remettre à son propriétaire. Je l'ai finalement emporté avec moi dans l'espoir de trouver où demeurait la duchesse à Paris pour le lui remettre en main propre. Avant de partir j'ai fait parvenir un mot à Anne, c'était un bref mot d'adieu. Je partais au loin, écrivais-je, car elle ne m'avait pas laissé d'autre choix. J'aurais dû, dès le début, voir l'impossibilité de nous unir et maintenant nous étions deux âmes blessées. Pour finir, je lui demandais pardon.

Dans le coche qui m'emmenait vers Angers puis Tours, Orléans et Paris, mes pensées ne parvenaient pas à se détacher d'Anne et j'étais en sa compagnie quand je me suis souvenu que Montaigne avait horreur des coches. C'est aussi ce que j'éprouvais tant nous étions secoués.

9

PARIS

De mon arrivée à Paris, fatigué par plusieurs jours de voyage, je garde un souvenir confus. Montaigne a raison, mieux vaut voyager à cheval ou même à pied plutôt qu'en coche rendu horriblement inconfortable par l'état des routes. La capitale du royaume est grande, et même très grande et très peuplée, mais moins imposante que je ne m'y attendais. Avec ses remparts, ses rues souvent étroites et sales, elle m'est apparue comme une ville ancienne, semblable en plus grand à celles que je connaissais déjà et, plus précisément, comme une mosaïque de petites villes. Ce n'était pas la nouvelle Rome que je m'étais imaginée ! Il est vrai qu'elle avait beaucoup souffert des conflits religieux l'ayant ensanglantée lors des précédentes décennies. Lors de nos adieux, mon oncle Daniel m'avait remis deux lettres, l'une pour le père abbé du couvent de Saint-Germain-des-Prés, l'autre pour frère Antoine, ami de jeunesse originaire de Nantes et moine de ce couvent, avec qui il était demeuré en relation. Ne se faisant qu'une vague idée de la capitale, l'oncle avait tout de même su me conseiller, quand j'y arriverais, de gagner l'île de la Cité puis de rester sur la rive gauche de la Seine, où se trouvaient ce qu'il appelait les faubourgs monastiques et où je trouverais facilement l'abbaye bénédictine de Saint-Germain. J'ai suivi ses bons conseils qui m'ont évité de me perdre dans cet immense dédale.

Descendu du coche à la porte d'Orléans, la tête lourde après les secousses du transport, j'ai marché comme un somnambule jusqu'à l'île de la Cité où j'ai aperçu la cathédrale Notre-Dame et le Pont-Neuf en construction. Je suis resté sur la rive gauche de la Seine que j'ai longée par le quai des Grands Augustins puis, m'étant renseigné auprès d'un habitant, j'ai sans mal trouvé la vaste abbaye de Saint-Germain-des-Prés, jadis fortifiée, qui conservait des tours et des remparts imposants. J'ai remis les deux lettres de mon oncle au frère portier qui s'est absenté brièvement et m'a dit à son retour que je rencontrerais frère Antoine le lendemain. En attendant, je pouvais me restaurer et dormir à l'hôtellerie du couvent, où j'ai passé une excellente nuit.

Je me suis entretenu dans la matinée avec frère Antoine, l'ami de mon oncle. Petit moine jovial au crâne chauve et à la panse proéminente, il se réjouissait d'avoir des nouvelles de Nantes et m'a dit que l'abbaye logeait des étudiants auxquels je pourrais me joindre, mais aussi quelques hôtes de marque, parmi lesquels un maître ès-arts qui ne refuserait pas de me renseigner sur les études que je voulais poursuivre à Paris. Il me conseillait vivement de le rencontrer avant d'entreprendre mes démarches d'inscription à la faculté et j'ai décidé de suivre son conseil le jour même. À midi, j'ai partagé le repas des étudiants qui parlaient et plaisantaient entre eux sans me prêter attention, ce que voyant je me suis cantonné dans une discrétion soutenue. Le maître ès-arts m'a reçu dans la soirée au parloir mis à sa disposition. Sa relative bienveillance me laissait quand même sentir le poids de sa supériorité. Il voulait savoir qui j'étais, d'où je venais, quelles études j'avais suivies, les diplômes obtenus ainsi que mes ambitions présentes. Ensuite il m'a demandé de lui préciser le cursus nantais des études à la faculté des Arts. Sa vêture était confortable, sa barbe soignée, sa voix grave et son maintien empreint d'une solennité qui me parut poussée. Je voyais qu'à m'écouter il éprouvait une pitié croissante envers l'innocent qu'il avait en face de lui. Il m'avertit que ce serait plus ardu et même beaucoup plus à Paris où la licence ès-arts n'avait rien à voir avec celle de Nantes telle que je la lui décrivais. Si j'ambitionnais, et là il appuya son propos d'une grimace, si j'ambitionnais vraiment de devenir un jour maître ès-arts, il me faudrait reprendre à Paris mes études à leur point de départ en vue d'obtenir d'abord la licence de l'Université de Paris. Elle seule me permettrait de prétendre un jour à la prestigieuse maîtrise, après plusieurs années d'études supplémentaires.

– Parmi les étudiants qui logent au couvent, plusieurs sont à la faculté des Arts et vous orienteront dans ce labyrinthe que doit être l'Université de Paris pour le provincial que vous êtes.

Il faisait de grands efforts pour se mettre à ma portée, partagé entre la gêne de condescendre à me renseigner et la satisfaction de venir chrétiennement en aide à un pauvre prochain. Je me suis confondu en remerciements. Après avoir pris congé, perplexe, j'ai marché sur les bords de Seine où je me suis distrait à observer le mouvement des navires qui venaient ravitailler Paris et en repartaient. Je suis allé vers l'île de la Cité jusqu'à Notre-Dame dont j'ai admiré la belle et puissante architecture avant d'y entrer et de prier Dieu de guider mes pas, car livré à moi-même dans cette ville immense j'étais comme un voyageur égaré avançant à tâtons parmi les ténèbres. À ce moment précis, j'ai repensé au psautier.

Le père abbé de Saint-Germain, instruit de mes précédentes fonctions auprès de monsieur de Montreux et de la mission dont je m'étais acquitté, avait accepté de le garder en lieu sûr en attendant que je retrouve ses propriétaires. Il savait par frère Antoine que le duc de Mercœur était déjà parti pour l'Autriche et que la duchesse, quand elle ne séjournait pas sur ses terres de Lorraine, de Bretagne ou d'ailleurs, logeait à Paris dans sa maison de la Roquette en la paroisse Saint-Paul. Quant à Nicolas de Montreux dont les pièces de théâtre étaient jouées et appréciées dans la capitale du royaume, selon le père abbé décidément bien informé, il était provisoirement hébergé par des amis dont on devait pouvoir trouver l'adresse. Écrasé sous les voûtes de Notre-Dame, je m'imaginais tournant en rond dans les rues de Paris et parvenant épuisé à l'hôtel des Mercœur pour y apprendre que la duchesse était absente et le duc introuvable. Secouant ma morosité, je me voyais accueilli par un monsieur de Montreux souriant qui s'entretenait amicalement avec moi et non seulement m'offrait d'être à nouveau son secrétaire mais m'accordait son appui pour intégrer, en vue de la maîtrise, la faculté des Arts à un niveau raisonnable. L'instant d'après, ces chimères pour lesquelles j'avais un attrait décidément incorrigible s'envolaient, dispersées par le retour à la dure réalité. Sans aucun doute Nicolas de Montreux était fort occupé à faire oublier son passé de Ligueur, son séjour à Nantes, ses amitiés compromettantes et à se chercher un nouveau protecteur et mécène. Il n'aurait que faire d'un petit personnage encombrant tel que moi. J'errais devant ces brumeuses perspectives quand soudain tout fut clair dans mon esprit, et ma voie toute tracée. Dieu m'invitait ou plutôt m'incitait, je crois même qu'Il m'obligeait à tourner la page sans tarder pour partir à la découverte d'un monde nouveau. Il me fallait dire adieu à Mercœur et à son psautier, adieu à Paris et à sa faculté des Arts, adieu à Nantes avec Anne et ses protestants, les oncles et leurs catholiques, et quitter une France décidément trop compliquée pour moi. Où irais-je ?

C'était en Espagne dont je connaissais la langue que je tracerais le mieux mon chemin. Peut-être même y découvrirais-je mon père ? Je pourrais sans doute m'y rendre par bateau en trouvant au Croisic une occasion d'embarquer après m'être expliqué à Nantes avec mon oncle. Quant au psautier, il resterait au couvent parisien avant d'être remis à madame de Mercœur par les religieux. Débarqué dans le royaume d'Espagne, je me rendrais à Valladolid pour y rencontrer Juan de Espinosa, dont Julio son parent m'avait parlé à Blavet et qui pourrait peut-être me prendre à son service dans sa librairie. Ma sensibilité étant teintée d'humanisme, ne montrais-je pas de l'inconscience à vouloir vivre dans ce pays connu pour ses passions extrêmes en matière de religion ? J'évacuais l'objection en me disant que mon statut d'étranger me permettrait de demeurer à l'écart de ces passions. Plus je cogitais et plus ma résolution s'affermissait. Dans son sanctuaire, Dieu me faisait la grâce de m'inspirer ou peut-être était-ce madame Marie, la Vierge

Mère que j'avais priée aussi.

La veille de mon départ, j'ai écrit au père abbé de Saint-Germain pour lui en dire les raisons après l'entretien avec le maître ès-arts et lui confier le psautier qu'il pourrait faire remettre à la duchesse de Mercœur durant l'un de ses fréquents séjours parisiens. L'idée que les religieux bénédictins rechigneraient à se dévouer pour une dame mariant sa fille à un fils du roi de France ne m'effleurait pas. Tandis que je rédigeais ma lettre, une voix importune me chuchotait que j'aurais dû remplir ma mission jusqu'à son terme mais j'ai refusé de l'écouter. Ensuite j'ai voulu m'aérer dans ce Paris que j'allais quitter. C'était le dimanche matin après la messe. Je flânais aux entours du couvent dans le vaste quartier où règne l'Université avec ses centaines de professeurs et ses milliers d'étudiants, groupés en nombreux collèges comme à Oxford au royaume anglais. Parvenu à une petite place, je me trouvais au milieu de badauds admirant acrobates et chiens savants. Des étudiants riaient, chahutaient, j'ai reconnu le parler de ces Bas-Bretons qui étudiaient la médecine et m'ont paru d'un abord facile. J'ai engagé la conversation et ils m'ont présenté un étudiant ès-arts, breton, du même collège qu'eux mais perdu parmi ces carabins. C'était un jour de fête et le gars des Arts me voyant aussi perdu que lui m'a invité à me joindre au groupe si le cœur m'en disait pour participer à leurs agapes. On a déambulé à travers le quartier puis accédé à l'arrière-salle réservée par mes nouveaux compagnons dans une taverne qui leur était apparemment familière. Ce à quoi je ne m'attendais pas, c'était l'arrivée d'un groupe de demoiselles avenantes d'emblée et qui devinrent peu à peu babillardes. Les gais lurons avaient tout prévu.

Ces jeunes personnes, ai-je appris, travaillaient honnêtement dans des commerces du quartier et ne monnayaient pas leurs charmes. Il m'a semblé par la suite que c'était à voir, du moins pour certaines d'entre elles. Le repas pantagruélique et bien arrosé fut coupé de chants bretons nostalgiques suivis de chants latins bachiques et pour finir de chants français paillards. La mignonne près de moi avait de grands yeux clairs, doux et tristes, de beaux cheveux blonds, des joues roses avec des fossettes. Vêtue d'une robe somptueuse de satin bleu-roi, car elle travaillait chez une couturière, c'était la première fois qu'elle venait là, encouragée par l'amie assise en face de nous et d'après qui ces carabins n'étaient pas si terribles, seulement de gros chahuteurs. De mon côté, j'ai tenté malgré le brouhaha qui enflait de dire en peu de mots qui j'étais, d'où j'étais, ce que j'étais venu faire à Paris et pourquoi j'en partais. La fille en bleu a remarqué que ma décision était peut-être précipitée, remarque qui m'a paru aussi sage qu'attentionnée. Plus l'après-midi avançait, égayé de chansons et arrosé de vin, plus je la trouvais sympathique et mieux je le lui disais, ce qui ne paraissait pas l'offusquer. Après un chant breton, Ludivine qui était picarde m'apprit une expression de son pays, « Race picarde, race gaillarde » et ajouta que les Bretons avaient aussi la réputation d'être des durs. On disait à Paris qu'ils avaient longtemps donné du fil à retordre au roi Henri et on les voyait toujours groupés, prêts à faire front en cas d'attaque. Au fil des heures, l'ambiance s'échauffait. Se sont éclipsés les carabins logés au collège et craignant de trouver porte close, les filles prudes et moins faciles devant travailler à l'aube. Chacun a payé outre son écot celui de sa cavalière, ce que j'ai fait pour Ludivine qui, me dit-elle, n'habitait pas loin et que j'ai souhaité raccompagner sans qu'elle s'y oppose.

Nous étions bientôt proches de son domicile et, alors qu'on entamait le troisième tour de ce pâté de maisons, elle me parlait de son Vimeu natal en Picardie, de sa venue à Paris où elle avait de la famille et de son travail de couturière. Du peu que je lui dis de ma vie présente et passée, elle retenait, je crois, que j'avais souvent pour compagne la solitude et j'eus l'impression qu'il lui venait à l'esprit de l'unir, au moins pour un moment, à la sienne. Elle m'invita à réfléchir avant de renoncer aux études parisiennes si mon oncle les payait car, à les entreprendre, j'avais tout à gagner et rien à perdre. Nous étions au pied de son immeuble. Un bouton manquait à mon pourpoint. Elle me proposa de remédier à ce manque et me dit de la suivre dans l'escalier. Les deux premiers étages étaient occupés par des familles, au troisième ne logeaient d'après Ludivine que des femmes célibataires dans ces chambres donnant sur le grand couloir. La sienne était modestement meublée mais agréable avec de jolis rideaux à la fenêtre et un dessus-de-lit de couleur vive. Ensuite l'inévitable est arrivé, je ne sais plus comment. Le bouton une fois recousu, on s'est trouvés sur le lit et, un peu plus tard, dedans. Sachant que je ne resterais pas à Paris, j'ai veillé à ne pas l'engrosser. C'était frustrant, pour les deux sans doute.

Le retour à Nantes en coche fut sans histoire. Pressé d'en finir, je ne me suis pas attardé en ville. Mon oncle prêtre était décontenancé par la marche des événements et son regard exprimait l'embarras de la poule qui a couvé un canard.

– L'Espagne, mon oncle, me permettra de recouvrer le calme de l'esprit et, si Dieu le veut, de trouver enfin la voie qui me convient.

J'ai compris qu'il jugeait mon mal incurable et me plaignait. Un message de l'évêché l'a mis en émoi, l'avisant que le père abbé de Saint-Germain-des-Prés avait signalé la remise du précieux psautier entre les mains de la duchesse de Mercœur, reconnaissante au jeune Gildas de sa fidélité au duc et de sa courageuse constance à le servir. Mon oncle marchand et ma tante, contents de me revoir, avaient vieilli mais les affaires reprenaient et les esprits s'apaisaient. La famille sortait du marasme. Mes cousins travaillaient avec leur père et mes cousines étaient fiancées. La confiance en l'avenir revenait doucement.

Au Croisic, j'ai retrouvé ma mère chez qui je devinais une tendresse qu'elle ne parvenait pas à me manifester. Mon père était cordial comme il l'avait toujours été. Mes frères et sœurs, presque tous mariés maintenant et chargés d'enfants, m'ont bien accueilli. Heureuse coïncidence, l'un de mes frères, célibataire celui-là, maître de barque, allait appareiller pour l'Andalousie avec une cargaison de toiles. Jos a bien voulu me prendre à bord de *La Duchesse Anne*. Craignant de déranger ses plans en lui demandant de relâcher plus au nord dans Bilbao ou Santander comme il aurait fallu pour gagner ensuite Valladolid où un cousin de mon ami Julio tenait une librairie, j'atterrissais bientôt à Sanlúcar dit « de Barrameda », sans doute à cause d'une mauvaise barre à l'entrée de ce petit port andalou situé à l'embouchure du

Guadalquivir, où je ne pensais pas m'éterniser et où j'ai pu loger chez un pêcheur à la retraite.

Sous le soleil andalou, je contemplais la mer et j'apercevais au loin des voiles. C'était comme autrefois quand je grandissais au Croisic, dans le midi breton.

DEUXIÈME PARTIE

Sanlúcar de Barrameda

(1599-1610)

1

CONSTANCE

Valladolid ! Comme il sonnait à mes oreilles, le nom de cette ville où je pensais me rendre en espérant y recevoir l'accueil bienveillant du libraire Espinosa, parent de ce Julio qui m'avait amicalement traité à Blavet. Il m'aiderait peut-être à trouver un emploi et cet espoir m'incitait à me joindre à des muletiers qui dans quelques semaines conduiraient leur caravane vers le nord. En attendant, je me familiarisais avec le pays, logé et nourri pour un petit prix chez le vieux pêcheur et sa femme à qui ma présence inspirait une curiosité discrète. À leur amical contact, j'améliorais mon espagnol. La langue du pays est le dialecte andalou, proche du castillan mais prononcé différemment. Je ne supportais pas mal la chaleur estivale et mettais par écrit le récit de mes aventures passées. Tard après l'heure de la méridienne, je partais à la découverte de la petite ville et du port moins actif qu'autrefois selon les dires de ses habitants. Sanlúcar continuait cependant à jouer son rôle de base de départ principale dans le commerce maritime avec le Nouveau Monde. Au printemps et à l'automne, ai-je appris, l'agitation s'emparait du port et une flotte de navires souvent venus de Séville par le fleuve Guadalquivir s'élançait de Sanlúcar. Entre ces deux départs, c'était moins mouvementé mais la ville portuaire, comme je le constatais, ne dormait jamais.

Mon frère Jos m'avait dit de chercher non loin du port le « quartier des Bretons » comme on l'appelait, peuplé de compatriotes dont beaucoup de Nantais et de Vitréens venus au siècle dernier, parfois plus récemment, et travaillant souvent dans des entreprises commerciales. Je suis allé dans ce quartier à la tombée du soir pour m'attabler dans une auberge. Non loin de moi, plusieurs gars mêlaient du français à leur espagnol et j'ai engagé la conversation au cours de laquelle a été prononcé le nom de François Gallodais qui a chatouillé ma mémoire. Hervé, l'un de mes interlocuteurs, était employé à Sanlúcar chez le fils aîné du maître toilier de Vitré que j'avais jadis brièvement fréquenté avant de lui fausser compagnie avec l'aide d'une de ses filles. Comme je rejoignais l'humble logis de mon vieux pêcheur, une idée inattendue s'insinua dans mon esprit. La Providence qui m'avait conduit là venait de me faire signe à nouveau. Mon projet de gagner ma vie chez un libraire de Valladolid me paraissait soudain brumeux. Une rencontre avec François Gallodais pour recueillir des informations, peut-être des conseils ou même un appui, pouvait constituer un préalable réaliste à une installation réussie en Espagne.

Le lendemain, je frappais à la porte de ses bureaux sur les quais du port et le surlendemain j'étais reçu par François Gallodais en personne. Plus âgé que moi, il ressemblait à son père avec une plus haute taille, un air plus réservé et aussi plus assuré. J'ai dit qui j'étais et raconté mon histoire, m'en tenant aux grandes lignes pour ne pas l'importuner, sans toutefois omettre l'épisode vitréen ni les circonstances de ma fuite mais sans révéler le rôle de sa sœur Constance. J'ai eu l'impression qu'il croyait à ma sincérité car ensuite il s'est montré moins distant. Il m'a demandé ce que je comptais faire en Espagne et, comme j'évoquais la librairie de Valladolid, il a hoché la tête car le succès de ma démarche lui paraissait aléatoire. Beaucoup de diplômés – il n'a pas précisé de diplômés pauvres, mais sans doute le pensait-il – cherchaient de tels emplois, au demeurant mal rétribués. Il estimait par ailleurs qu'un habitué du Croisic et de Nantes, comme je l'étais, serait moins dépaysé à Sanlúcar qu'à Valladolid. Au propre et au figuré, Sanlúcar respirait l'air du large quand Valladolid, où résidait habituellement le roi Philippe le Troisième, se repliait sur la cour qui avait investi la ville et autour de laquelle tout tournait désormais. Je me demandais où Gallodais voulait en venir quand, l'air de ne pas y toucher, il ajouta que si d'aventure je changeais d'avis il aurait une proposition à me faire. Je lui ai demandé de bien vouloir préciser. Il s'agissait d'un poste de commis chargé des relations de son entreprise avec maître Gallodais son père et la maison toilière de Vitré que je connaissais, y ayant travaillé, ce qui faciliterait ma tâche. Comme notre entretien prenait fin, il m'a proposé de réfléchir et de lui apporter ma réponse dans la semaine.

L'ayant quitté, j'étais incertain de la suite à donner à son offre. J'attendais de lui en venant le trouver qu'il éclairât ma route dans cette société espagnole plus étrangère que je ne l'avais naïvement cru, mais tout s'enchaînait trop vite et trop bien. En partant du Croisic à bord de *La Duchesse Anne* de mon frère, j'avais senti un vent de liberté souffler dans les voiles de mon destin et maintenant l'immense horizon rétrécissait à vue d'œil. J'avais même l'impression d'être ramené en arrière par quelque lutin d'Andalousie sans doute aussi facétieux que nos korrigans et poulpiquets bretons. Certes, je n'étais nullement contraint d'accepter l'emploi que François Gallodais me proposait mais à Sanlúcar, ce port de mer où je me plaisais déjà, ma situation devenait vite délicate. Je me trouvais à l'étroit chez les braves gens qui m'hébergeaient et n'étaient pas à l'aise avec moi. La monotonie des menus et les débauches de poisson ne me gênaient guère mais l'huile d'olive, l'ail et toutes ces herbes aromatiques relevant les plats dans les pays du Sud troublaient mon estomac qui n'y était pas accoutumé. La somme d'argent dont je m'étais muni en quittant la Bretagne ne me permettait pas de m'installer plus confortablement et, plusieurs semaines après mon arrivée, je manquais d'élan pour prendre, en compagnie des muletiers ou plus probablement des âniers aux dernières nouvelles, la longue et incertaine route de Valladolid. François Gallodais m'offrait un emploi bien payé avec un logement de fonction près de ses entrepôts dans un immeuble réservé à ses commis et leurs familles. Redoutant d'être bientôt un loup pelé et famélique dans une Espagne où il me paraissait plus difficile que prévu de tracer mon chemin, j'ai pris le collier qu'on me tendait, en imaginant le sourire ironique de mon oncle vicaire s'il avait pu me voir.

Quelques jours plus tard, à l'étage du vaste bâtiment où mon nouvel employeur entreposait ses marchandises, je méditais à la fenêtre du bureau que je partageais avec mon vieux chef, le commis principal Miguel, un Andalou depuis longtemps dans la maison, et deux commis dont Hervé, le jeune Breton qui m'avait renseigné à l'auberge. Observant l'horizon marin et les mouvements des navires, je songeais qu'il n'est pas facile d'échapper aux influences familiales car de fil en aiguille c'étaient bien elles qui m'avaient conduit là. En l'absence des collègues partis déjeuner, Hervé m'apprit que le commis principal à la santé chancelante avait interrompu à deux reprises son travail pour se soigner, ce qui semblait préoccuper le patron. Je me suis demandé si mon rapide embauchage n'était pas en rapport avec ce problème. Une bonne partie des toiles qu'on expédiait vers les villes andalouses et le Nouveau Monde provenait de la maison Gallodais de Bretagne et le bureau où j'avais été placé, chargé des approvisionnements vitréens, comptait dans l'entreprise. Miguel, le commis principal, me traitait poliment et parfois laissait voir une relative bienveillance, quand Fernando, le second commis, ne cherchait pas à dissimuler son manque de sympathie.

Après quelques semaines dans la maison Gallodais, j'avais pris mes habitudes. Je déjeunais à l'auberge La Bretaña tandis que je dînais seul chez moi, dans l'immeuble où mon patron logeait ses employés. Une fois la semaine, une femme de Sanlúcar venait faire le ménage et m'apportait des provisions. J'occupais mes loisirs à explorer le port et ses environs mais aussi à coucher par écrit le récit de ma quête du psautier. Je mettais un peu d'argent de côté en rêvant de prendre un jour congé de l'Andalousie pour aller tenter ma chance à Valladolid et, si la librairie ne voulait pas de moi, retourner tout bêtement à Nantes où la voie de l'enseignement chez les frères serait libre et Anne Kervour, peut-être remariée, de toute façon définitivement sortie de ma vie. Dans cette perspective, l'épisode espagnol n'aurait été qu'une parenthèse pour permettre au brûlant souvenir de se refroidir.

Je me trouvais à Sanlúcar depuis plusieurs mois et Noël approchait. La santé de Miguel, le commis principal, était branlante et Fernando, convoitant la succession, prenait de grands airs. Envisageant de partir au printemps prochain, je veillais non seulement à bien accomplir mes tâches mais m'appliquais à me faire remarquer le moins possible et éviter tout ce qui aurait pu me compliquer la vie. Rassasié d'émotions fortes, purgé de mes envies de voyages, je n'aspirais qu'à terminer paisiblement mon séjour andalou, convaincu d'être un aventurier de pacotille et qu'il ne fallait pas forcer sa nature. Depuis mes débuts dans sa maison, je n'apercevais François Gallodais que de loin, et de loin en loin, toujours sur mon lieu de travail. J'avais l'impression qu'il me tenait à distance, ne sachant trop qui j'étais et la prudence lui commandant de garder une attitude réservée, fût-ce envers un Breton qui connaissait sa famille ou même à cause de cela. Un peu avant Noël, je le croisais par hasard sur le quai du port, il s'arrêta pour me parler et du ton le plus aimable et le plus naturel m'invita à déjeuner chez lui pour faire la connaissance de sa famille. Quelques jours plus tard, surpris mais sensible à la cordialité de leur accueil dans cette belle maison rappelant le style français, située sur les hauteurs de la ville portuaire et entourée d'un grand jardin planté d'orangers et de citronniers, je levais mon verre de xérès à sa santé, à celle de sa femme et de ses enfants. Notre conversation m'a suggéré une explication de son changement d'attitude.

Il avait informé son père de ma présence dans son

entreprise, m'a-t-il dit, et j'ai supposé qu'il avait reçu en réponse des informations favorables à mon sujet. J'en ai conclu que les Gallodais de Vitré n'avaient pas gardé un mauvais souvenir de moi et ne m'avaient pas tenu rigueur de ma fuite. François, mon hôte, avait fait un beau mariage avec la fille d'un riche marchand de Séville et c'est peu après qu'il avait lancé son affaire de Sanlúcar à laquelle son père était associé. Depuis Vitré, Maître Gallodais, sans passer par un exportateur intermédiaire, vendait à son fils des toiles transportées par un armateur malouin. Les Gallodais de Sanlúcar avaient trois enfants. Renata, leur mère, m'a fait découvrir le jardin.

De petite taille, plus jeune que son mari, le regard vif, la démarche énergique et décidée, elle avait de grands yeux noirs, le nez busqué, un léger duvet sur la lèvre supérieure. Elle souriait sans effort et s'animait en parlant. François a dû remarquer chez Renata de la considération à mon égard car il a souligné qu'elle appréciait mon dévouement sans faille au duc de Mercœur, le défenseur de la foi catholique. Elle voyait dans la Bretagne la plus fidèle des provinces françaises à la religion des aïeux mais aussi la plus vaillante et la plus liée à l'Espagne. Ramené à une époque difficile par ces propos obligeants et quelque peu embarrassants, j'ai eu un sourire aimable pour toute réponse. Les époux désiraient savoir si je m'habituais à Sanlúcar et m'y faisais des amis. Ils ont paru heureux de m'entendre dire que l'Andalousie avait un grand charme pour l'homme du Nord que j'étais. Ils ne m'ont pas demandé si j'envisageais de me fixer dans ce pays mais je crois qu'ils auraient aimé le savoir. Avais-je quelque ambition dans le domaine du commerce ?

Mon patron m'a posé carrément la question. Je lui ai répondu qu'à défaut d'une carrière universitaire qui m'attirait mais s'était révélée inaccessible, le commerce avait pour moi l'avantage d'être le domaine dans lequel j'avais baigné avec ma famille durant toute ma jeunesse. Je n'avais pas encore décidé de la suite à donner à mon avenir. Ma réponse volontairement évasive a paru satisfaire François Gallodais. N'avais-je pas entendu ma mère répéter que la franchise ne consiste pas à dire tout ce qu'on pense mais à penser tout ce qu'on dit ? Quand j'ai quitté ces hôtes accueillants, une chose me paraissait sûre : Renata, pleine d'estime pour son mari et probablement plus que cela, exerçait sur lui une influence déterminante. Elle semblait convaincue que les Bretons accordent en général une grande importance à leur épouse, ce qui se voit plus rarement chez les Andalous influencés par huit siècles de domination musulmane. Je crois que ce trait comptait autant pour elle que l'attachement inébranlable des Bretons à la foi catholique.

Les semaines passaient et je me familiarisais avec l'Andalousie. J'allais saluer parfois le vieil homme et sa femme chez qui j'avais logé. Leur fils, marin-pêcheur lui-même, m'emmenait de temps à autre en mer où je passais des heures bien remplies en compagnie de cet homme taciturne et de son mousse, Yves, jeune Breton ou plutôt fils de Breton, dur à la tâche et guère plus causant que son patron, ce qui ne me gênait pas. La barque de pêche avait un faible tirant d'eau et nous ne redoutions pas la barre qui devant Sanlúcar envoyait beaucoup de galions par le fond. Cependant la sortie du port devenait parfois difficile quand on gagnait le large au moment de la basse mer et qu'une forte brise se mettait à souffler. Je retrouvais la terre ferme, moulu et l'esprit pacifié, avec une cargaison de poissons dont je distribuais la plus grande part aux collègues et à la femme de ménage.

La nuit de Noël, auprès de la famille Gallodais dans une église bondée, j'étais enchanté par la décoration florale, les illuminations profuses, le faste liturgique et l'entrain des fidèles. Ensuite je fus dérouté par la piété joyeuse et bruyante qui entraînait la ville entière dans des chants et des danses jusqu'à l'Épiphanie du 6 janvier commémorant l'adoration des Mages, et m'apparut encore plus démonstrative que celle de nos pays bretons mais non moins sincère. Et janvier suivit son cours.

Hervé m'avait invité à passer la soirée avec des amis bretons et andalous du milieu maritime. Au sortir tardif de La Bretaña après un souper très gai, nous avons échoué près du port dans un établissement où il y avait du monde, du bruit, des rires, de la musique andalouse, des chants, des danses, des femmes fardées. On a bu du xérès de basse qualité et le lecteur ne m'en voudra pas d'avoir gardé de la suite un souvenir embrumé m'interdisant de me prononcer sur ce qui se passa réellement. Le lendemain, je me suis réveillé tard chez moi, tout habillé, et quand j'ai revu Hervé il a dit m'avoir aidé à rentrer. Je gardais la vague impression d'un retour au bercail précédé d'une séquence érotique dans ce mauvais lieu, ce « château-gaillard » comme on dit encore parfois en France, ou cette « maison de fillettes ». Du naufrage de ma mémoire émerge une paire de tétons superbement galbés, véritable œuvre d'art, et une croupe de jument. N'était-ce qu'un rêve ? En tout cas, j'avais noyé mon cafard, me jurant néanmoins qu'on ne m'y reprendrait plus. Jusqu'ici, j'ai tenu parole.

Miguel, mon chef de bureau, m'a invité chez lui pour me remercier de lui apporter des poissons. Il savait que j'étais reçu régulièrement chez François Gallodais, ce qui sans doute plaidait aussi en ma faveur. Profitant de son absence d'un instant, l'austère épouse qui m'avait courtoisement accueilli me confia les alarmes inspirées par sa santé. Je l'ai assurée que Miguel pouvait compter sur moi et que je le secondais de mon mieux. Que dire d'autre ? Elle parut soulagée.

Chez les Gallodais, François évoquait parfois le passé prestigieux de cette ville d'où Magellan était parti pour faire son tour du monde ; ou bien, admiratif, il me vantait les exploits de Malherbe qui, tout jeune, avait quitté Vitré, sa ville natale, pour venir à Sanlúcar où il avait trouvé à s'employer dans le négoce maritime. Commerçant avec les colonies espagnoles d'Amérique, il avait un jour décidé de s'y rendre et aux dernières nouvelles voyageait maintenant en Asie. À écouter François Gallodais, je me demandais qui parlait, le marchand qui aurait aimé partir aux Amériques pour y développer son commerce, ou l'adolescent aventureux d'autrefois qui regrettait d'avoir posé son sac à Sanlúcar sans pousser plus loin comme Malherbe avait fait et continuait de faire. Renata, dotée d'un sens pratique éprouvé, consentait à admettre l'existence de tempéraments comme celui du téméraire Vitréen mais renonçait à les comprendre. Surtout, elle voulait ignorer si son mari aurait parfois rêvé de suivre leurs traces. Je m'autorisais ces visites car aux termes d'un accord tacite avec François on ne parlait jamais des collègues de la maison de commerce. Quand Renata tendait un hameçon, je demeurais évasif ou même coi. Elle n'insistait pas et cependant le commis Fernando se méfiait de moi, ce qui était sans doute inévitable. La sagesse aurait peut-être conseillé de m'abstenir de fréquenter les Gallodais, mais mon isolement et la sympathie qu'ils me manifestaient ne militaient pas pour un tel retrait. J'étais comme un équilibriste sur son fil de fer.

Au cours d'une de mes visites, Renata, sans préciser davantage, me dit que les jeunes hommes soucieux de s'élever dans une carrière commerciale devaient éviter de se commettre avec les gens du commun. J'étais fâché de l'entendre. Voulait-elle parler des marins-pêcheurs, ou d'Hervé et de ses copains, gens modestes et souvent compatriotes bretons que je ne m'interdisais pas de fréquenter ? Je lui ai demandé d'être plus explicite. Devant François embarrassé, Renata dit alors qu'il fallait faire comme maître Gallodais de Vitré quand il nous expédiait ses toiles, ne pas mélanger les torchons et les serviettes. Évitant de répliquer, j'avais le sentiment que les propos de Renata, davantage que sa sensibilité propre, reflétaient un point de vue répandu plus encore en Espagne qu'ailleurs. François, sous prétexte de me faire découvrir les oliviers que sa femme avait fait planter dans le jardin, m'y a emmené pour m'ouvrir les yeux sur la société espagnole :

– Ici, ce n'est pas comme en Bretagne où les diverses classes se rencontrent au cabaret, où les nombreux petits nobles côtoient sans répugnance les paysans et n'écrasent pas les bourgeois de leur mépris. Les aristocrates espagnols croient appartenir à une espèce supérieure, n'accordant de considération qu'à leurs semblables et aux gens d'Église importants. Le peuple ne compte pas pour eux, les marchands et artisans guère plus. Le comble est que ceux-ci se sont mis à copier les nobles et mépriser le peuple. Renata pense que tu as les qualités requises pour réussir mais que, la situation en Espagne étant ce qu'elle est, tu échoueras si tu ne prends pas garde à tes fréquentations. Elle est réaliste. Encore faut-il savoir qu'il n'y a pas trop lieu de se plaindre à Sanlúcar. Les conditions sont plus tranchées à Séville, les caractères plus entiers et à Valladolid c'est pire, on voit des gens cesser d'en fréquenter d'autres parce qu'ils ont des amis d'un rang inférieur.

Nous sommes retournés dans la maison et la suite fut paisible. J'étais resté silencieux sans m'opposer au couple Gallodais mais en aucun cas je n'aurais changé ma ligne de conduite.

Lors de ma visite suivante, Renata m'a présenté Dorotea, sa jeune sœur de Séville qui séjournerait quelque temps en famille à Sanlúcar. Les deux sœurs se ressemblaient au physique mais leurs natures paraissaient différentes, Dorotea étant nonchalante et rêveuse. Peut-être avait-elle quelque peine à sortir de l'adolescence et cette disposition mélancolique n'était-elle que passagère. Hors de sa présence, Renata m'a demandé comment je trouvais sa sœur, ajoutant qu'elle était un cœur à prendre. J'ai répondu que je la trouvais charmante mais que j'étais venu en Espagne pour échapper au chagrin d'une rupture sentimentale dont je n'étais toujours pas remis. Renata a changé de sujet. La gouvernante venue de Séville avec Dorotea avait été bien chapitrée et ne la lâchait pas, aussi Renata rusait-elle pour laisser sa sœur un instant seule en ma compagnie. C'était l'époque du grand départ des voiles pour les Amériques et une extraordinaire animation régnait en ville. Le jour venu, la foule s'est massée pour voir l'armada commerciale qui avait descendu le Guadalquivir et attendait des vents favorables avant de s'élancer vers le large. Par courtoisie, à la demande de Renata, j'avais accompagné Dorotea au magnifique spectacle d'une vingtaine de caravelles escortées par deux navires de guerre. La jeune fille, tournant son regard vers la duègne, prit un air excédé et protesta dans un français auquel je ne m'attendais pas :

– Vous voyez, monsieur, la situation où nous autres demoiselles sommes en Espagne. En est-il de même en France ?

– Votre français est excellent ! ai-je répondu, ce qui a paru lui plaire.

Une des caravelles de l'imposante flotte transportait des toiles vitréennes de la maison Gallodais et son commandant était un fils de Miguel qui s'était récemment trouvé mal. Notre commis principal attendit le départ des navires pour rendre l'âme. Au cimetière où nous étions tous, le commis Fernando me parut nerveux. La veuve nous dit que son époux s'était inquiété quand l'armada quittait le port. « Ont-ils passé la barre ? », avait demandé Miguel.

– Je l'ai rassuré, dit-elle, il a su que c'était la pleine mer et qu'il y avait une bonne brise. Il est mort paisiblement.

Le lendemain de la cérémonie funèbre, François Gallodais me convoquait et je me suis rendu dans la grande pièce d'où il dirigeait son entreprise. L'un des murs était recouvert d'une carte de l'océan Atlantique et des continents qui le limitent, l'Europe et les Amériques. Il m'a demandé si j'avais l'intention de demeurer chez lui et si j'étais prêt à diriger le bureau où je travaillais, car il me proposait de prendre la suite de Miguel. J'étais à Sanlúcar depuis plusieurs mois, désormais rodé à ce travail de notre service qui tenait de la routine, consistant à connaître les besoins en toiles de Vitré destinées à l'Espagne et au Nouveau Monde avec les caractéristiques et les quantités, de s'entendre avec Vitré au sujet des dates de livraison, des prix des toiles et du transport, d'être informé des départs de France des navires, de recevoir les marchandises, de vérifier leur bon état ainsi que l'adéquation avec la commande et enfin de veiller à leur bon entreposage. François avait vu Miguel malade et prévu qu'il ne pourrait plus longtemps assurer son travail. Je m'étais interrogé au sujet de mon recrutement. Était-il dû à un manque de confiance en Fernando, le commis en second, pour prendre la relève le moment venu ? Je savais maintenant que c'était la bonne explication. Cependant, il fallait ménager la fierté de ce garçon qui appartenait à une famille influente. J'ai répondu à François Gallodais que je n'avais pas encore pris la décision de me fixer à Sanlúcar et que je me donnais six mois pour le faire. M'en sentant capable, je ne refusais pas d'exercer à titre provisoire la fonction de commis principal du bureau où il m'avait placé, à condition qu'il procure un emploi dans un autre bureau à Fernando, si désireux d'occuper le poste, si convaincu de le mériter que travailler sous mes ordres lui serait insupportable et qu'il me le ferait payer. François a voulu réfléchir avant de prendre sa décision. J'avais déjà remarqué que sa réflexion consistait surtout à soumettre ses problèmes à Renata.

Peu de jours après cette conversation, je trouvais Fernando d'excellente humeur au siège de l'entreprise. Le patron, m'a-t-il dit, allait lui confier les relations avec les autorités municipales de Sanlúcar et de Séville ainsi qu'avec les capitaineries des deux ports. Me retrouvant désormais avec Hervé au bureau, je dirigeais celui-ci sans titre particulier et débarrassé d'un Fernando ravi ; de la part de François et probablement aussi de Renata, devenus des amis, c'était un travail d'orfèvre. J'avais compris que tous deux s'accommodaient de Sanlúcar où leur affaire d'import-export les enrichissait mais que Renata se languissait de Séville, la merveille de l'Espagne où vivait sa famille, et que François, en dépit des apparences, était demeuré nostalgique de sa Bretagne natale dont il avait parfois des nouvelles mais qu'il n'avait jamais revue. Aussi, je lisais dans le jeu de Renata. Elle me ferait épouser sa sœur qui résiderait auprès d'elle à Sanlúcar où je seconderais François dont je serais le beau-frère, peut-être l'associé et aussi l'ami français et même breton. Ce n'était pas mal calculé.

À Vitré, maître Gallodais se chargeait de la correspondance commerciale de sa maison ; à Sanlúcar, je remplaçais désormais Miguel dans l'exercice de cet office. J'ignorais si le père de François avait remarqué ce changement car rien ne pouvait être déduit du ton neutre et commercial auquel il se cantonnait. Ne sachant quelle attitude prendre, j'ai fait de même en m'autorisant de temps à autre une touche plus chaleureuse. J'occupais mes nouvelles fonctions depuis le printemps et nous étions dans un automne très avancé lorsque François Gallodais m'a fait porter une lettre qui venait de débarquer d'un navire malouin avec le courrier et les marchandises.

« *Cher Gildas,* écrivait Constance,

Quelle surprise et quelle joie d'apprendre votre présence à Sanlúcar auprès de mon frère François ! Ainsi vous aviez pu échapper à vos poursuivants. Savoir que j'y étais pour quelque chose me comble d'aise même si n'avoir jamais reçu de signe de votre part m'a toujours attristée... »

La suite de la lettre était sensible et poétique. Constance parlait de ses parents et de ses sœurs ainsi que du retour de la paix à Vitré, laissant discrètement percevoir qu'elle s'étiolait dans un célibat prolongé faute d'avoir rencontré le garçon qui l'aurait fait rêver. Sa vie manquait d'horizon dans cette petite ville, au sein d'un milieu attachant mais terre à terre. Tout cela était dit avec légèreté, sans se plaindre, en glissant sur la morosité du quotidien pour en retenir les instants de drôlerie et de fantaisie. Chère Constance ! Elle s'interrogeait à mon sujet et je découvrais dans sa lettre une réelle sympathie pour moi, probablement davantage. Il était également flagrant qu'elle avait pris plaisir à l'écrire et que, m'imaginant exilé solitaire, elle avait cherché à me distraire autant qu'à me séduire par l'élégance de son style. C'était réussi. Lecture faite, je me demandais comment répondre à une telle lettre sans décevoir. Succinctement, après l'évasion de Vitré qu'elle avait favorisée, j'ai évoqué pour Constance la quête à rebondissements du psautier, l'interminable et périlleux retour à Nantes, la chimère envolée d'union mixte avec Anne, les rêves universitaires parisiens fracassés et, pour finir, un Gildas déboussolé partant vers les horizons du Sud et atterrissant par hasard à Sanlúcar où il avait rencontré son frère François qui l'avait généreusement traité. Je lui disais aussi la proposition de son frère d'un emploi stable dans l'entreprise, mon hésitation à l'accepter, mes vagues projets de départ pour Valladolid, mon goût incurable pour la littérature et combien j'avais été heureux de la lire.

L'hiver doux, venteux et parfois pluvieux s'achevait. Le commerce n'étant décidément pas ma vocation, j'envisageais de quitter Sanlúcar pour prendre le chemin de Valladolid lorsque Constance m'a annoncé sa visite à son frère chez qui elle séjournerait jusqu'à l'automne. Elle allait s'embarquer à Saint-Malo dès que la reprise de la navigation le permettrait, c'est à dire très bientôt. À la même époque, François me pressait de donner une réponse ferme à son offre d'emploi.

2

PRINTEMPS ANDALOU

Le ciel est bleu, la mer scintille, Constance est depuis peu à Sanlúcar en compagnie de dame Oger, comme elle de Vitré, chargée par ses parents de veiller sur cette fille que rien ni personne n'a pu convaincre de renoncer à son équipée maritime. Constance a dit à son frère qu'elle était à Sanlúcar pour le voir et connaître sa famille, et aussi pour découvrir l'Andalousie. Elle m'a discrètement fait comprendre que sa venue n'était pas sans rapport avec ma présence.

Depuis ma fuite de Vitré, plus de quatre ans avaient passé. Je retrouvais la Constance de jadis, changée toutefois. Sa mise et sa coiffure sobres et soignées, sa voix posée, sa démarche assurée attiraient le regard et captaient l'attention. Renata, chaleureuse à l'arrivée de sa belle-sœur, s'est montrée plus réservée en soupçonnant l'intérêt que celle-ci me portait, sans doute parce que ses projets pour Dorotea s'en trouvaient bousculés. Sa retenue est presque devenue froideur quand Constance a demandé à son frère de m'accorder un congé pour que je lui fasse connaître le pays. Quant à François Gallodais qui allait bientôt satisfaire en partie la demande de sa sœur, il donnait l'impression de ne pas vouloir se mêler de ces problèmes familiaux. Libéré de mon travail tôt le soir, j'ai guidé Constance dans Sanlúcar et ses environs immédiats. Elle était détendue, souriante, donnait l'impression de se plaire en ma compagnie et auprès d'elle j'éprouvais une sensation d'agréable quiétude. J'aimais son regard clair, son front haut, sa bouche charnue, bien dessinée.

Dorénavant convaincue qu'entre Constance et moi n'existait que la mutuelle sympathie de deux compatriotes désorientés à l'étranger, Renata n'a pas tardé à se radoucir, d'autant plus que Constance s'intéressait aux enfants conquis par sa gentillesse. Elle jouait avec eux, les emmenait en promenade et auprès d'eux progressait en langue espagnole ou, comme on disait là-bas, en andalou dont elle prenait l'accent. Éprouvée par une chaleur printanière à laquelle elle n'était pas accoutumée, elle a pu grâce aux conseils de sa belle-sœur reconstituer en un temps record une garde-robe mieux adaptée au climat. J'ai constaté à cette occasion que les soucis de finance n'étaient pas de ceux qui importunaient Constance. Peu à peu, ses journées se sont organisées de façon rituelle. Le matin, elle s'occupait des deux plus jeunes enfants tandis que l'aîné se rendait à l'école. L'après-midi, elle lisait et se reposait, me disait-elle. Je la retrouvais chez les Gallodais à la fraîche et dame Oger, rassurée, prétextait des occupations pour laisser Constance en ma compagnie dans le jardin embaumant des parfums fruités. Parfois nous allions en ville et, au retour, on m'invitait à dîner. Alors que nous venions de visiter les *atarazanas*, ces chantiers navals du duc de Médina-Sidonia, gouverneur d'Andalousie et grand propriétaire, seigneur de Sanlúcar où il possède un palais, et que nous longions le couvent des Dominicains, Constance me demanda en souriant si je n'avais pas l'intention d'entrer dans les ordres.

– Trouvez-vous que j'aie la mine d'un moine ?

– Ce n'est pas la mine qui fait le moine, Gildas. Certaines vocations peuvent naître d'un chagrin d'amour.

Je crois qu'elle aurait souhaité en savoir plus sur Anne Kervour et mes amours défuntes. Comme je restais silencieux, Constance ajouta :

– Ne prêtez pas attention à ce que j'ai dit, je plaisantais. Je n'ai jamais pensé que vous iriez vous enfermer dans un monastère mais, pour être sincère, je ne vous imaginais pas non plus dans une entreprise commerciale et je suis tombée des nues en vous sachant chez mon frère. Jadis j'avais cru comprendre que le commerce vous ennuyait, que vous étiez attiré par la littérature et pensiez à l'enseignement. Vous évoquiez dans une lettre la rebuffade essuyée à Paris, mais il peut y avoir une vie hors de Paris.

– Vous avez raison, Constance. Seulement, lorsque le but rêvé se révèle hors d'atteinte et ceux de rechange, tel Valladolid, enveloppés d'incertitude, il peut être sage de saisir une occasion à laquelle on n'aurait de prime abord pas songé.

– En ce cas, pourquoi ne pas garder votre emploi chez mon frère à titre de « poire pour la soif », et consacrer votre temps libre à l'écriture ? Si toutefois vous envisagez de demeurer un moment en Espagne.

– Voilà précisément ce que je fais en rédigeant, quand j'en trouve le loisir, le récit de ma poursuite d'un psautier pour le duc de Mercœur. Je l'admets, je vis au jour le jour sans me poser de questions. C'est sans doute la conséquence de mes tribulations passées mais aussi de cette guerre civile qui a déchiré si longtemps la Bretagne. Il me faut attendre encore pour y voir plus clair en moi.

L'arrivée chez les Gallodais a mis fin à cet échange. Rentré chez moi, je me suis dit que la venue de Constance à Sanlúcar allait m'obliger à faire un choix. Nul doute qu'elle éprouvait pour moi une forte attirance et aurait souhaité que l'on soit unis par les liens du mariage. Elle espérait m'entendre me déclarer, j'en étais convaincu et, si je m'abstenais, son espoir pourrait bien devenir explicite. Il me faudrait alors répondre par oui ou par non. Si c'était non ou si elle n'avait pas osé briser mon silence, elle s'éloignerait à l'automne, malheureuse et déçue, pour retrouver Vitré où elle cacherait son chagrin, tandis qu'à Sanlúcar Renata me reparlerait de Dorotea. Si c'était oui, j'épouserais Constance et sans doute aussi les toiles Gallodais, faute d'un autre emploi. Il me fallait m'interroger et voir si j'appréciais Constance au point de partager sa vie et de rester toilier. J'avais beau tourner la question dans tous les sens, en fin de compte elle demeurait en suspens. À l'endroit de Constance j'éprouvais sympathie, affection et même davantage mais était-ce suffisant ? Parents et amis de France et d'Espagne auraient répondu oui car, en matière de sentiments, que demander de plus ? Ce qui importe pour se marier, c'est que concordent l'appartenance religieuse et les positions sociales, telle est l'opinion universelle. Mais que fait-on des caractères, des affinités, des goûts dont l'accord est si nécessaire ? Je pensais qu'il fallait autre chose. L'amour, puisque c'est de lui qu'il s'agit, est-il seulement une passion, un état unique en son genre, entier, brutal, reconnaissable entre tous, d'une spécificité radicale, dont on puisse clairement dire qu'il est ou qu'il n'est pas ? Peut-il être aussi un sentiment plus diffus, plus difficile à identifier et connaître des degrés, des stades, des variations, un début parfois mal perceptible ? Peinant à m'orienter dans ce labyrinthe, je jugeais sage de ne rien brusquer.

À Sanlúcar depuis presque six semaines, Constance a exprimé le désir de mieux connaître l'Andalousie. Elle souhaiterait surtout visiter Séville, accessible sans trop de peine depuis Sanlúcar et dont tout le monde vante la splendeur. François Gallodais doit prochainement s'y rendre pour ses affaires et Constance dit que l'accompagner lui offrira l'occasion rêvée de découvrir la plus grande ville d'Espagne et la plus belle. Il est d'accord. Constance insiste pour que je me joigne à eux et agace Renata qui aurait aimé revoir sa famille et sa ville natale mais ne veut pas quitter ses enfants. Dame Oger qui souffre de la chaleur et d'ennuis de santé décline l'invitation de participer au voyage.

François Gallodais pouvait compter sur des marins éprouvés grâce auxquels, à marée haute et poussés par des vents d'ouest ou *vendavales*, nous avons remonté le Guadalquivir en louvoyant et atteint, en une petite journée et au prix d'émotions parfois fortes, Séville, la reine d'Andalousie. Sachant que sur le fleuve les échouages et accrochages ne sont pas rares, nous étions soulagés d'arriver sans encombre. J'avais vu Constance garder son calme en toute occasion.

Nous voici tous trois à Séville, éblouissante merveille des temps modernes, comparée par certains à la Babylone antique, plus grande, plus riche et plus animée que Madrid. François a craint de vexer la famille de Renata en logeant dans une hôtellerie et ces riches négociants nous ont offert l'hospitalité. Nous avons été bien accueillis quoique fort solennellement, mais nos hôtes cachaient mal leur surprise en voyant Constance voyager sans duègne avec un ami de sa famille. Sans doute concluaient-ils qu'on ne peut s'attendre à beaucoup de bienséance de la part de ces incorrigibles Français. Chez Doña Hernandez, mère de Renata, la surprise était plus marquée que chez son époux. François a calmé leurs appréhensions en disant que la dame de compagnie de Constance, venue avec elle à Sanlúcar, était souffrante et qu'il se proposait d'être le chaperon de sa sœur, ce qui a détendu l'ambiance et fait éclore des sourires.

La maison à un étage des Hernandez est de style andalou comme toutes celles des notables de la ville. Les pièces se distribuent autour d'un vaste patio où les fleurs embaument l'air et que rafraîchissent des jets d'eau. Don Hernandez est fier des pièces qui ont des fenêtres donnant sur la rue, ce qui est tout à fait nouveau. Il s'abstient d'ajouter que c'est un signe de richesse mais espère que nous ne l'ignorons pas.

Le lendemain de notre arrivée, nous partons à la découverte de la ville, conduits par Dorotea et escortés par deux esclaves maures à la peau très sombre, coiffés de turbans turcs, qui ont reçu le baptême et dont l'aspect nous intrigue. François s'éclipse, devant se rendre pour affaires à la résidence royale de l'Alcazar dont une aile est réservée aux services de la Chambre de commerce, ou *Casa de contratación*, qui délivrent les autorisations d'exportation vers les Amériques. Constance semble partagée entre le regret de n'être pas seule en ma compagnie et le plaisir de ne rien manquer, grâce à Dorotea, de ce qui mérite d'être vu. Le temps est splendide. Parmi cent églises et monastères, mon amie ne se lasse pas d'admirer la cathédrale et sa tour, la Giralda, qu'on aperçoit de partout et qui était le minaret de l'ancienne mosquée. Aux abords de la cathédrale, innombrables sont les mendiants, estropiés et aveugles, vrais ou faux. Dans la ville où nous nous promenons au hasard des rues, fleurs et fruits parfument l'air en maints endroits mais la puanteur des pourritures entassées nous fait fuir certaines ruelles. Un autre jour, en compagnie de François Gallodais et toujours flanqués des esclaves maures, nous franchissons l'enceinte fortifiée et gagnons l'immense entrepôt qui s'étend jusqu'à la rive gauche du Guadalquivir, l'*Arenal* où s'entasse une multitude de marchandises venues de toute l'Europe dans une animation qui donne le tournis. Constance ni moi n'avons jamais rien vu de tel. Çà et là, des individus à mine patibulaire prennent en bande des airs de conspirateurs ; nos Maures redoublent de vigilance et Constance s'efforce de paraître impassible. Dorotea, qui n'a pas dû souvent hanter ces lieux, écarquille les yeux à la vue de petits groupes de prostituées reconnaissables à leur court manteau rouge négligemment jeté sur les épaules.

Une semaine a passé depuis notre arrivée et notre séjour n'est pas loin de s'achever. Dorotea a réservé le meilleur pour la fin. Elle nous entraîne jusqu'à l'Alcaiceria, le beau quartier des boutiques de joaillerie et d'étoffes où s'expose un luxe insolent sous la protection de gardes attentifs. Dans les premières s'étalent bijoux d'or et d'argent, perles et émaux ainsi que cristaux, corail et pierres précieuses, tandis que dans les secondes on peut admirer les étoffes de soie, de drap fin, de velours ou de satin, rehaussées de brocarts et de broderies. Constance observe que les femmes de Séville, élégamment vêtues, coiffées d'un petit chapeau ou d'une toque garnie de dentelles, le visage souvent à demi-couvert d'un voile, se tiennent très droites et marchent à petits pas, ce qui leur donne un air de fierté. Notre guide Dorotea nous apprend que de nombreux Français, artisans ou boutiquiers, sont établis à Séville où ils ont dans l'Alcaiceria leur rue appelée « rue des Francs ». Elle nous y conduit. Un commerçant connu pour ses cartes à jouer de belle facture nous reçoit civilement dans son magasin et Constance lui achète à l'intention de son père un cadeau qui vient s'ajouter à ses autres emplettes.

Je n'ai encore rien dit de nos hôtes qui nous ont offert l'occasion d'observer le quotidien d'une famille d'opulents négociants andalous. Outre les parents, elle comprenait plusieurs enfants, garçons et filles qui n'avaient pas encore convolé, ainsi qu'une aïeule et des tantes. À Sanlúcar, François avait fait adopter à sa famille le style français de vie privée mais leur vie sociale était andalouse. Renata ne quittait guère sa maison que pour accomplir ses devoirs religieux. À Séville, on était au cœur de l'intimité andalouse. Depuis son arrivée en Espagne, Constance avait tout observé d'un œil *a priori* favorable mais à Séville, quand à l'heure du repas elle a vu s'attabler les hommes auxquels elle fut seule invitée à se joindre tandis que les autres femmes veillaient au service avant de prendre leur repas accroupies, appuyées sur des coussins, elle fit la grimace et j'étais mal à l'aise. Composés de viandes vite avalées, les repas étaient d'une frugalité relative qui me surprenait chez ces gens riches, le vin réduit à quelques gouttes avec les fruits et confiseries du dessert ou même absent, évacué au profit d'eau glacée parfumée à l'orange, la fraise ou l'orgeat. Mais au déjeuner du matin et l'après-midi on faisait une orgie de chocolat épais et chaud, accompagné d'un verre d'eau. Le soir, ceux qui avaient faim pouvaient absorber quelques aliments froids sur le pouce, sans que des tables aient été dressées. François, à qui Constance et moi faisions part de notre surprise, nous a dit que l'Espagne gardait l'empreinte de plusieurs siècles de domination islamique. Les boissons alcooliques y étaient peu appréciées et les femmes priées de demeurer confinées à la maison.

Le moment était venu de regagner Sanlúcar, ce que François pressé de retrouver son négoce voulait faire en descendant le Guadalquivir tandis que Constance insistait pour emprunter la route de Jerez de la Frontera, ou Xérès. François s'est résigné à nous laisser voyager seuls pourvu qu'on soit escortés. Don Hernandez qui, depuis notre arrivée, nous avait manifesté bienveillance et considération, s'est employé à nous procurer une escorte de trois hommes dont nos deux Maures baptisés, d'une fidélité sans faille. J'ai bien vu que nos hôtes avaient renoncé à commenter ce voyage en couple de gens non mariés mais qu'ils n'en pensaient pas moins. Constance exprima le désir auquel j'ai adhéré d'allonger le trajet vers le sud car elle voulait voir les montagnes d'Andalousie dont on lui avait vanté la beauté. Nous n'avions pas encore quitté Séville et je sentais venir le moment de prendre une décision au sujet de Constance. Étais-je prêt à la demander en mariage ? Si c'était le cas et si, comme il était quasi-certain, elle acceptait et obtenait l'accord familial, que ferions-nous ensuite ? Malgré la présence des Gallodais, vivre à Sanlúcar pourrait se révéler étouffant, pour elle d'abord, sans doute aussi pour moi et ce ne serait pas à cause de la chaleur. Serions-nous mieux à Vitré, en admettant que papa Gallodais m'y fasse une place dans son négoce ? Constance y avait sa famille mais la ville, jadis plus animée, gardait une empreinte calviniste colorant de gris la vie qu'on y menait. Que faire d'autre ? Retourner à Nantes pour y reprendre l'enseignement ? Ces questions se faisaient de plus en plus insistantes. J'ai décidé d'attendre le retour à Sanlúcar avant de clarifier la situation mais, pour y avoir bien réfléchi, j'étais maintenant certain de vouloir épouser Constance et partager sa vie. J'aimais sa compagnie, son caractère me plaisait et je savais qu'il y aurait entre nous une bonne entente. Quand est venue l'heure du départ, nous avons remercié nos hôtes avec force salutations, amabilités et cadeaux.

Tandis qu'on cheminait à dos de mulet vers le village où nous devions faire étape, encadrés par nos gardes du corps maures et Pablo, leur chef et notre guide, j'observais chez Constance un discret changement de conduite à mon égard que j'ai d'abord attribué au fait que nous étions maintenant seuls ensemble, les trois Andalous ne troublant pas notre tête-à-tête. Ensuite j'ai pensé que ma résolution récente de la prendre pour femme avait imperceptiblement modifié mon attitude à son égard et que la sienne y répondait. Elle avait pu remarquer que je l'écoutais d'une oreille plus attentive, que je la regardais davantage et d'un autre œil mais aussi que je lui livrais plus facilement ma pensée et j'avais l'impression qu'elle s'autorisait plus de spontanéité, se montrant sans fard, renonçant à ressembler à ce qu'elle imaginait être pour moi la femme idéale.

Notre guide avait choisi vers le sud un chemin éloigné du Guadalquivir et de ses rives marécageuses où pullulent serpents et moustiques. D'une placidité à toute épreuve, nos mules avançaient à pas tranquilles, indifférentes à la chaleur et à la monotonie d'un paysage n'offrant à contempler que sa platitude broussailleuse. Constance paraissait heureuse, presque gaie. Elle plaisantait, riait facilement et me dit que pour la première fois de sa vie elle éprouvait le sentiment délicieux d'être libre ; et, comme pour s'en convaincre davantage, elle talonna sa mule qui esquissa un petit trot vite amorti. Après un long cheminement coupé d'une halte, nous parvenions le soir à un village sans caractère. Son auberge quelconque n'avait pas mauvaise allure de loin mais, vus de près, le patron avait la tête d'un brigand et la patronne un air maussade tandis que la servante, une souillon, ne déparait pas le tableau. Le plus souvent, dans ces auberges rurales d'outre-Pyrénées, quand des voyageurs veulent se restaurer, le patron est obligé de courir acheter ce qu'il lui faut pour préparer le repas. C'était ce à quoi je m'attendais là. J'étais entré seul et ces gens ne se remuaient pas beaucoup. Tout a changé quand ils ont aperçu Constance, nos trois gardes et nos cinq mules, et surtout lorsque Pablo, notre guide, épée longue au côté et pistolet à la ceinture, est entré à son tour pour leur dire d'une voix de stentor de préparer les meilleures chambres avec une literie propre, cinq repas mangeables de préférence et même le mieux accommodés possible, et d'aider nos gardes à abreuver les mules et leur procurer le meilleur fourrage. L'effet fut magique ! Soudain avenants, prévenants, l'aubergiste et sa femme, la servante qui enfilait une blouse propre, le valet d'écurie vite accouru, s'affairaient à notre service.

Plus tard, dans la salle où d'autres voyageurs se restauraient, Constance et moi mangions de bon appétit du chevreau accompagné de fèves et suivi de fromages, d'oignons et d'olives tandis qu'à une table voisine nos gardes paraissaient apprécier leur *olla podrida*, ce pot-au-feu à la viande de porc en honneur au pays andalou. L'aubergiste avait proposé ce plat, disant qu'il l'avait cuisiné à midi et qu'il était encore meilleur ce soir. Notre homme suggéra aussi un vin blanc de Xérès pour accompagner les pâtes de fruits du dessert et Constance a cité en riant Falstaff, personnage créé par le dramaturge anglais Shakespeare : « Si j'avais un millier de fils, le premier principe que je leur inculquerais, ce serait de fuir les breuvages sans force et de s'adonner au xérès. » Avant le dîner, nous avions découvert la chambre que nous destinait l'aubergiste, la seule qui pût nous convenir selon lui.

Nous croyant mariés, il avait désigné les draps du grand lit matrimonial fraîchement changés et où l'on ne trouverait ni puces ni punaises. Aucune autre chambre à mettre à notre disposition, les autres étant toutes occupées. J'ai dit à Constance de ne pas s'inquiéter, je ne profiterais pas de la situation. Sans doute me faisait-elle confiance car elle était détendue pendant le repas. Ensuite, les deux Maures sont allés dormir à l'écurie et le guide s'est allongé sur une natte devant notre porte avant de s'enrouler dans une couverture. J'ai retrouvé Constance qui s'était retirée dès la fin du repas. À la lueur tremblante de la chandelle, j'ai vu qu'elle s'était couchée à demi-dévêtue et je l'ai imitée. Nous étions étourdis après le copieux repas, ma concupiscence éteinte par la fatigue et nous allions nous endormir, chandelle éteinte, quand elle s'est rapprochée de moi et m'a saisi la main. J'ai porté la sienne à mes lèvres, l'ai embrassée. Elle était maintenant tout contre moi et m'a murmuré :

– Gildas, m'épouserez-vous ?

– Oui, c'est sûr, je t'aime Constance.

À partir de là, Constance voulait bien tout ce que je voulais, mais pas question de risquer de la mettre enceinte car elle allait retourner à Vitré, j'allais rester à Sanlúcar et, sait-on jamais, s'il m'arrivait malheur avant le mariage et qu'elle fût grosse, alors ce serait le déshonneur pour elle. Lorsqu'elle s'est endormie, Constance, n'ayant pas connu d'homme et innocente en ce domaine, était encore à peu près vierge mais, paraissant prendre goût au plaisir charnel, elle avait beaucoup appris.

Le matin, au réveil, Constance paraissait gênée et je me suis efforcé de la mettre à l'aise en me montrant affectueux. Peut-être y suis-je parvenu car elle a dit que notre rencontre à Vitré jadis, nos récentes retrouvailles à Sanlúcar, visiblement voulues par la Providence, ne pouvaient être dues au hasard. J'abondai dans son sens. Il était écrit qu'on devait se retrouver et s'unir pour la vie, ai-je dit, c'est pourquoi il ne nous serait pas tenu rigueur d'avoir anticipé sur les plaisirs matrimoniaux à venir. Constance a rougi et s'est approchée de moi pour joindre ses lèvres aux miennes. Le soleil n'était pas levé depuis longtemps quand on a quitté cette auberge que nous n'étions pas près d'oublier.

On a fait halte vers le milieu du jour pour laisser souffler les bêtes, souffler nous-mêmes et se restaurer sobrement. Partis la veille de Séville, il semblait qu'on l'eût quittée depuis des lustres. À l'ennuyeux paysage de plaine, des sites plus variés succédaient et bientôt plus impressionnants à mesure que la route s'élevait dans les montagnes andalouses, traversant de vertes vallées. Muets d'admiration, suffoqués par la beauté sauvage et désolée des rochers fauves en surplomb, on apercevait au loin, juché au bord du vide, un village aux murs chaulés d'une blancheur éclatante sous le soleil de plomb. Des aigles tournoyaient dans le ciel sans nuages, d'un bleu cru. Les mules avançaient à la queue leu leu sur le sol devenu caillouteux, le guide en tête suivi d'un des gardes et le second fermant la marche, lorsqu'au détour de l'étroit sentier, en ces lieux que nous pensions paisibles, la foudre s'est abattue sur nous. Et ce n'était pas celle qui accompagne l'orage quand le tonnerre gronde.

Cimeterre au poing, des cavaliers maures venus d'on ne sait où nous barraient le passage et d'autres, apparus sur nos arrières, nous coupaient la retraite. Notre guide était jeté à bas de sa mule, désarmé, ligoté tandis que les sabres s'abattaient sur nos infortunés gardes qui, sans avoir pu riposter, couverts de sang, tombaient à terre, immobiles, morts sans doute. Constance et moi, restés en selle et pétrifiés, avons eu les mains liées par ces hommes qui pour toute réponse, quand je les interrogeais, me dévisageaient avec mépris. Notre guide remis en selle, chacune de nos mules attachée à l'un de leurs chevaux, nous sommes repartis. Qui étaient ces gens et quel sort nous réservaient-ils ? Ils ne nous avaient pas tués, Constance ni moi. S'ils nous faisaient prisonniers, c'était sans doute pour rançonner nos familles et faire du guide un esclave en Afrique. Je savais qu'une trentaine d'années auparavant il y avait eu en Andalousie, pendant trois ans, la sanglante rébellion des Alpujarras et que ces révoltés morisques de Grenade avaient été écrasés par les troupes espagnoles. Depuis, le calme régnait. L'aspect de nos agresseurs, leurs armes, le meurtre des deux gardes maures sans doute renégats à leurs yeux, ne nous disaient pas si ces bandits étaient d'Espagne ou d'Afrique. J'avais entendu dire que, renseignés par des Maures d'Andalousie, des pirates du Maroc croisant au large, non contents d'attaquer nos navires, s'enhardissaient parfois jusqu'à débarquer sur les côtes du royaume d'Espagne pour y accomplir quelque razzia avant de repartir sans s'attarder. Nos ravisseurs devaient appartenir à l'une de ces bandes venues d'Afrique, ayant trouvé ici des complices. Leur but atteint, quel qu'il fût, on pouvait espérer être libérés avant qu'ils reprennent la mer. Mais nous risquions pire qu'être gardés prisonniers dans les montagnes andalouses, à savoir être conduits au Maroc pour y pourrir en attendant une hypothétique libération contre rançon. Constance pouvait aussi redouter d'aller meubler le harem d'un riche seigneur. Plus inquiétant encore, si nos geôliers apprenaient qu'une alerte avait été donnée et des secours envoyés pour nous délivrer, ils s'empresseraient sans doute de nous massacrer. Je n'étais pas rassuré et voyais Constance effrayée. Malheureuse amie qui se reprochait la triste fin de nos deux gardes et notre captivité ! N'était-ce pas elle qui avait souhaité connaître ces montagnes andalouses où désormais la mort rôdait ?

– Que n'avons-nous regagné par le plus court chemin Sanlúcar où, à l'heure présente, nous serions si heureux et tranquilles ? l'ai-je entendue soupirer.

Je m'efforçais de calmer ses angoisses et la voyais reprendre espoir. Si la Providence avait eu des bontés pour elle en lui permettant de retrouver ce Gildas dont le souvenir ne l'avait jamais quittée, ce n'était pas pour se jouer et nous infliger un sort plus pénible que tout ce qu'elle avait jusqu'alors connu ou même imaginé. En ce cas, la délivrance ne tarderait pas. Elle priait Dieu et je joignais mes prières aux siennes. Le soir, nous parvenions à un hameau perdu où des moutons broutaient une herbe rare près d'une bergerie où l'on nous a enfermés, libérés de nos liens, un Maure armé gardant la porte. Ses complices sont venus chercher le guide. Celui-ci nous avait laissé entendre qu'une issue favorable restait possible : nos assaillants ne s'étaient pas assurés de la mort des gardes et, si l'un des deux avait survécu comme le croyait Pablo, il pouvait avoir donné l'alerte à quelqu'un de passage et nous avions de bonnes chances d'être secourus. On n'était pas éloignés de Jerez de la Frontera où se trouvaient des troupes capables d'intervenir. Le guide parti, j'étais seul avec Constance qui se blottissait contre moi, accablée.

Je m'efforçais de la rassurer en lui disant que, ne nous voyant pas revenir à Sanlúcar, son frère François alerterait les autorités auxquelles la famille Hernandez de Séville communiquerait notre itinéraire. Si nos ravisseurs voulaient nous faire rejoindre la côte, elle était éloignée et les secours nous atteindraient avant notre embarquement. Constance ne demandait qu'à me croire mais tout ce que je disais lui paraissait bien incertain. Je lui donnai alors un nouveau motif d'espérer : Don Hernandez, négociant influent à Séville, pourrait solliciter pour une intervention militaire rapide le gouverneur d'Andalousie qui était le duc de Médina-Sidonia, seigneur de Sanlúcar. Sa démarche aurait d'autant plus de chances d'aboutir que le duc connaissait François Gallodais et l'estimait. J'eus le sentiment que Constance reprenait courage et me gardai de lui révéler que la côte était plus accessible que je l'avais laissé entendre.

On n'était pas loin de Ronda, la citadelle haut-perchée d'où l'on pouvait gagner le port de San Pedro de Alcantara par un chemin peu fréquenté et sans traverser aucun village. À San Pedro ou dans une crique des environs, embarquer et prendre le large à destination d'un port marocain serait un jeu d'enfant pour les forbans confirmés qui nous gardaient prisonniers. Ils ne parlaient qu'arabe entre eux et laissaient mes questions sans réponse. Nous avons moisi dans notre cage un jour, puis deux, puis trois. Je me demandais où ces Maures voulaient en venir puis j'ai pensé qu'avant de nous faire reprendre la route ils guetteraient la réaction des autorités, espérant qu'il n'y en ait aucune. Probablement renseignés sur la famille de Constance, ils auraient le loisir de la contacter pour en obtenir une rançon et, en cas d'échec, de regagner leur base marocaine en nous emmenant avec eux. Cherchant à me convaincre qu'ils sous-estimaient la capacité des nôtres à se mobiliser en notre faveur, j'encourageais Constance à garder l'espoir.

Le matin du quatrième jour, peu avant midi, on a entendu des cris et des coups de feu et après un temps peut-être bref mais qui nous a semblé interminable, un grand silence s'est établi suivi d'éclats de voix espagnoles. Nous avons appelé et, quand la porte de la bergerie s'est ouverte, des soldats sont apparus et ce furent des exclamations de joie, des embrassades, des remerciements renouvelés auxquels se joignait sobrement notre guide, libéré lui aussi, épargné par nos agresseurs sans qu'on sache pourquoi. Constance pleurait. Sortis de la bergerie obscure, à demi-aveuglés par l'éclat du ciel, nous avons vu, étendus à terre, les cadavres de quelques-uns de nos geôliers. Plus tard, on a su que l'un de nos deux gardes, blessé et couvert de sang mais vivant, avait en effet donné l'alerte. L'alcade ou maire de Ronda, prévenu, avait demandé des instructions au gouverneur d'Andalousie également sollicité par Don Hernandez. Les hommes qui nous avaient délivrés appartenaient à la garnison de Jerez de la Frontera. Quant à nos agresseurs, selon les révélations de l'un d'eux qui avait été capturé, c'étaient des Morisques, des anciens de la révolte de Grenade devenus brigands, renforcés de pirates barbaresques venus du Maroc et débarqués sur la côte, tous hostiles aux chrétiens autant que chercheurs de rançons.

À Sanlúcar, nous avons été chaleureusement accueillis par François et Renata qui voulaient connaître le détail de notre captivité et se réjouissaient de son heureuse conclusion. Pour Constance et moi, le drame avait été évité de peu mais il y avait eu la mort d'un garde. D'après François

Gallodais, l'affaire qui les avait beaucoup inquiétés était maintenant prise avec philosophie chez les Hernandez de Séville. Lui-même, après les effusions du retour à Sanlúcar, paraissait surtout retenir de notre malheureuse aventure les embarras qu'elle avait causés, et Renata était devenue moins expansive. Constance ne retrouvait pas son habituelle égalité d'humeur, cette fois trop éprouvée. Elle se reprochait d'être à l'origine de l'équipée montagnarde qui avait mal tourné et aurait pu entraîner un plus grand désastre. Pour l'apaiser, je lui disais avoir pleinement approuvé son désir de découverte qui n'était nullement déraisonnable et auquel nul n'avait trouvé à redire. Avec des détours, l'air embarrassé, elle abordait le souvenir brûlant de notre nuit à l'auberge de Montellano, tel étant je crois le nom du village où nous avions dormi. N'aurions-nous pas provoqué la colère divine ? Je lui ai répondu que nous étions de pauvres petits pécheurs et que Dieu en avait de bien plus grands à châtier pour tout le sang qu'ils avaient sur les mains, ce qui a paru la calmer.

Le moment du retour en Bretagne est venu pour Constance, plus tôt que prévu car la santé de papa Gallodais suscitait des inquiétudes. L'automne serait bientôt là et nous pourrions célébrer notre mariage à Vitré au début du printemps suivant. Puis nous regagnerions Sanlúcar où je resterais dans l'entreprise de François qui me proposait une association. Constance m'y engageait, pensant que c'était la bonne solution dans l'immédiat. On verrait ensuite s'il y avait lieu de modifier cette trajectoire. Changeant de sujet, elle observa qu'elle aurait tout l'hiver pour préparer son trousseau de mariée et me demanda si elle allait me manquer. J'ai répondu :

– Oui, je me languirai de toi.

Et je voyais qu'elle était heureuse de me l'entendre dire. Elle se moquait gentiment du mal que j'avais à déterminer ce que je voulais faire. Le jour du départ, comme elle allait embarquer, elle me lança :

– *Donde vivir y que hacer ?*

« Où vivre et que faire ? » Et elle éclata de rire, peut-être pour ne pas laisser paraître son angoisse.

3

NOCES

Constance partie, j'ai annoncé à François et Renata que notre mariage serait célébré au printemps prochain si les parents Gallodais donnaient leur accord, ce qui ne faisait guère de doute. Majeure comme moi, Constance voulait le leur demander en signe de respect. Mes propres parents seraient heureux de me savoir promis à une jeune personne dont je leur vantais l'intelligence, la sagesse et bien d'autres qualités, de surcroît fille aînée d'un riche marchand toilier de Vitré. La nouvelle du mariage a paru satisfaire mes amis et bientôt parents de Sanlúcar. On avait appris que Dorotea se fiançait à un jeune noble des environs de Séville, ce qui sans doute remplissait de fierté la famille et la réjouissait davantage que des fiançailles avec l'obscur Français que j'étais. Il m'a cependant semblé que Renata, médiocrement enchantée par le petit hidalgo, aurait préféré m'avoir pour beau-frère.

De l'hiver qui suivit, il y a peu à dire. Le voyage de Constance s'était passé sans incident, son père allait mieux et chacun, là-bas, approuvait le mariage de la fille aînée des Gallodais dont le célibat prolongé avait paru inexplicable. Ma promise m'envoyait de longues lettres écrites d'une plume alerte, où elle exprimait ses sentiments à mon égard avec pudeur et une évidente sincérité. Y glissant parfois des citations de prosateurs ou de poètes admirés, elle racontait avec un art témoignant de son goût pour la littérature mais aussi de ses aptitudes en ce domaine. La lecture achevée, son talent d'épistolière me paraissait évident et je ressentais un pincement au cœur en me disant que, peut-être, elle saurait mieux que moi écrire nouvelles et romans. Il eût été de ma part aussi enfantin que ridicule de chercher à rivaliser avec Constance dans mes réponses et j'aurais craint d'y perdre ce qu'elle avait su garder, je veux dire la spontanéité. Je lui parlais d'elle sans effort, lui donnais les nouvelles de Sanlúcar et de Séville en évoquant les lieux qu'elle connaissait et nos souvenirs communs. Je lui disais ma hâte de la retrouver pour partager sa vie et, comme l'hiver s'achevait et qu'approchait la date des retrouvailles, je lui donnais force détails sur la maison que François projetait de mettre à notre disposition en attendant mieux. Du drame de la sierra de Ronda, ni elle ni moi ne faisions état, préférant laisser le temps faire son œuvre avant d'en rappeler le souvenir ; pourtant, sans que cela paraisse, nous n'étions plus tout à fait les mêmes à la suite de ces événements. Au cours des guerres de la Ligue, j'avais côtoyé le danger plus souvent que Constance et j'étais plus endurci qu'elle, aussi était-elle plus marquée que moi par ce qui nous était arrivé dans les montagnes andalouses. Je crois que l'un comme l'autre nous étions devenus moins insouciants.

François Gallodais, depuis qu'il était informé de mon prochain mariage avec sa sœur et de la probable association que je formerais avec lui, m'initiait aux détails des flux d'import-export et de la santé financière de son entreprise. En comprenant mieux le fonctionnement, je continuais à diriger le bureau qu'il m'avait confié. Tous me témoignaient une considération accrue. J'étais satisfait de constater que François me faisait confiance, me traitant en ami et futur proche parent. Je ne le voyais pas méfiant à mon égard ni redoutant d'introduire un loup dans la bergerie, un rival susceptible de l'évincer à l'avenir. En réalité, j'étais naïf. L'affaire en était au stade où il lui fallait grandir ou risquer de péricliter et d'être absorbée par une autre. Trouver des capitaux n'était pas facile. Dans ces conditions, mon arrivée fortuite à Sanlúcar puis la venue de Constance, notre mariage qui ne tarderait pas et l'association qui s'ensuivrait, tout cela prenait pour François Gallodais une allure providentielle. Cependant, des intérêts communs n'auraient pas suffi et notre bonne entente était une condition indispensable de l'accord que nous projetions de conclure. J'ai su plus tard que François avait discrètement abordé le sujet avec ma future. Elle lui avait répondu que Gildas déciderait mais qu'elle n'était pas hostile à cet accord, ayant compris qu'après le deuil de mes ambitions universitaires parisiennes et mon départ pour l'Espagne, je laissais à mon destin le soin de tracer ma voie et que maintenant mon destin c'était elle, d'où son rire mi-affectueux mi-moqueur quand elle avait quitté Sanlúcar.

L'hiver se terminait et le temps s'était précocement radouci. Après une calme traversée de neuf jours, j'ai débarqué à Saint-Malo d'où, en quelques heures, par Dol et Fougères, j'ai retrouvé à Vitré ma chère Constance avec les parents Gallodais. Bientôt la fin du mois de mars de l'an 1602, j'allais sur mes vingt-sept ans et tout paraissait prêt pour notre mariage prévu dans une quinzaine de jours, après Pâques. Les bans ne seraient publiés que deux dimanches de suite, la famille Gallodais ayant obtenu une dispense pour le troisième. Malgré cette précipitation, je l'avais compris, on se dirigeait vers des noces imposantes que pour ma part j'aurais souhaitées plus discrètes. Les Gallodais possédaient une maison dans un village des environs, Champeaux, berceau de la famille paternelle où la belle église paroissiale m'aurait bien convenu, las, c'est à l'église Notre-Dame de Vitré que se déroulerait la cérémonie nuptiale en présence d'une nombreuse assistance. Constance n'était pas loin de partager mon point de vue mais hors de question de heurter ses parents qui prenaient en charge les dépenses et avaient décliné ma proposition d'y participer, sauf symboliquement. Sans doute ma fiancée leur avait-elle décrit mes parents comme quasiment ruinés par les guerres qui venaient de désoler la Bretagne. Au demeurant, convaincus de mon honorabilité et de celle de ma famille, les Gallodais me faisaient bonne figure et paraissaient satisfaits de voir leur fille aînée mariée avec moi. La perspective de notre établissement à Sanlúcar ne les enchantait pas, Dame Gallodais le faisait savoir plus que son époux qui en souffrirait autant qu'elle sinon davantage. Tous deux se consolaient en espérant nous voir bientôt revenir à Vitré où j'aurais une place dans son entreprise, disait papa Gallodais.

Dès le lendemain de mon arrivée avait lieu la signature du contrat de mariage énumérant les apports de chacun des mariés. Ceux de Constance faisaient une très belle dot que j'accueillais avec des sentiments mêlés tandis que les miens, plus modestes, venaient surtout de la générosité de mon oncle prêtre. Du mariage lui-même, qui eut lieu au mois d'avril et pour lequel les parents Gallodais s'étaient dépensés sans compter, dans tous les sens du terme, il faut retenir qu'il fut sans accroc et même réussi. Ce fut un beau jour de printemps, frais mais ensoleillé et dont l'ambiance paisible contrastait heureusement avec les moments de guerre civile que nous avions connus et ceux, plus horribles encore, de notre enlèvement par les Maures. Célébrée par le frère prêtre de Constance, la messe de mariage une fois terminée et les cloches carillonnant, il y avait foule sur la place pour nous voir sortir de l'église et distribuer dragées aux enfants et pièces de monnaie aux pauvres. Nous avions l'impression que tout Vitré était là. Constance souriait mais, derrière son sourire, j'apercevais une gravité inhabituelle liée à la cérémonie mais peut-être aussi au drame passé de la montagne andalouse. J'en eus bientôt confirmation quand elle me dit :

– Il y a des Huguenots dans l'assistance. Pourquoi peut-on faire la paix ici avec ceux-là quand en Espagne la guerre avec les païens n'en finit pas ?

Au repas de mariage, Apolline la sœur cadette de Constance et son mari étaient nos voisins de table. J'ai cru remarquer que leur entente laissait à désirer mais peut-être ne s'agissait-il que d'un nuage passager. Il buvait beaucoup et titubait en se levant de table à la fin du long repas, il n'était pas le seul et c'est seulement plus tard que j'y ai repensé. J'ai gardé le souvenir des danses de la soirée des noces. Les jeunes gens des familles toilières de Vitré s'en donnaient à cœur joie au son des rebecs, flûtes et hautbois, ayant délaissé le branle des anciens pour le passe-pied, cette danse bretonne au rythme vif dont Paris et la cour s'étaient emparés. Les pieds des danseurs se croisent et s'entrecroisent en glissant et je tentais en vain de rivaliser d'adresse avec les gars de Vitré, ce qui les enchantait. Il était tard quand Constance et moi nous sommes éclipsés pour rejoindre la chambre nuptiale aménagée pour nous à l'hôtel Gallodais. Malgré les critiques prévisibles, les parents de Constance avaient approuvé notre souhait de nous soustraire à la cérémonie du coucher des mariés qui se fait habituellement en présence des invités à la noce : un prêtre bénit le lit nuptial et se retire, la mariée dévêtue puis parée et coiffée revêt comme le mari une belle chemise brodée, alors les époux se mettent au lit sous les applaudissements et plaisanteries de l'assistance qui pour finir les laisse seuls.

Le lendemain, Constance et moi n'avons pas voulu déroger à cette autre coutume consistant pour les mariés à se rendre à l'église de Champeaux, à deux lieues de Vitré, dans la « chambre nuptiale » comme tous l'appellent ici, dominée par le mausolée en marbre rouge et noir de Guy d'Épinay et son épouse, née de Goulaine, représentés nus par leurs gisants. Plusieurs de notre famille nous accompagnaient et nous avons eu droit aux gauloiseries auxquelles on s'était soustraits la veille. Si mes parents n'avaient pu venir à mes noces, ils avaient délégué pour les représenter l'un de mes frères, Jos, le maître de barque du Croisic. L'accompagnait mon cousin Pascal, fils de l'oncle marchand nantais, qui m'avait appris sans le vouloir que je n'étais pas le fils de mon père. Nous nous sommes joints à eux qui repartaient pour Nantes car je voulais présenter Constance à ma famille. Les yeux de maman Gallodais se sont emplis de larmes quand nous l'avons quittée. Cette femme de devoir était bonne, pieuse sans excès et, depuis son mariage, avait mis son temps et ses forces au seul service de sa maison, ses enfants et son mari. Fille d'un riche marchand toilier de Vitré dont celui qui allait un jour devenir maître Gallodais n'était qu'un jeune employé, vite remarqué pour ses capacités puis bientôt monté en grade, Hortense avait trouvé ce garçon à son goût et réciproquement. C'est ainsi que Bertrand Gallodais, devenu le gendre du patron, avait hérité l'affaire quand le vieux maître toilier ne s'était plus senti en état de la diriger. Enfant, Constance avait bien connu sa grand-mère maternelle qui, à l'école des religieuses, avait reçu une instruction peu répandue chez les femmes de son temps. L'aïeule possédait un recueil de poésies et un autre de contes dont elle faisait la lecture à Constance qui l'écoutait, admirative. Celle qui était maintenant mon épouse ressemblait à sa mère par plus d'un trait mais c'est de sa grand-mère qu'elle tenait son goût pour la littérature et les choses de l'esprit. Sa sœur Apolline faisait davantage penser à une sœur de Bertrand Gallodais dont la vie n'avait pas été simple.

Quelques jours plus tard, Constance découvrait Nantes puis Le Croisic en ma compagnie et recevait de ma famille un accueil aimable. Elle avait remarqué sans surprise ma proximité avec mes oncles, ma tante et mes cousins de Nantes, plus grande qu'avec mes père et mère ainsi que frères et sœurs du Croisic. Je lui avais parlé de mon enfance mais ne me décidais pas à lui révéler les circonstances de ma naissance, m'abritant derrière le silence de ma mère. À voir et à entendre mes oncles nantais, Constance pouvait mesurer les ravages de la guerre civile dont les suites, plus qu'à Vitré, étaient visibles à Nantes en partie saccagée. Dans notre famille, les patrimoines étaient dévastés, les esprits désorientés et les âmes désolées par la défaite de la Ligue. À Vitré, dit Constance, il y avait eu aussi des épisodes pénibles et elle évoqua le siège de la ville quand elle avait quatorze ans et la terreur des catholiques d'être confondus avec les Huguenots par les Ligueurs assiégeant la ville.

À Nantes, il fut aussi question de la mort du duc de Mercœur à Nuremberg, le mois précédent, au retour d'une glorieuse campagne en Hongrie contre les Turcs. Mon oncle prêtre me félicitait d'aller vivre dans un pays épargné par l'hérésie et mon oncle marchand se joignait à lui, disant que plus jeune il serait comme moi parti à Sanlúcar. Constance fit une allusion à la menace islamique toujours présente en ce pays et n'en dit pas davantage, paralysée me semblait-il par le souvenir de nos récentes tribulations, comme si nous étions responsables de ce qui nous était arrivé et ne pouvions en parler. C'est ce que je ressentais moi-même sans bien l'expliquer. L'oncle prêtre espérait que le royaume d'Espagne chasse les Mahométans pour guérir cette plaie définitivement. L'ancien Ligueur était catégorique et les convives conquis. Mon sentiment plus nuancé se serait heurté à l'incompréhension de mes oncles affectionnés sans le moins du monde entamer leurs convictions, aussi l'ai-je gardé pour moi.

Au Croisic, chez mes parents et surtout chez ma mère, j'entendis sur ces sujets une tonalité différente. Dominait le soulagement devant la fin des guerres civiles et le retour à une libre navigation. J'avais espéré trouver là-bas un embarquement pour Sanlúcar, il y en avait un pour Bilbao au

Pays basque mais aucun pour l'Andalousie avant l'été. Il fallait donc se tourner vers Saint-Malo en repassant par Vitré, ce qui permettrait à Constance de revoir sa famille et même d'y séjourner brièvement. Après des adieux émouvants comme toujours, on a quitté Le Croisic et rallié Nantes par bateau avant de continuer par voie de terre vers Vitré. Nous déjeunions chez mon oncle Guillaume, le marchand, quand l'oncle Daniel, le prêtre, arriva tout essoufflé. La duchesse de Mercœur, nous dit-il, avait obtenu du roi et de l'Église, pour les obsèques de son époux, la célébration d'une messe royale, le 27 avril, en la cathédrale Notre-Dame de Paris. Elle voulait que l'homélie fût prononcée par le célèbre François de Sales qui avait presque la réputation d'un saint.

– Le duc de Mercœur, ajouta mon oncle Daniel, n'avait que quarante-trois ans lorsqu'une fièvre pourpre l'a emporté et, selon les témoins, sa fin fut édifiante. Il a dit en mourant avoir toujours été fidèle à Dieu dans l'adversité et soumis dans la prospérité.

Mercœur avait enjoint à ceux qui l'assistaient : « Ne publiez pas après ma mort que j'ai fait quelque chose pour Dieu, mais que Dieu s'est servi de moi pour faire découvrir Sa toute-puissance. » Après la cérémonie parisienne, le duc lorrain serait inhumé à Nancy et son cœur transporté chez les Capucins de Nantes qui lui devaient la construction de leur couvent.

– Si j'étais plus jeune, ajouta Daniel, j'irais malgré la distance assister à Paris à ces obsèques royales.

Décidément, il avait comme son frère fort envie de changer d'air. Puis, se tournant vers Constance et moi :

– Pourquoi ne pas y aller, vous deux ? Ce sera un grand événement et votre retour en Espagne n'est pas si urgent.

Constance, qui jusque-là s'était peu manifestée, prononça d'un ton résolu ces paroles qui me surprirent :

– En effet, Gildas. Nous représenterions la famille ! Vous étiez des fidèles entre tous du duc de Mercœur.

Confondus devant sa promptitude à décider, mes oncles me complimentèrent d'avoir choisi une telle compagne. Cette soudaine initiative me paraissait tout de même insolite et je me suis demandé si ma Constance ne cherchait pas à retarder le retour dans une Espagne désormais plus menaçante que séduisante. Pour autant, je n'en concluais pas que découvrir Paris lui était indifférent ni que les obsèques de Mercœur en présence du roi et de la cour avaient peu d'intérêt à ses yeux. Comme je lui disais que, malgré la recommandation de l'évêché de Nantes obtenue pour nous par l'oncle Daniel, il nous serait difficile et peut-être impossible de nous introduire dans la cathédrale tant l'assistance serait nombreuse, elle répondit qu'elle serait de toute façon contente de traverser la France et de connaître sa capitale. Elle ajouta qu'à défaut d'entrer dans Notre-Dame, nous pourrions goûter le spectacle certainement haut en couleurs du manège des carrosses, des mouvements des grands seigneurs et de leurs dames.

S'étant assurée que ce détour ne me déplaisait pas et que même j'y trouverais de l'agrément, Constance avait retenu à Nantes deux places à bord du coche pour Paris. Dans la même voiture que lors de mon précédent voyage, deux ans et demi auparavant, nous avons roulé vers la légendaire cité, secoués comme jamais sur la route semée d'ornières. À l'arrivée, en début de semaine, Constance se sentait perdue, troublée par l'étendue de la capitale et l'animation de ses rues, déçue en la comparant à Séville dont le souvenir l'enchantait. Éprouvée par le voyage, elle a souhaité prendre du repos avant de mettre les bouchées doubles pour visiter Paris qui peu à peu l'a séduite et où toute sorte de boutiques offraient des tentations auxquelles elle n'avait pas eu l'occasion de succomber à Vitré ni même à Nantes. Surmontant sa crainte de s'égarer dans cette immensité résonnant du vacarme des innombrables chantiers lancés par le roi-bâtisseur et ses architectes, elle a voulu voir le Pont-Neuf, le seul de la ville qui fût en pierre, pourvu de trottoirs et dépourvu d'habitations. Sa construction avait bien progressé depuis mon précédent passage. Puis on est allés dans le quartier du Marais où le roi faisait aménager une place de proportions exceptionnelles qui serait la place Royale. Le soir, nous retrouvions notre hôtellerie dans l'île de la Cité et, fatiguée d'avoir tant couru, ma compagne s'attardait, rêveuse, à regarder couler la Seine sous les vieux ponts, le pont au Change, le pont Notre-Dame, et sous le Pont-Neuf où le roi prévoyait de placer une pompe à eau décorée qui s'appellerait la Samaritaine. La semaine passa comme un éclair et nous fûmes le samedi, jour des obsèques.

À l'heure prévue pour la cérémonie, on s'est approchés de Notre-Dame près de laquelle régnait l'intense animation anticipée par Constance, avec un ballet de carrosses d'où descendaient élégantes et hauts personnages. Des soldats en nombre accueillaient les gens de cour et réglaient leurs mouvements, surveillant et filtrant la foule des badauds, écartant les importuns. D'un instant à l'autre, nous allions être refoulés sans ménagement. Avisant des gardes distraits, j'ai pris la main de Constance pour l'entraîner jusqu'à l'une des portes que nous avons pu franchir sans encombre. J'ai tendu le billet de l'évêché de Nantes à l'un des religieux qui guidaient les fidèles. Après un instant d'hésitation, il nous a conduits au dernier rang, derrière un pilier qui nous masquait la vue sans nous interdire de suivre la messe royale à l'oreille. Les proportions écrasantes de l'édifice, la nombreuse assistance, le roi, les grands seigneurs du royaume et dignitaires religieux, la musique d'orgue, le chœur et bien évidemment la dépouille du prince dont on célébrait les funérailles devant sa veuve, la duchesse de Mercœur, tout nous impressionnait. Je revoyais ces années passées à Nantes dans la bibliothèque du duc que j'avais parfois aperçu et même côtoyé, certainement plus que la plupart de ceux qui assistaient à cet office. Vint le moment de l'homélie et l'on entendit la voix de François de Sales, sollicité par la duchesse parce qu'il avait obtenu par ses prêches de grands succès dans la conversion des Huguenots. Autant qu'un hommage au défunt, sa présence était un rappel à l'ordre adressé au roi et à la cour. Recueillis, nous l'écoutions prononcer l'oraison funèbre à la louange du duc, ce héros qui avait consacré sa vie à guerroyer pour l'honneur de Dieu et de Son Église. La réputation d'éloquence de François n'était pas surfaite. Le style de l'homélie était poétique, fleuri, nuancé comme toujours chez ce prédicateur tout près d'apercevoir un saint chez « le nouveau Godefroy de Bouillon » dont il faisait en chaire l'éloge :

– Ce grand guerrier, victorieux des Turcs en Hongrie où

le croissant de Mahomet grossissait si fort qu'il semblait vouloir se faire pleine lune !

La duchesse a dû apprécier l'évocation du chrétien fervent qui, « dans un siècle si dépravé, borna l'usage des voluptés temporelles dans les lois d'un chaste hymen », vivant au milieu des vices en conservant ses vertus. L'homme de Dieu enfonçait le clou :

– Il n'est pas plus difficile qu'un fleuve passe par la mer sans saler que de demeurer en la cour sans y apprendre et sans y pratiquer des mœurs corrompues !

L'assistance, roi compris, recevait cette volée de bois vert sans émotion apparente. Il y avait quelque chose d'étrange à entendre en présence du monarque des éloges aussi appuyés de Mercœur qui était certes l'un de ses proches parents mais qui, avant de rendre les armes, avait été le plus obstiné de ses ennemis. Le caractère d'Henri IV me demeurait énigmatique.

L'office terminé, nous sommes sortis parmi les premiers et, regardant la foule se disperser, on a cru voir le carrosse royal s'éloigner rapidement, escorté par des gardes à cheval. Parmi le carrousel des voitures, certains saluaient des connaissances, d'autres s'attardaient à causer, formant de petits groupes éparpillés sur le parvis. Se dirigeait vers l'un de ces groupes en conversation un ecclésiastique dont la figure me n'était pas inconnue et sur laquelle, après un bref instant d'hésitation, j'ai mis le nom de Nicolas de Montreux. Rien d'étonnant à le trouver en ces lieux. J'avais dit son nom à haute voix et Constance, remarquant mon indécision, m'a encouragé :

– Tu devrais le saluer.

J'ai accéléré le pas pour le rejoindre :

– Monsieur de Montreux !

– Ah, c'est vous Gildas, cher Gildas.

Il me considérait attentivement, aimablement.

– Je suis content de vous voir ici. J'avais su votre fuite du guêpier huguenot de Vitré, croyez que j'en fus bien aise.

Son regard s'est tourné vers Constance que je lui ai présentée.

– J'aurais été heureux de m'entretenir avec vous, nous a-t-il dit, mais je dois retrouver sans tarder des poètes de ma connaissance. Nous aurons sans doute l'occasion de nous revoir. Adieu donc, cher amis !

M'ayant salué courtoisement et Constance galamment, il s'en est allé rejoindre ses plus prestigieuses relations. Dommage de ne pouvoir lui parler du psautier et savoir si le duc avait été informé des péripéties de ma quête ainsi que son heureuse issue, mais Nicolas de Montreux était déjà parti. Il avait paru touché de me revoir mais je voyais bien que ce grand seigneur n'avait pas changé et ne changerait jamais.

Nous étions venus de Nantes à Paris en passant par Angers, Tours et Orléans, où nous avions fait étape et dont Constance avait pu se faire une idée. Maintenant, nous repartions de Paris pour Vitré en passant par Chartres et Le Mans. De ce retour en coche, du bref séjour à Vitré, des adieux à la famille pour ensuite gagner Saint-Malo, y embarquer et revenir par mer à Sanlúcar, il devrait être possible à partir de détails pittoresques, d'incidents mineurs et d'anecdotes artistement relatées, de tirer un récit susceptible de distraire le lecteur indulgent. Toutefois, de Paris à Sanlúcar en passant par Vitré, hormis le fait que Constance et moi étions ensemble et heureux de l'être, rien de notable ne me revient en mémoire. Je me contenterai d'évoquer les appréhensions associées à un tel voyage, surtout en mer depuis que les routes terrestres sont redevenues sûres avec le retour de la paix et la raréfaction des brigands. Le choc quand un essieu casse dans une descente trop rapide, les chevaux à la peine qu'il faut soulager en quittant la voiture dans une montée abrupte ou quand on s'embourbe après de grandes pluies, ces incidents ne sont pas des drames. En revanche, la longue traversée maritime à bord d'une coque de noix, sachant l'abîme sous ses pieds, invite à invoquer la protection du Tout-Puissant lorsque sous l'immensité d'un ciel sombre on se trouve entouré de tous côtés et violemment secoué par les vagues, assourdi par le mugissement du vent et les craquements des membrures. Le voyageur inquiet se rassure si les éléments restent calmes mais, pour peu que la tempête se déchaîne, il ne lui reste plus qu'à confier sa vie au capitaine et son âme à Dieu. Lors de tels instants, Constance et moi sommes restés silencieux, c'est l'attitude qui paraissait le plus appropriée. Pas étonnant que les marins sollicitent autant la protection de Dieu, de la Vierge et des saints ! La superstition se mêlant à leur religion, chaque équipage connaît les noms qu'il ne faut jamais prononcer à bord sous peine d'attirer le malheur et il sait quelles bêtes n'ont pas le droit d'embarquer.

Revenus à Sanlúcar, nous avons emménagé par un temps agréable dans une jolie maison située en retrait du port. Constance s'y plaisait. Aidée par un couple de domestiques maures, elle tenait son ménage, cultivait un petit jardin, rendait visite une fois la semaine à Renata sa belle-sœur à l'initiative de celle-ci et je voyais chaque jour François au siège de l'entreprise, sur les quais. Constance s'habituait au climat andalou, à la langue espagnole qu'elle pratiquait de mieux en mieux, à la cuisine du pays qu'elle tempérait par des crêpes de seigle ou de froment pour nous offrir des repas rappelant le pays breton. Venus de Séville et recommandés par les parents de Renata, les domestiques étaient des Morisques, c'est-à-dire des Maures baptisés. Nous n'avons pas tardé à comprendre que leur christianisme n'était que de surface. Ils nous sont apparus sobres, travailleurs, honnêtes. Comme ils conversaient en arabe, Constance leur a demandé d'utiliser l'espagnol en notre présence. L'homme faisait les courses, les gros travaux, s'employait au jardin, la femme s'occupait du ménage, du linge et aidait à la cuisine. Leurs trois enfants, nous ont-ils dit, avaient l'âge de travailler et, placés à Séville, comptaient venir vivre à Sanlúcar dès qu'ils en auraient l'occasion. D'après les parents de Renata, ce qui nous était arrivé dans la sierra de Ronda était exceptionnel et nous n'avions rien à craindre du couple. D'abord à demi-rassurée, Constance a cessé de s'inquiéter en voyant ces Maures bien se comporter et s'efforcer de la satisfaire.

Les relations avec ma belle-famille étaient au beau fixe. François avait une égalité d'humeur que j'observais aussi chez Constance, ce qui facilite la vie conjugale autant que familiale et sociale. Renata aimait causer et Constance la fréquentait sans déplaisir. Nulle tension perceptible entre les deux femmes. Dans l'entreprise, je me cantonnais aux affaires dont j'étais chargé et laissais François diriger l'ensemble, n'intervenant que rarement hors de mon domaine et le plus souvent à son invitation. À Séville comme à Vitré, des hommes de loi étudiaient la possibilité d'une association à la demande de François, Constance et moi-même, et un accord imminent était en vue. On s'est rendu compte que François et Renata étaient isolés à Sanlúcar. Renata trouvait la ville étroite et regrettait Séville, mon beau-frère s'accommodait mal du caractère souvent ondoyant des indigènes. Quant aux Bretons de Sanlúcar, devenus au fil des ans moins nombreux, ils étaient presque tous de condition modeste.

Éprouvant toutes les peines du monde à obtenir de Séville l'autorisation d'exporter aux Amériques les toiles fines appelées « Bretagnes » qui lui étaient expédiées depuis Nantes, François envisageait que mon oncle Guillaume, marchand dans cette ville, se charge de leur acquisition et mon frère Jos, maître de barque au Croisic, de leur transport. Son voyage à Séville avec sa sœur et moi n'ayant pas produit l'effet escompté, il s'impatientait de ces contretemps, s'irritait de l'inertie des fonctionnaires et espérait que son beau-père Hernandez, le riche marchand de Séville, intervienne en sa faveur. Dans un autre domaine, François et moi allions de l'avant, étant à la veille d'être associés et l'entreprise disposant du capital qui lui permettrait de s'agrandir. C'est dans le commerce avec les Indes occidentales que l'agrandissement allait se faire. Au prochain départ des navires sévillans, l'un d'eux aurait les toiles Gallodais pour exclusive cargaison !

On entrait dans un hiver où nous manquait le crachin breton et Constance m'annonça en souriant qu'elle croyait être grosse. Elle en était contente, voulant savoir si je partageais ce sentiment. C'était le cas, je le lui ai dit et j'étais sincère. Plongeant son regard dans le mien, elle a saisi ma main pour la poser sur son ventre.

4

BELLES-LETTRES

La religion a pris de l'importance pour Constance depuis notre captivité dans les montagnes andalouses et plus encore maintenant qu'elle pense être enceinte. Elle accomplit ses exercices de piété avec zèle, ayant fait aménager près de notre chambre un modeste oratoire où elle va le soir, sans s'y attarder, avant de venir se coucher. Au début de chaque repas, midi et soir, elle veille à dire le bénédicité, prière toute simple :

– Bénissez, Seigneur, la nourriture que nous allons prendre et donnez du pain à ceux qui n'en ont pas.

Renata lui a vanté les mérites de son confesseur mais Constance a préféré prendre un autre prêtre pour directeur de conscience. Rencontrant régulièrement les dames patronnesses de la paroisse qui se dévouent pour les pauvres et les malades, elle s'associe à leurs bonnes œuvres. Un jour, elle m'a avoué prier Dieu pour accoucher sans trop de peine et mettre au monde un beau bébé car le Christ a dit : « Demandez et vous recevrez, frappez et l'on vous ouvrira. » Elle accomplit ses devoirs de maîtresse de maison comme elle a vu faire sa mère. Quelques meubles venus de Vitré sur son ordre donnent à notre intérieur un style britoandalou aussi original que celui de nos repas. Le chiot que nous ont offert François et Renata, phénix de sa portée, est lui typiquement espagnol. S'il tient de ses parents, l'élégance de ce *galgo*, lévrier au poil ras gris foncé, au caractère réservé, ne pourra que croître au fil des ans.

Mon épouse avait découvert avec plaisir l'équitation et montait chaque semaine grâce à une parente de la duchesse de Médina-Sidonia, amie de Renata depuis leurs actions charitables communes, mais elle a jugé prudent de s'abstenir après confirmation de son état par une sage-femme de Sanlúcar. Elle consacre à la lecture le temps libre dont elle dispose et aurait souhaité, souhait irréaliste, retourner passer quelques jours à Séville avant que sa grossesse ne soit trop avancée. Je me demande si elle s'habitue à Sanlúcar autant qu'elle veut me le laisser croire. Elle-même s'inquiète, semble-t-il, de mon manque d'intérêt pour l'entreprise commerciale familiale. De même qu'elle ne se plaint jamais d'être expatriée, elle ne m'entend jamais me plaindre du travail auquel je suis astreint. Elle a remarqué que je me suis remis à écrire. J'ai voulu terminer le récit de mes aventures de jeunesse au temps de la Ligue et de ma quête du psautier pour le duc de Mercœur, afin d'y puiser la matière d'un roman. À la fin de mon histoire relatée telle que je l'avais vécue, la remise du psautier aux moines parisiens de Saint-Germain m'a paru si fade que, pour m'entraîner à romancer, j'ai sollicité mon imagination et rédigé d'autres moutures.

Dans l'une, parti à la recherche de madame de Mercœur, égaré à la nuit tombante au fond d'une rue parisienne mal famée, j'étais assailli par des malfrats qui me dépouillaient et s'emparaient de l'objet précieux avant d'être poursuivis par les gens du guet et de le jeter dans la Seine où il disparaissait sans retour. Dans une autre version, toujours à Paris, je m'épuisais à chercher le domicile de Nicolas de Montreux qui en changeait souvent et j'échouais finalement dans cette tâche impossible. Trouvant l'hôtel des Mercœur vide et fermé, j'étais contraint de conserver le psautier avec lequel je retournais à Nantes sans être parvenu à le rendre à ses propriétaires ; sans penser un instant me l'approprier, incapable de m'en défaire, mon histoire interminable tournait au puits sans fond. En attendant de le reprendre un jour, j'ai rangé mon manuscrit où de bout en bout les choses étaient dites simplement, telles qu'elles s'étaient passées. Délivré de cette « servitude volontaire » comme aurait dit La Boétie, l'ami de Montaigne, j'avais envie de passer à autre chose et le hasard m'a fait connaître une histoire de tout autre ampleur que la mienne.

Lors d'une visite à ce pêcheur chez qui je logeais au début de mon séjour en Andalousie et que je voulais faire connaître à Constance, j'ai encouragé le vieil homme à nous parler des grandes heures de Sanlúcar dont je savais qu'il était fier. Son père lui avait raconté le départ des cinq caraques de Magellan en l'an 1519 et le retour au port andalou, trois ans plus tard, d'une seule d'entre elles avec à bord dix-huit survivants sur les quelque deux-cent-cinquante hommes de l'expédition. Un prêtre de la région passait pour avoir recueilli le récit de l'un d'eux. Ayant appris que malgré son grand âge il veillait sur les livres du duc de Médina, je pus bientôt le rencontrer, grâce à la parente de la duchesse que fréquentait Constance, dans la bibliothèque du château ducal. Se tenant très droit, d'un abord froid, cet homme sec et maigre avait en effet eu la chance de connaître dans sa jeunesse l'un des rescapés de l'expédition de Magellan, capitaine portugais à l'origine de la première circumnavigation. Captivé par son récit, il avait réuni une masse impressionnante d'informations qu'il mettait volontiers à ma disposition, dont la relation de voyage de l'Italien Pigafetta, l'un des survivants, qui écrivait : « nous ne mangions que du vieux biscuit tourné en poudre, tout plein de vers et puant, pour l'ordure de l'urine que les rats avaient faite dessus et mangé le bon, et buvions une eau jaune infecte. » En découvrant les noms de deux Bretons dans la liste des marins disparus lors du périlleux périple, je me suis surpris à imaginer l'histoire de l'un d'eux et, alors que j'avais mis un point final à l'histoire du psautier, encouragé par Constance j'ai repris la plume pour m'atteler à l'écriture d'un roman.

Je raconterais la vie brève de cet enfant du Croisic, né comme moi dans une famille de marins et venu à Sanlúcar. La ressemblance n'allait pas plus loin ! À Sanlúcar, sa trajectoire avait croisé celle de Magellan ou plutôt d'un racoleur du navigateur qui rassemblait à Séville les équipages de sa flottille. L'enrôlement des marins, souci de Magellan, fut toujours difficile. Parmi ces hommes qui signent d'une croix, que de fortes têtes, de durs à cuire quand ce ne sont pas des forbans fuyant la justice ! Sans parler de ceux qui, s'étant laissé convaincre, le regrettent et disparaissent. Les équipages des cinq vieux navires comprendront surtout des Espagnols, de nombreux Portugais mais aussi des Italiens, quelques Français, des Belges, deux Anglais et un Allemand auxquels il faut ajouter les Bretons car, à l'époque de l'expédition, la Bretagne est encore une principauté indépendante. Ces deux marins se nomment Barthélémy Prieur, de Saint-Malo, embarqué comme contremaître, l'autre est Jean Breton, du Croisic, Breton étant sans doute un surnom plutôt que le patronyme. Ce Jean Breton est enrôlé comme mousse, c'est-à-dire qu'il n'a pas seize ans. Tous deux vont se trouver sur le *Santiago*, nef de soixante-quinze tonneaux dont le capitaine est le Portugais João Serrão qui a navigué avec le grand Vasco de Gama. Ils ne figureront pas sur la liste des survivants et l'on ne sait rien d'autre d'eux.

Fasciné par la somme documentaire confiée par le bibliothécaire, j'allais devoir broder le roman de mon mousse à partir de cette trame, l'expédition de Magellan. Je me suis attelé à cette tâche pendant mes loisirs et, au fil des jours et des pages, la nature de mon ouvrage se précisait ainsi que son genre hybride, tenant de la chronique historique et du roman. Au lecteur de juger du résultat ! Dans la réalité, le gamin héroïque avait pu trépasser du scorbut lors de la traversée de l'océan Pacifique ou de quelqu'une des multiples épreuves ayant émaillé ce premier tour du monde, telle que le massacre de Magellan et huit de ses hommes par des indigènes des Philippines, le 26 avril 1521. Dans mon roman, il résistait à tout avant d'être terrassé par une mauvaise fièvre à l'arrivée finale de la *Victoria* devant les côtes d'Espagne. Ses compagnons le réconfortaient en lui annonçant qu'on voyait le port. Croyant que c'était Le Croisic, lui qu'on n'avait jamais entendu se plaindre, il succombait en appelant sa mère. Presque au moment où j'achevais mon ouvrage, Constance a mis au monde une blondinette à la tête ronde et aux yeux clairs qui a reçu le nom de baptême de Françoise-Dorothée, son parrain étant le frère de Constance et sa marraine, la sœur de Renata. L'accouchement, quoique laborieux, ne s'est pas mal passé. Constance s'est vite relevée, heureuse d'être délivrée et d'avoir, comme elle disait, un beau bébé.

Durant les mois suivants, l'enfant s'est développée au mieux, souriant facilement et faisant la joie de ses parents. Constance achevait de s'installer à Sanlúcar et continuait à se familiariser avec le pays. De mon côté, je travaillais auprès de François à la prospérité de l'entreprise. L'exportation aux Amériques des toiles fines venues de Bretagne ayant enfin été autorisée par Séville, je m'occupais de l'importation qui s'ajoutait à celle des toiles de Vitré. Leur achat en Bretagne et leur transport en Espagne par des parents facilitait grandement mon travail et, inspiré par le sujet de mon livre, j'occupais une large part de mes loisirs à sa rédaction. Loin de la France comme j'étais, je voyais mal comment le faire éditer et me demandais s'il ne pourrait pas être traduit en castillan afin de paraître d'abord en Espagne. Avec Madrid depuis peu, Séville était la ville d'Espagne la plus renommée pour ses libraires-éditeurs ainsi que pour le nombre et la qualité des livres publiés, mais la belle Valladolid avait aussi une solide réputation dans ce domaine. Mes rêveries rencontrèrent alors celles de Constance qui, sans être insensible au charme de Sanlúcar, se lassait de sa monotonie. On est tombés d'accord pour aller à Valladolid, elle en vue de s'y distraire et moi d'y rencontrer le libraire Espinosa dont j'avais jadis connu le neveu officier en Bretagne. Mais pas question de risquer une mauvaise rencontre lors de ce nouveau voyage ! Trois ans plus tôt,

Felipe III avait au grand dam de ses habitants quitté Madrid pour Valladolid, ancienne capitale de l'Espagne où se trouvait maintenant sa cour et où voulait se rendre le duc de Médina-Sidonia, le gouverneur d'Andalousie qui, alerté par les parents de Renata, les Hernandez de Séville, avait déclenché l'intervention des soldats de Jerez lors de notre rapt par les Maures. L'amie de Constance et parente du duc ayant fait le nécessaire pour qu'on puisse profiter de sa protection, nous avons rejoint le palais de Séville où se préparait son départ.

Déjà les chevaux avaient été attelés à trois carrosses, ainsi qu'à deux chariots dans lesquels des valets empilaient les bagages. Le duc et gouverneur d'Andalousie voulait faire bonne figure à la cour en évitant toutefois le piège de cette ostentation qui, à son regret savions-nous, se répandait dans le pays. Lorsque tout fut prêt il arriva, salua les voyageurs et nous apercevant, Constance et moi, fit un signe de tête. Il était trapu, d'aspect robuste et de sa personne émanait une impression d'énergie et de vivacité. Il est monté dans le premier carrosse avec des familiers appartenant à son gouvernement, à bord du second se trouvaient son chapelain, son médecin et deux secrétaires tandis que nous étions invités à partager dans le troisième la compagnie de deux importants marchands de Séville. Des valets sont montés sur les chariots, les cavaliers d'un petit peloton se sont séparés afin de se placer en tête et en queue du cortège, et fouette cocher ! On prévoyait une semaine pour parcourir les cent-soixante-dix lieues du voyage.

Au départ, nos compagnons de route semblaient se méfier de ce couple français inattendu. Ayant échangé avec nous quelques informations, voyant Constance discrète en même temps qu'aimable et spontanée, ils se sont détendus et cela d'autant plus que nous étions des Bretons, « ces grands amis de l'Espagne ! » Le premier soir, encore en Andalousie après avoir franchi de grandes plantations d'orangeraies et d'oliveraies, on a dormi dans le château d'un ami du gouverneur. Les cavaliers bivouaquaient. Les jours suivants, nous avons traversé l'Estrémadure du sud au nord. Les orangers avaient disparu et les oliviers cédaient peu à peu la place à un maquis où broutaient, outre des ânes et des mulets, d'innombrables chèvres et moutons. Les attelages soulevaient des nuages de poussière. Les villes où nous faisions étape offraient un panorama résumant l'histoire de l'Espagne, Mérida tout en ruines romaines, Caceres la médiévale avec ses tours et ses remparts, ses rues étroites et ses châteaux fortifiés et enfin Plasencia et son air de Tolède sur promontoire escarpé avec l'exubérance baroque de sa cathédrale. Le soir du cinquième jour, on arrivait à Salamanque en vieille Castille.

Au soleil couchant, les architectures raffinées de cette ville universitaire se doraient d'un ocre somptueux lui conférant une poignante beauté. Le duc de Médina ne s'est pas borné à son habituel salut, il a voulu savoir comment nous allions et, s'étant incliné devant Constance, lui a dit quelques mots de français et m'a félicité d'avoir une épouse aussi charmante. J'ai pensé qu'il avait peut-être eu à notre sujet des échos favorables. Connu pour son ouverture d'esprit, le duc était de ces rares aristocrates ne répugnant pas à voir une fraction de la bourgeoisie s'agréger à la noblesse. Il a demandé avant de s'éloigner si nous étions remis des émotions éprouvées aux mains des Maures, ajoutant en riant :

– Vous avez cette fois une escorte qui vous met à l'abri de toute mauvaise surprise !

Nous nous sommes confondus en remerciements pour son assistance passée et présente, ainsi que pour sa bienveillance à notre égard. Comme il nous quittait, son chapelain s'est lancé dans un éloge de Salamanque, foyer intellectuel et spirituel sans égal, riche de cinquante couvents, soixante-huit librairies, soixante chaires universitaires avec huit mille étudiants répartis dans vingt-cinq collèges. Ce chapelain épris d'exactitude se rengorgeait, convaincu de nous avoir épatés. Il est vrai que les Français croient Paris unique au monde. Une telle avalanche de chiffres donnait certes le tournis, mais la qualité accompagnait-elle la quantité ? Repartant de Salamanque dès le surlendemain, nous n'avons pu le vérifier. Le septième jour de ce voyage, au soir, nous parvenions au but.

Valladolid ! Certains noms font rêver. Ils murmurent, fredonnent ou chantent, parfois ils claquent au vent, suscitant des images multicolores, ils embaument et entraînent vers des pays lointains. Depuis longtemps, le nom de Valladolid faisait naître en moi ces impressions et voilà que je découvrais la ville réelle en compagnie de Constance. Elégante, fleurie en ses jardins multiples, seuls troublaient sa quiétude les carrosses des courtisans tourbillonnant à l'entour du palais royal que le roi Philippe le Troisième faisait agrandir et embellir. Éprouvés par le voyage, on a pris du repos puis flâné dans la ville, admirant la Plaza Mayor reconstruite après l'incendie ayant ravagé la ville un demi-siècle plus tôt.

Un autre jour, nous sommes allés voir une pièce du célèbre Lope de Vega qui depuis dix ans inonde l'Espagne de sa production dramatique. Tous admirent le grand homme en dépit de sa vie désordonnée. Le roi fait construire un théâtre et, en attendant, les représentations sont données sur la Plaza Santa Maria de la vieille ville, dans une construction provisoire en bois, de forme rectangulaire. À notre arrivée, peu avant quatre heures de l'après-midi, il y avait foule et bousculade devant la porte. Une loge ayant été retenue pour nous à prix d'or grâce au duc de Médina, on est entrés sous la protection de l'un des alguazils ou officiers de justice qui tentaient de faire régner l'ordre. Quelques rangées de bancs, devant la scène, permettaient aux premiers arrivés de s'asseoir mais la plupart des spectateurs restaient debout dans ce qui apparaissait comme un promenoir. L'attente se prolongeant, ils achetaient à boire et à manger à des vendeurs ambulants. Au fond de la salle, le poulailler appelé *cazuela* était réservé aux femmes que des plaisantins interpellaient avec truculence depuis le parterre et qui leur répondaient sur le même ton. De chaque côté courait un balcon destiné au public de qualité, avec quelques loges dont celle qui nous était réservée. Le parterre n'était protégé que par un voile tandis qu'un toit de bois abritait le reste du bâtiment. Après une longue attente, on a eu droit à un prélude musical puis un acteur est venu présenter le spectacle et, le silence établi, la représentation a commencé. Nous aurons la surprise d'assister entre chacun des trois actes de la *comedia* à des « entremets », farces chantées et dansées pouvant détendre l'atmosphère parfois dramatique.

La pièce à laquelle nous avons assisté était *Porfiar hasta morir* » (« S'acharner jusqu'à mourir »). Refusant de s'incliner, l'amoureux éconduit par sa belle qui en épouse un autre s'acharne... jusqu'à en mourir. Le spectacle s'achève sous des applaudissements à tout rompre et la foule se disperse. Comme nous quittons lentement le théâtre, je vois Constance pensive. Cessant d'avancer, elle se tourne vers moi :

– Tu as entendu ce personnage de la pièce assurant qu'en Espagne on estime et même on adore les femmes comme nulle part ailleurs. Est-ce vrai ?

– C'est faux ! La preuve, c'est que j'ai pour toi un grand amour et je ne suis pas espagnol. Il est vrai qu'avec Mercœur, j'ai été en Bretagne tout près de le devenir.

– Menteur, tu sais bien que c'est moi qui t'ai couru après.

– Un gueux de mon acabit ne pouvait déclarer sa flamme à une fille riche sans être soupçonné de l'aimer pour ses sous.

Elle n'a pas insisté. Le lendemain, on rendait visite au libraire-éditeur Espinosa, visite qui était l'un des principaux buts du voyage. Il était vêtu avec soin et son visage austère s'est éclairé d'un sourire quand je lui ai dit qui nous étions. Son neveu, l'officier Juan de Espinosa, maintenant dans les Flandres, lui avait parlé de moi à son retour de Bretagne et il s'en souvenait d'autant mieux que les Espinosa de Nantes étaient des cousins :

– Je crois que vous êtes vous-même de cette grande ville portuaire, amie de l'Espagne ?

Concernant la publication en langue espagnole de mon roman sur Barthélémy Prieur et Jean Breton, il estimait que Séville conviendrait mieux que Valladolid. La proximité de Sanlúcar faciliterait les relations avec l'éditeur et par ailleurs la vie intellectuelle et artistique était incomparablement plus riche à Séville où un nombre bien plus important d'ouvrages était publié chaque année. La ville comptait plusieurs brillantes académies d'auteurs et de lettrés. Le public andalou serait plus réceptif que celui de la vieille Castille à mon récit d'aventures maritimes. Le libraire ajouta que le duc de Médina à qui je n'étais pas inconnu, non plus que ma famille, pourrait peut-être patronner mon ouvrage. J'avais bien compris que même si je prenais à ma charge la traduction de l'ouvrage en castillan, ce qui eût été pour moi une grosse dépense, le libraire n'envisageait pas d'éditer le livre à moins, improbable hypothèse, que le duc ne le patronne. Je voyais Constance contrariée. Tandis que se poursuivait notre entretien et qu'elle achetait un ouvrage de Lope de Vega, précisément la pièce à laquelle nous avions assisté, un valet est venu servir des tasses d'un chocolat exquis. Nous allions prendre congé lorsque entra chez le libraire un gentilhomme de noir vêtu, au long visage et au front dégarni, qui paraissait sortir d'un tableau du Greco selon ce qui m'avait été dit des toiles du maître.

– Señor Góngora ! s'exclama Espinosa. Je raccompagne mes amis français et je suis à vous.

Góngora, le prince des poètes qui vivait à Valladolid depuis quelques mois, leva vers nous un regard mélancolique et nous nous saluâmes. Je fus stupéfait d'entendre Constance déclamer :

– « Dulcissima Señora / Dire como de rayos vi tu frente / Coronado y que hace tu hermosura / Cantar los aves y llorar la gente. »

En français : « Très gente dame / Je dirai comment je vis ton front / Couronné de rayons et que ta beauté fit / Chanter les oiseaux et pleurer les hommes. »

Surpris, Góngora avait reconnu l'un de ses nouveaux sonnets. Il sourit aimablement et souleva son chapeau :

– Joliment dit. Bravo, belle dame !

Tandis qu'on gagnait la sortie, Espinosa se ravisa :

– Envoyez-moi donc votre manuscrit. J'ai un ami qui pourrait peut-être le traduire, je vous tiendrai au courant.

J'avais songé demander si son parent armateur à Santander vivait encore, en précisant qu'il s'agissait de celui qui, jadis maître de barque, avait eu des amis en Bretagne. Constance m'en avait dissuadé, à qui j'avais révélé avant notre mariage le mystère de mes origines. Elle estimait qu'avant d'aller plus loin dans cette direction espagnole, il fallait interroger ma mère, ce à quoi je n'avais encore pu me résoudre. Au sortir de la librairie, nous avions beaucoup appris, entre autres le coût élevé de l'édition d'un ouvrage sans parler de celui de son éventuelle traduction. Le soir, on a dîné à l'hôtellerie où nous logions en compagnie des deux marchands de Séville de notre connaissance. La conversation a roulé sur Valladolid qui se réveillait à peine de sa torpeur depuis la venue du roi et de la cour et tremblait à l'idée d'y être bientôt replongée par leur départ pour Madrid dont le bruit se faisait chaque jour plus insistant.

Quant à Constance et moi, comment regagner Sanlúcar ? Le duc de Médina avait prévu de prolonger son séjour à la cour sans s'inquiéter de la suite de notre voyage. La fortune sourit aux audacieux, aux insouciants peut-être aussi. Sachant le pays sillonné par des négociants attentifs au sort de leurs marchandises, nous comptions trouver sans trop de peine des compagnons de route pour notre retour. Au dîner, nos marchands nous ont signalé qu'une caravane de muletiers et d'âniers, affrétée par leurs soins, se préparait à aller chercher à Séville des étoffes et des marchandises venues de Flandres et de France, pour les transporter à Valladolid. On a bondi sur l'occasion et obtenu sans peine l'accord des marchands pour nous joindre à cette caravane qu'ils accompagnaient eux-mêmes. Trois semaines après le départ de Sanlúcar, dont la dernière passée à dos de mulet, nous retrouvions notre port andalou et notre petite Françoise dont Renata s'était bien occupée.

5

FORTUNE DE MER

Durant l'hiver suivant notre escapade à Valladolid, nous en avons fait une autre, plus courte, à Séville. Constance estimait qu'Espinosa ne se remuait pas beaucoup et voulait voir si dans la capitale de l'Andalousie on ne trouverait pas une possibilité de publier mon récit. Le séjour fut divertissant et cet espoir déçu. Les académies dont nous avait parlé le libraire castillan étaient des milieux fermés, notamment aux étrangers, même aux Français pourtant nombreux dans cette ville. Il est apparu aussi qu'aucun libraire-éditeur ne se risquerait à publier mon livre sans le parrainage financier d'un haut personnage, parrainage qu'il ne fallait pas attendre d'un duc de Médina-Sidonia peut-être abusivement sollicité par le passé. Refusant de désarmer, Constance prenait la plume pour presser Espinosa de trouver un bon traducteur et de proposer un prix. Elle se battait pour moi qui ne savais pas me mettre en avant. En Bretagne il est mal vu de se vanter et par ailleurs je répugnais à quémander, ce qui est pourtant le régime ordinaire des gens de lettres.

Nous étions maintenant en 1604, notre vie familiale était paisible et la petite Françoise épanouie, en revanche l'entreprise Gallodais de Sanlúcar commençait à souffrir. Le coût de la vie en Espagne ne cessait d'augmenter, ce qui retentissait sur les affaires et à quoi venait s'ajouter en Andalousie, du fait de la sécheresse persistante, une disette qui par endroits tournait à la famine. On en voyait des exemples navrants jusqu'à Sanlúcar et ses environs, Constance en avait des échos chez les dames patronnesses qui y remédiaient de leur mieux grâce aux dons en argent et en nature qui leur parvenaient. S'il n'était pas déraisonnable de croire au retour de la pluie et de belles cultures, il y avait de quoi s'inquiéter de l'irréversible déclin maritime de Séville et de Sanlúcar au profit de Cadix, au sud, qui attirait de plus en plus les navigateurs de retour d'Amérique ou en partance pour ce continent. Craignant que l'argent investi dans l'affaire familiale andalouse ne soit un jour englouti sans remède, Constance depuis quelque temps me poussait à prendre des dispositions pour qu'une partie de nos bénéfices fût réinvestie dans l'affaire de Vitré plutôt que dans celle de son frère François, qui jusque-là avait peu réagi, déclarant cependant que si la situation ne s'améliorait pas il faudrait envisager le transfert de l'entreprise à Cadix, idée à laquelle Renata paraissait acquise. L'attaque de Cadix par Francis Drake en 1587, son pillage par le comte d'Essex neuf ans plus tard, paralysaient leur décision.

L'année suivante, la famine andalouse reculait, les pauvres mouraient moins et l'espoir renaissait. Françoise maintenant âgée de deux ans était une gracieuse petite fille et nous rendait heureux mais les affaires stagnaient et François continuait de songer à une installation à Cadix sans toutefois s'y décider tant l'initiative semblait périlleuse. Comme on approchait des fêtes de la Nativité, localement très imposantes, Constance m'annonça qu'elle était de nouveau enceinte et que ses couches viendraient à l'été. Elle avait souffert de la chaleur à la naissance de Françoise et serait heureuse d'accoucher en France, à Vitré où il y avait de bonnes sages-femmes et un médecin réputé. Elle s'y trouverait près de sa famille qu'elle n'avait pas revue depuis longtemps. Constance ajouta que la maison Gallodais de Sanlúcar pour laquelle je me dépensais sans compter pouvait bien m'octroyer quelques mois de congé. Puisque les affaires requéraient ma présence à la belle saison, le début de l'automne serait le moment propice pour la rejoindre à Vitré où nous passerions l'hiver et d'où l'on pourrait gagner Nantes avant de revenir avec l'enfant à Sanlúcar au printemps suivant. J'avais le sentiment que tout cela était bien réfléchi et correspondait à un désir profond. Les objections qui me venaient à l'esprit, je ne les ai formulées qu'en partie et avec douceur. De Françoise qui serait privée de sa mère, je n'ai rien dit et me le suis par la suite reproché. Comprenant les raisons de ma femme pour vouloir revoir sa famille et mettre son enfant au monde à Vitré, je ne voulais pas m'y opposer malgré mes réserves au sujet de Françoise et du voyage de retour par mer avec le nourrisson. Il lui faudrait s'assurer du déroulement normal de la grossesse avant de partir, car s'embarquer en étant enceinte était tout de même une curieuse idée. Constance regrettait-elle de vivre loin de la Bretagne et des siens, aurait-elle souhaité mettre fin à ce qui était pour elle un exil ? Elle ne m'avait jamais donné cette impression. S'agissait-il d'une passagère mélancolie liée à sa nouvelle grossesse ? Je me demandais si notre enlèvement par les

Maures dans la sierra de Ronda n'avait pas provoqué chez elle une invisible mais irrémédiable fêlure, dont les effets allaient se faire sentir. Puis je me disais qu'elle verrait bientôt les choses différemment et reporterait son départ qui pourrait avoir lieu après la naissance de l'enfant et qu'alors je l'accompagnerais. Je me trompais ! Le temps passant, son projet se fortifiait. Voyant notre entreprise de Sanlúcar battre de l'aile, craignant la ruine que pourraient provoquer les atermoiements de son frère, elle voulait parler des mesures à envisager avec son vieux père dont la santé chancelante donnait à nouveau de vives inquiétudes. Elle désirait le revoir mais aussi savoir qui prendrait l'affaire de Vitré en main s'il venait à quitter ce monde. Constance espérait en outre trouver en Bretagne un protecteur pour parrainer mes travaux littéraires. Elle pensait au comte de Laval, le tout-puissant seigneur de Vitré qui avait de l'estime pour son père, le maître toilier le plus important de la ville. Sans doute Laval apprécierait-il mon nouveau projet d'un livre sur Malherbe, le hardi voyageur vitréen, qui mettrait en valeur un enfant du pays.

À Vitré jadis, à Sanlúcar, à Valladolid, à Séville c'était toujours Constance qui dirigeait les opérations, il est vrai avec mon accord exprimé ou tacite. Concernant ses couches à Vitré que je n'approuvais pas, j'ai renoncé après quelques tentatives à lui faire entendre raison, éprouvant une répugnance invincible à soumettre sa volonté à la mienne, fût-ce dans l'intérêt du couple et des enfants. Mon épouse n'était pas ma subordonnée mais mon égale. Je crois mon attitude répandue en Bretagne, j'en prenais conscience en observant cette société andalouse si différente. En l'absence de Constance, que deviendrait Françoise maintenant âgée de trois ans ? Elle avait une nounou maure d'un dévouement à toute épreuve et voyait beaucoup ses cousines qui, comme Renata leur mère, lui manifestaient une grande affection. Renata avait déjà à deux reprises gardé l'enfant et proposait de s'en charger encore, avec l'aide de la nourrice, jusqu'au retour de Constance. Cette fois-ci, l'absence de la mère serait beaucoup plus longue et la responsabilité plus lourde. Je mesurais le dévouement de Renata et sa générosité. Ces dispositions ne m'enchantaient pas mais je devais admettre que la bonne entente des deux familles les rendait acceptables, et le moins pénibles possible pour la petite Françoise.

Enceinte depuis quatre mois, Constance supportait remarquablement bien sa grossesse et le départ devait avoir lieu le mois suivant. Elle embarquerait sur une caravelle ayant apporté des toiles de Normandie appelées des « Rouen » et repartirait pour Saint-Malo chargée de tonneaux d'huile d'olive. L'accompagnerait Teresa, femme de chambre espagnole recommandée par Renata, qui serait contente de changer d'air. Mon beau-frère conseillait de leur adjoindre, pour les assister et les protéger, l'un de nos employés en qui il avait toute confiance, Brice, jeune et solide Breton d'Andalousie, qui serait heureux de découvrir la France où il pourrait rencontrer à Vitré la famille de son père avant de regagner seul Sanlúcar. Je me souviens que nous en parlions, Constance et moi, ainsi que des parrain et marraine de l'enfant à naître, et des prénoms.

Ce fut avril 1606. Le *Saint-Julien* de Saint-Malo est arrivé à Sanlúcar et le capitaine breton nous a rapporté la réticence de l'équipage contre la présence d'une femme à bord :

– Les marins superstitieux redoutent le mauvais sort et la liste est longue de tout ce qui peut l'apporter !

Après avoir éteint les hésitations de l'homme en doublant la somme réclamée pour la traversée, Constance a achevé ses préparatifs de départ tandis que le *Saint-Julien* remontait le Guadalquivir pour aller décharger ses toiles à Séville. L'équipage devait maintenant être en train de charger les tonneaux d'huile d'olive à destination de Saint-Malo. Constance disait à Françoise qu'elle allait avoir un petit frère ou peut-être une petite sœur qui naîtrait en Bretagne où son père viendrait rejoindre maman et le bébé, et qu'on serait tous bientôt réunis à Sanlúcar. J'évitais de montrer mon appréhension devant son air faussement enjoué. Le *Saint-Julien* a reparu. Pour la descente du Guadalquivir, au chenal dangereusement étroit en certains endroits et sinueux, il avait fallu un temps clair, sans brume ni pluie. Constance est montée à bord avec son coffre de voyage. Elle logerait dans un minuscule habitacle du château arrière. J'ai pu y jeter un coup d'œil, saluer le capitaine et le pilote mais déjà il allait être temps pour moi de quitter le navire. Constance et moi échangions des banalités. Elle s'est mise à parler de Françoise et à renouveler précipitamment toute sorte de recommandations qu'elle avait déjà prodiguées. Vint le moment de l'au-revoir. Quand on s'est embrassés, j'ai senti un pincement au cœur. Le capitaine m'avait dit qu'il ne ferait pas larguer les amarres de suite car, son navire ayant un fort tirant d'eau, il devait attendre le plus haut de la marée pour franchir la barre de l'estuaire. Encore faudrait-il aussi profiter d'un bon vent, qui se faisait attendre. Parfois les navires demeuraient à Sanlúcar plusieurs jours ou davantage dans l'attente de ce bon vent et j'espérais que ce ne serait pas le cas. Une fois redescendu sur le quai de la Hoz, j'ai adressé de grands signes à Constance qui, gênée par le bastingage, me les rendait de son mieux. La nuit tombait. Soudain, j'avais froid. Je me suis éloigné, le cœur lourd. La nuit venue, j'ai mal dormi et, d'habitude levé aux aurores, je me réveillai tard ce matin-là.

Le vent grondait, la mer était agitée, le ciel bas et sombre. J'ai rejoint sans enthousiasme les bureaux de l'entreprise et me suis attelé à ma tâche. Au sujet des toiles fines de qualité insuffisante, je devais alerter mon cousin de Nantes qui de plus en plus dirigeait les affaires de mon oncle vieillissant. Les élégantes des Amériques devenaient difficiles et la concurrence était rude. Midi passé, j'allais partir déjeuner quand mon beau-frère a fait irruption, pâle et le regard perdu.

La voix de François s'étranglait, ses paroles étaient hachées, presque incompréhensibles. C'était cette maudite barre puis les *vendavales*, les vents du sud-ouest qu'on n'attendait pas et qui s'étaient mis à souffler en tempête, la houle, les vagues rompues sur les *bajos*, les hautfonds rocheux, le navire à la dérive, éventré et bientôt perdu corps et biens. Du rivage, un paysan avait assisté au naufrage et secouru trois marins qui s'étaient sauvés à la nage. Il était accouru chez l'alcade qui avait aussitôt prévenu François. La caravelle était sortie du port à marée haute, tôt ce matin, et c'était arrivé peu après. Il s'agissait bien du *Saint-Julien*, les marins sauvés l'avaient dit au paysan.

Incrédule puis assommé, je me suis ressaisi. Je voulais trouver un cheval et galoper jusqu'au rivage, à deux lieues de notre ville portuaire, où disait-on des débris de navire étaient rejetés par la mer et sans doute aussi quelques corps. Renata conseillait d'attendre, ce que j'ai fait parmi les gens de Sanlúcar attroupés à l'entrée de la ville. On a vu arriver un chariot que l'alcade avait dépêché près des lieux du naufrage. Transportant des cadavres de marins recouverts d'un drap, il prenait le chemin de l'église.

– Il y a aussi le corps d'une dame, dit le cocher, à bord d'un autre chariot.

Lorsqu'est arrivé ce second chariot, on devinait un corps sous le drap que je n'osais soulever, celui de mon infortunée Constance d'après l'alcade. Un alguazil se tenait près du cocher qui a pris le chemin de notre domicile où je les ai rejoints. Là, j'ai pu voir mon épouse. Immobile et froide, les yeux clos, le visage bleu et gonflé, c'était elle et ce n'était plus elle depuis que son âme s'était séparée de son corps. Le petit être qu'elle portait était mort avec elle et cette pensée me serrait le cœur. J'appris plus tard que le corps de Teresa n'avait pas été retrouvé mais qu'un navire avait secouru le jeune Brice agrippé à une planche. J'étais dans un état second, présent et absent à la fois. François pourtant très affecté et Renata se sont occupés de tout, la toilette de la morte, sa veillée jour et nuit, le service religieux imposant en présence d'une assistance nombreuse, l'inhumation. La petite Françoise en larmes demeurait chez eux. En surface mon esprit était accaparé, en profondeur j'éprouvais un sentiment de vide immense.

Jeune, j'étais habitué à diriger ma vie mais ensuite Constance avait pris tant de place, je ne savais que devenir sans elle. Je m'accrochais sans succès à l'idée que ma fille Françoise aurait besoin de moi. Chaque matin, au réveil, la conscience d'une irréparable absence était insoutenable. Pour faire face aux coups durs, je m'étais très tôt forgé une philosophie stoïcienne mâtinée de christianisme. Aux stoïciens de l'Antiquité, j'empruntais l'exigence d'accepter les inévitables malheurs, l'ordre du monde dans ce qu'il a de permanent et d'implacable, au lieu de se révolter sans autre résultat que d'éprouver un douloureux sentiment d'échec. Acceptation que l'enseignement du Christ exprime à sa façon en préconisant la soumission à la volonté divine. Devant la mort de Constance, tout cela qui jusqu'à présent m'avait guidé volait en éclats. Bien des fois j'avais accepté sans broncher les coups du sort en faisant mien l'*amor fati*, l'amour du Destin des anciens Grecs. Cette fois-ci l'*amor fati* ne passait pas, pourtant c'était bien de Destin qu'il s'agissait. Constance avait foncé tête baissée à sa rencontre, comme mue par une irrésistible force. Craignant d'être clouée à Sanlúcar après la naissance d'un deuxième enfant, avait-elle voulu revoir Vitré où un retour définitif ne pouvait être envisagé, la gestion de l'affaire des toiles en commun avec la famille, notamment Apolline, menaçant d'être hasardeuse ? La culpabilité me taraudait. N'avais-je pas péché par passivité, laissant le poids des décisions à ma compagne ? Constance avait toujours su ce qu'elle voulait, montrant sous des dehors placides une inflexible détermination à la poursuite de ses buts. Après les désillusions de ma rupture avec Anne et de la rebuffade universitaire parisienne, venues coiffer le mystère de mes origines, marié pauvre à Constance riche, travaillant et gagnant ma vie dans les affaires de sa famille, j'étais fatalement à sa remorque. Elle en était consciente et cherchait à me mettre en valeur par mes écrits mais, si l'écriture me convenait, les conditions d'une activité littéraire exclusive faisaient défaut. Ma vocation était l'enseignement, j'en étais convaincu depuis longtemps. La perte de mon épouse achevait de faire de moi un esquif balloté par les flots. Submergé de pensées moroses, j'aurais souhaité réagir mais mon veuvage baignait dans une mélancolie dont rien ni personne ne me tirait, sauf parfois la petite Françoise dont je m'occupais de mon mieux quand elle n'était pas chez Renata.

Après avoir connu l'envie extrême d'abandonner mon livre sur les marins bretons de Magellan, j'ai pensé devoir le faire éditer par fidélité à la mémoire de Constance qui y attachait tant de prix. Le libraire Espinosa ne donnant plus signe de vie, peut-être serait-ce possible en Bretagne ? Écrire je n'y songeais plus, on verrait plus tard. Trop brisé pour entreprendre quoi que ce fût, le plus sage était pour moi de ne rien changer encore, de demeurer à Sanlúcar et de continuer à travailler dans l'entreprise avec François. Constance avait été le sel de ma vie désormais insipide. Voyant autour de moi tant de pauvres gens dont la condition était cent fois pire que la mienne, je pensais n'avoir pas le droit de me plaindre et remisais mon chagrin en m'efforçant de redresser la tête.

6

FIN DE PARTIE

Dans la vie des peuples il est des périodes paisibles tandis que d'autres le sont moins et c'est l'une de celles-ci que traversait l'Espagne depuis 1604.

Pendant des décennies, la prospérité du royaume avait reposé sur ces tombereaux d'or et d'argent que galions et caravelles, deux fois l'an, transportaient des Amériques à Séville et cette manne commençait à se tarir. Au lieu d'employer sa richesse à développer son industrie, l'Espagne l'avait dilapidée dans des guerres incessantes ou pour l'acquisition de produits manufacturés qu'elle avait renoncé à fabriquer, n'exportant que ses matières premières. Le commerce pâtissait, les emplois étaient moins rémunérés et se raréfiaient. Le marasme économique s'accompagnait d'une crise morale faite de pessimisme, de méfiance, du sentiment d'un déclin espagnol et conséquemment d'une susceptibilité accrue aux critiques et aux reproches des étrangers. Dans divers pays agacés de l'arrogance castillane qui depuis un siècle couvrait l'Europe de son ombre quand elle ne la menaçait pas de son épée, on riait de ces gens ne jurant que par la pureté de leur sang alors que nulle part ailleurs ne se trouvaient autant de Juifs et de Mahométans.

Tandis qu'aux Pays-Bas l'Espagne souffrait déjà d'être mise en échec par les Huguenots, ces moqueries dont les échos parvenaient jusqu'à Valladolid et bientôt Madrid regagnée par le roi et la cour ajoutaient une intolérable couche de fard au front des hidalgos. Le roi Philippe III, réputé aussi apathique que dévot, préférait la chasse et la musique aux soucis du gouvernement. Il s'effaçait derrière son favori, le duc de Lerma qui gouvernait à sa place mais sous son contrôle et celui de la reine Marguerite capable à l'occasion se faire entendre. L'année suivant celle de la mort de Constance, l'Espagne sombrait dans une banqueroute qui conduisit le roi à faire abolir la dette publique.

François Gallodais était finalement décidé à quitter Sanlúcar pour Cadix où il nouait avec un important marchand d'import-export une association à laquelle ne manquait plus que mon accord. Pour des raisons commerciales, le déménagement ne put avoir lieu que plus tard, en 1610, et pendant tout ce temps le peuple se passionna pour l'expulsion des Morisques d'Espagne, ce qui le rendait moins sensible au défaut de subsistances et moins prompt à s'en prendre aux autorités. Ces Morisques, qui étaient-ils ?

La reconquête chrétienne du royaume achevée, en 1492, les musulmans avaient d'abord pu conserver leur langue arabe, leur religion, leurs coutumes. Puis, sous le sultan Soliman le Magnifique, le danger ottoman s'était intensifié. Les côtes de l'Espagne étaient sous la menace de la marine et des pirates turcs, omniprésents en Méditerranée et les Espagnols redoutaient un débarquement combiné avec le soulèvement des musulmans du royaume. Ceux-ci eurent à choisir entre la conversion et l'exil. Paysans, artisans et même bourgeois de Grenade choisirent pour la plupart de rester en se convertissant ou plutôt en faisant semblant, ce dont les chrétiens n'étaient pas dupes. Ces musulmans convertis qu'on appelait « Morisques » continuaient à pratiquer leur religion dans le secret de leurs maisons barricadées, parlaient arabe entre eux, conservaient en public leurs vêtements traditionnels. Industrieux, ils étaient jalousés, victimes d'exactions, leurs femmes parfois enlevées. Des barques faisant la navette entre les deux continents leur avaient permis de garder des relations avec leurs frères musulmans d'Afrique du Nord. Se sentant menacés, ils avaient augmenté ces contacts, ce que les autorités espagnoles n'ignoraient pas. Les relations des Morisques s'étendaient aux Turcs, aux pirates barbaresques marocains n'hésitant pas à venir piller les côtes espagnoles et même aux Français en conflit avec l'Espagne. Les Espagnols crurent devoir répondre en leur interdisant de parler arabe, d'aménager leurs maisons pour s'y enfermer et même d'utiliser les bains publics. Ce fut alors l'explosion de 1568 dont j'ai déjà parlé, la révolte des Alpujarras dans les montagnes de Grenade et fut aussi sanguinaire que sa répression.

Trente-huit ans plus tard, en 1609, les Morisques dispersés en diverses provinces, faux convertis, le plus souvent prospères et par ailleurs nombreux car ils n'entrent ni dans l'Église ni dans l'armée et font beaucoup d'enfants, suscitent toujours la méfiance et l'hostilité. L'Espagne, championne du catholicisme le plus intransigeant, estime devoir continuer à défendre sans concession l'honneur de Dieu. Affaiblie par les guerres, elle va réagir aux défis économique, religieux et autres qui lui sont lancés en expulsant les Morisques sous les applaudissements du peuple. Avec celles de la couronne d'Aragon, les principales communautés morisques se trouvent dans le royaume de Valence où l'opinion se divise, les nobles souhaitant garder à leur service cette main d'œuvre laborieuse tandis que, contrairement à Sa Sainteté qui prône la patience en attendant l'achèvement des conversions, l'archevêque de Valence et le moine dominicain Jaime Bleda veulent chasser les hérétiques, apostats et traîtres. Ce projet gagnant du terrain, la promulgation royale du décret d'expulsion a lieu le 9 avril 1609, suivie de préparatifs secrets.

À Sanlúcar, il s'est dit à l'automne que des *tercios* ou « carrés espagnols » rapatriés d'Italie, la meilleure infanterie du monde, avaient pris position au nord et au sud du royaume de Valence. La protestation solennellement émise par une assemblée de nobles Valenciens étant demeurée sans effet, fin septembre les *tercios* conduisaient les Morisques dans des zones portuaires pour qu'ils y soient embarqués vers l'Afrique, contre rétribution, par des Turcs. Les uns, entassés dans de mauvais navires surchargés, auraient fait naufrage et péri en mer tandis que d'autres étaient jetés par-dessus bord par des capitaines, monstres sans entrailles qui s'emparaient de leurs maigres biens. Un faible nombre serait parvenu jusqu'en Afrique, en Algérois et en Oranie où ils n'auraient pas été toujours bien accueillis et où, repoussés dans les déserts, beaucoup seraient morts de faim et de soif. Ces bruits sinistres se sont répandus en Espagne où ils ont provoqué en octobre, chez les Morisques de Valence réunis pour embarquer, une révolte qui, vite maîtrisée, n'a pas interrompu longtemps leur départ, suivi de celui de leurs frères des divers pays d'Espagne.

Pas plus espagnol que morisque, donc très indirectement concerné, mais vivant en Espagne depuis bientôt dix ans et appréciant ce pays, enclin à la compassion pour mes frères humains souffrants et même pour les bêtes maltraitées, je m'inquiétais du sort de ces gens qui avaient été ou allaient être renvoyés de leur pays natal, sans méconnaître toutefois que tous n'étaient pas des anges et que certains, coupables de collusion avec les ennemis de l'Espagne, n'avaient pas à se plaindre. Il m'arrivait de repenser au rapt que nous avions subi, Constance et moi, dans la montagne andalouse et ce pénible souvenir venait tempérer mes élans charitables. À Sanlúcar et aussi à Séville où de nombreux musulmans inavoués étaient implantés en ville ou dans les campagnes environnantes, on a longtemps voulu croire que les expulsions se cantonneraient au nord, dans le royaume de Valence surtout puis en Aragon et en Catalogne. Au début de 1610, il est devenu apparent que l'Andalousie allait suivre. Si l'entreprise Gallodais, sur le point de partir pour Cadix, souffrirait peu de l'expulsion de quelques-uns de ses employés, au plan privé l'affaire se présentait différemment.

Nouveaux mariés, Constance et moi avions recruté un couple de serviteurs morisques qui était resté auprès de moi après le décès de mon épouse. Mari et femme envisageaient, une fois trop vieux pour assurer leur service, de se retirer avec leur pécule à la campagne voisine d'où ils étaient originaires et qu'ils avaient quittée dans leur jeunesse pour travailler à Séville. Une chaumière les attendait non loin de Sanlúcar. La menace d'expulsion les terrorisait et ils m'en faisaient part. Ils étaient également angoissés par le sort de leurs enfants travaillant à Séville. Je me demandais que faire pour eux et cette question ne trouvait pas de réponse. La situation se compliquait de la présence à la maison d'une autre personne dont je n'ai rien dit jusqu'à présent. Discrète, effacée même, Fatima, nièce du couple morisque, parlait peu et passait presque inaperçue, pourtant son rôle n'était pas mince. C'était la nounou de la petite Françoise qu'elle n'avait pas quittée depuis sa naissance. Elle aussi était restée à mon service et continuait à s'occuper de l'enfant qui allait maintenant vers ses sept ans. Quand j'étais absent ou trop occupé, Françoise rejoignait ses cousins chez Renata et Fatima l'accompagnait. Concernant la menace planant sur elle autant que sur ses oncle et tante, elle disait éprouver les mêmes sentiments que ceux-ci. Alors que je l'interrogeais à ce sujet, je l'ai trouvée pour une fois plus hardie qu'eux. Elle m'a imploré d'intervenir en faveur des malheureux qui depuis des années se dévouaient pour moi et ma famille. Cette petite au teint sombre, aux traits fins, aux beaux yeux noirs a su m'émouvoir et j'ai commencé à réfléchir sérieusement à la meilleure façon d'aider mes Morisques.

Depuis la mort de Constance je vivais dans son souvenir, absorbé par des tâches qui ne me passionnaient pas, adoucissant comme je pouvais la solitude de ma petite orpheline qui avait heureusement trouvé de l'affection maternelle chez Renata compatissante et chez sa dévouée Fatima. Je lisais beaucoup et prenais plaisir à approfondir dans la bibliothèque de ma défunte épouse les beautés de la littérature espagnole chez ses romanciers, ses dramaturges et ses poètes parmi lesquels Góngora, entrevu à Valladolid. J'allais pêcher en mer en compagnie du fils de ce vieil homme chez qui j'avais logé jadis et qui n'était plus de ce monde, non plus que l'austère bibliothécaire du duc de Médina avec lequel j'avais fini par tisser des liens presque amicaux. Chaque semaine je déjeunais chez François et Renata, prolongeant souvent ma visite. Une ou deux fois l'an, je passais quelques jours à Séville où je saluais la famille de Renata mais préférais loger dans une hôtellerie pour découvrir la ville et ses habitants au gré de ma fantaisie. J'y faisais parfois la rencontre de beautés peu farouches mais excluais toute idée de remariage ou même de relation durable. Je m'en aperçois aujourd'hui, la mort de Constance m'avait plongé dans un deuil dont je ne parvenais pas à émerger et j'ai vécu toutes ces années de façon mécanique, comme absent à moi-même et, je souffre de le reconnaître, peu présent aux autres. Hors d'état de faire de vrais projets, je suivais le mouvement et, s'agissant de notre entreprise, je laissais François Gallodais prendre les initiatives. L'heure du départ pour Cadix approchant, soudain je me suis cabré.

Jusque-là je n'avais pas envisagé de quitter l'Espagne, aimant Sanlúcar auquel s'attachaient le souvenir de Constance et la présence des Gallodais, et qui pouvait me rappeler Le Croisic de mon enfance. À trente-cinq ans, je n'avais nulle envie d'aller vivre à Cadix mais ne pouvais demeurer seul à Sanlúcar. Qu'y aurais-je fait, une fois l'entreprise partie ? J'allais donc rentrer en France. Et, sachant que des Morisques trouvaient refuge dans notre pays, je proposerais aux miens de s'embarquer avec moi. Ma décision prit de court François et Renata et les inquiéta du fait de l'intrication de nos intérêts, mais ils furent vite rassurés par le maintien de ma participation financière dans notre affaire d'import-export, ainsi que par la réponse éclair du père de Constance à qui j'avais proposé mes services et qui m'ouvrait grand les bras.

Il me fallait aviser ma petite fille qu'elle allait connaître un cadre de vie entièrement nouveau. Malgré mes précautions, la perspective de s'éloigner de Renata et de ses cousins la chagrina fort, comme si la douleur ressentie à la mort de sa mère, enfouie dans les profondeurs de sa mémoire, remontait à la surface.

– Fatima viendra avec nous, Papa ?

– Nous allons y réfléchir.

En mars 1610, au cours d'une conversation avec l'alcade de Sanlúcar qui ne savait que faire de ses indésirables, j'ai appris que le roi de France, Henri le Quatrième, avait promulgué une ordonnance prescrivant d'accueillir au mieux dans certains ports de Provence et de Navarre des expulsés d'Espagne à condition qu'ils se convertissent. Les autres auraient la possibilité de repartir où ils voudraient et les capitaines de navires avaient l'interdiction de les maltraiter. Selon l'alcade, les ports de Navarre conviendraient pour recevoir les réfugiés de notre côte andalouse dans ce royaume de France prêt, semblait-il, à accueillir toute la misère du monde. Là-dessus est arrivée une lettre de mon frère du Croisic, le maître de barque. Je lui avais annoncé mon prochain retour, lui demandant s'il n'aurait pas l'occasion de transporter une cargaison à Sanlúcar où je lui trouverais des marchandises à embarquer pour la Bretagne en même temps que ma fille, mes Morisques et moi-même, avec mon petit déménagement. J'espérais un jour rapatrier la dépouille de mon épouse en cercueil plombé et faire procéder à une nouvelle inhumation dans le tombeau familial des environs de Vitré. Jos m'a répondu qu'il viendrait en septembre et prendrait à son bord mes expulsés pour les conduire à Bayonne, le port de débarquement réservé à ceux d'entre eux qui partaient pour la Navarre. Informés de cette occasion de voyager dans des conditions favorables, mes protégés ont paru rassurés, d'autant que des Morisques d'Andalousie avec lesquels ils étaient en contact prévoyaient de se regrouper dans le Béarn. De nouveaux événements sont alors venus assombrir l'horizon.

Fin mai, on apprenait l'assassinat du roi Henri IV, poignardé à Paris dans son carrosse par un moine fanatisé. L'Espagne multipliant les expulsions et de nouveaux Morisques arrivant par dizaines de milliers en Languedoc où des troubles éclataient, la régente du royaume de France, Marie de Médicis, veuve du roi et moins bien disposée que lui envers les réfugiés, souhaitait les voir partir vers la Barbarie dans le nord de l'Afrique, sans mauvais traitement précisait-elle. Elle interdit l'entrée du royaume de France aux gens de Grenade ou « Grenadins », c'est-à-dire aux Andalous musulmans mais sans doute en réalité à tous les Mahométans, même convertis. Plus catégorique encore, le Parlement de Toulouse déclarait toute entrée illégale passible de la peine de mort. Pour se débarrasser du plus grand nombre possible de ces indésirés, les autorités françaises avaient pris langue avec la Sublime Porte et les autorités turques envoyèrent à Agde, en Languedoc, où se trouvaient des milliers d'expulsés, un ambassadeur et bientôt une flotte de soixante-dix vaisseaux afin de transporter tous ces gens au nord de l'Afrique. Sans doute mes domestiques morisques eurent-ils vent de ces tribulations auxquelles leurs frères étaient exposés dans ce royaume de France que certains avaient d'abord vu comme un havre de paix et d'espérance, aussi les entendis-je sans surprise exprimer, avec leur gratitude, le regret de ne pouvoir s'y rendre comme prévu. Un parent les avait assurés qu'ils pourraient passer à travers les mailles du filet pour se maintenir en Andalousie avec quelques autres de leur race, âgés comme eux, dans une campagne reculée où personne n'irait les chercher. La génération nouvelle était davantage prête au départ et Fatima confirmait son désir d'aller à Bayonne, en France. Elle refusait de vivre comme un gibier menacé, disait-elle, condamné à toujours se cacher et fuir. S'étant déjà insensiblement éloignée de sa tribu, elle maîtrisait aussi bien l'espagnol que l'arabe et parlait même un peu français en s'adressant à Françoise. Fatima donnait l'impression d'accepter notre christianisme et ses rites et m'avait un jour montré son certificat de baptême.

Tout se précipitait. Ce fut d'abord le départ pathétique de François et Renata pour Cadix. Depuis vingt ans et plus ils vivaient à Sanlúcar où François avait monté, dirigé, développé son affaire et où Renata avait mis ses enfants au monde ainsi que patiemment aménagé et entretenu une belle propriété. Le déclin inexorable de Sanlúcar entraînait celui de l'entreprise et le départ pour Cadix s'imposait car plus tard il serait trop tard, les Gallodais seraient trop âgés et financièrement trop affaiblis pour s'imposer ailleurs. L'heure du départ arriva et j'étais auprès d'eux avec Françoise. De Sanlúcar à Cadix le chemin est court, sept à huit lieues.

Tout ce qu'ils pouvaient emporter se trouvait sur des chariots et ils prirent place dans l'un d'eux avec les enfants et leur vieille levrette ainsi que notre *galgo*, son rejeton mâle si attachant qu'ils avaient bien voulu reprendre car l'emmener avec nous eût été trop compliqué. Françoise n'arrivait pas à s'en séparer. Les chevaux piaffaient. Renata, fébrile, cachait son émotion sous un air guilleret. Ce furent de grandes embrassades et, comme les Gallodais s'éloignaient, de grands signes. De retour à la maison, Françoise était désorientée. Peu après, mon frère Jos arrivait à Sanlúcar sur son navire. Sa cargaison déchargée, il avait embarqué du fret que j'avais trouvé pour lui et qui voyagerait avec mes hardes, mes livres, les affaires de Françoise et quelques meubles qu'il conduirait à Saint-Malo, plus proche de Vitré où j'allais que Le Croisic. Tout était prêt pour le départ. Un vent favorable s'était levé qui permettrait de franchir aisément la barre à marée haute. Quand le navire s'est éloigné du quai où il était amarré, j'ai pensé à Constance. Mon cœur battait. Françoise, Fatima et moi, les yeux fixés sur Sanlúcar et ses petites maisons blanches, on a vu le rivage s'estomper dans les lointains et disparaître.

Avant mon départ m'était parvenue une lettre de papa Gallodais me laissant prévoir un accueil aimable de la famille à Vitré. Il avait fait l'acquisition d'une maison confortable où je pourrais loger dès mon arrivée et dont je pourrais devenir le propriétaire si je le souhaitais.

Quatre jours plus tard, nous parvenions à l'embouchure de l'Adour où, là aussi, une barre gêne l'accès au port de Bayonne qui se trouve à plus d'une lieue de l'océan. Nous la franchissions et parvenions au port. Du navire, on avait observé sur les deux rives du fleuve des foules d'hommes, de femmes et d'enfants qui campaient ou qui erraient et nous avons compris que c'étaient des Morisques expulsés, en attente d'un lieu où se rendre en Béarn. Si l'attente, s'éternisant, finissait par paraître vaine, il leur resterait à espérer qu'un capitaine grassement payé veuille bien les conduire en Afrique. Avec Jos, une fois le navire amarré, je suis allé à terre où nous avons eu la confirmation que ces errants étaient des réfugiés d'Espagne, venus d'Andalousie et d'Estrémadure, généralement groupés par famille du même village. Plusieurs bourgs du Béarn avaient donné leur accord pour en héberger quelques-uns à condition qu'ils fussent de bons chrétiens et pressés de se mettre au travail. De temps à autre, un capitaine de navire venu de Barbarie proposait de transporter en Afrique ceux qui pourraient payer leur passage. À Bayonne, personne ne pouvait prévoir le temps que cette foule mettrait à s'écouler, d'autant qu'il arrivait toujours de nouveaux « Grenadins » comme les appelait la régente.

Mon frère Jos était alors un bel homme costaud d'une trentaine d'années, à la chevelure noire et aux yeux d'émeraude, qui n'avait pas encore trouvé, comme on dit, chaussure à son pied. Je crois que jadis un chagrin d'amour l'avait meurtri. Quand il n'était pas sur son bateau, il habitait au Croisic chez notre mère, veuve depuis peu et qui hébergeait également, avec ses deux enfants, l'une de mes sœurs en perdition depuis la mort accidentelle de son mari. Homme rude vivant au contact de marins qui ne l'étaient pas moins, Jos traitait Fatima avec une délicatesse inhabituelle mais je n'y avais pas prêté attention avant de l'entendre dire, à Bayonne, qu'elle n'arriverait jamais à se débrouiller seule dans cette ville. Il fallait d'après lui qu'elle vienne en Bretagne où nous l'aiderions à prendre un nouveau départ. Françoise qui suivait la conversation a demandé :

– Pourquoi Fatima ne reste-t-elle pas avec nous ?

L'intéressée, qu'en pensait-elle ? Voulait-elle nous accompagner pour s'occuper de Françoise ?

– *Si señor, gracias a usted.*

« Oui, monsieur, merci à vous. » Le lendemain, nous quittions Bayonne en direction de Saint-Malo. J'avais hâte de revoir les côtes bretonnes, au sud de la péninsule. Jos devait décharger une partie de sa cargaison au Croisic, ce qui allait me permettre de revoir ma mère. Quand on a débarqué chez elle à l'improviste, elle nous a logés de son mieux. Elle a évoqué la mort de mon père qui regrettait de ne pas m'avoir revu.

– Mon pauvre garçon, te voilà veuf, toi aussi et si jeune. Si tu voulais te remarier, ce n'est pas de travailler avec les parents de Constance qui faciliterait tes projets.

J'ai répondu que je ne songeais pas à un remariage.

– On dit ça. Tu sais que ton frère à des vues sur la petite Espagnole. Elle n'est pas désagréable mais je ne suis pas sûre que ce soit raisonnable. Avec Jos en mer la plupart du temps, que ferait-elle ici où elle ne connaît personne, cette étrangère au teint basané ?

– Pour le moment, ai-je répondu, elle va venir à Vitré

où elle prendra soin de Françoise qui a besoin d'elle. On verra si Jos demeure dans les mêmes dispositions et si Fatima répond à ses avances. Je crois qu'il envisage un grand changement et souhaiterait travailler à Nantes avec le cousin marchand. Il vivrait là-bas et, ne naviguant plus, pourrait s'occuper de sa femme, ai-je conclu en riant.

Maman ne riait pas. Il y a peu à dire de la suite, le départ du Croisic, la traversée vers Saint-Malo où nous avons débarqué tandis que Jos regagnait son port d'attache, ses adieux langoureux mais pudiques à Fatima avec la promesse de se revoir, pour finir le trajet en voiture jusqu'à Vitré, les chevaux qui en sentaient l'approche et accéléraient l'allure. J'étais conscient qu'une page se tournait mais en peine d'imaginer à quoi ressemblerait la suivante et Constance m'accompagnait toujours.

TROISIÈME PARTIE

Bigarrures

(1610-1628)

1

LES TOILES

Une fois installé à Vitré où j'ai rencontré quelques notables, je ne me suis pas demandé longtemps si j'avais eu raison d'y venir ni ce que j'y allais faire car tout est allé très vite. Les parents de Constance, heureux d'avoir près d'eux leur petite-fille, m'ont bien accueilli ainsi que le frère et les sœurs de ma défunte épouse et leurs conjoints. Ceux-ci étaient quand même sur la réserve, attendant la suite. Maître Gallodais m'a invité à déjeuner, voulant s'entretenir avec moi. Je le trouvais vieilli. Il tirait la jambe, faisait répéter ce qu'on lui disait, s'excusant de devenir dur d'oreille. Ses cheveux presque blancs étaient clairsemés, la lassitude se lisait sur son visage. À peine étions-nous assis devant un somptueux plat de saucisses et des galettes de sarrasin qu'il m'a livré sa pensée :

– Mon cher fils, la maison Gallodais est devenue trop lourde à porter pour un homme de mon âge à la santé défaillante. Il est temps pour moi de passer la main. Notre Constance nous ayant quittés, que Dieu l'aie en Sa garde, il me reste six enfants dont deux garçons. François vit à l'étranger et ne songe pas à revenir, Pierre auprès de l'évêque de Rennes appartient à l'Église. Marguerite est mariée à Henri, un nobliau des environs qui ne pense qu'à tirer les perdrix et encaisser ses fermages, Apolline à un fils de marchand respectable, malheureusement plus faible que fiable. Louise, inconsolable après un chagrin d'amour, est entrée au couvent, enfin Mauricette a épousé le fils d'un maître orfèvre rennais qui a pris la suite de son père et le couple vit à la grande ville. Voilà où je veux en venir. Tu es le seul en état de me succéder et je te le propose.

J'avais pensé qu'il m'offrirait d'être à ses côtés comme j'avais été à Sanlúcar avec son fils et que, peut-être, il me proposerait de déplacer progressivement depuis Cadix une partie de mes capitaux hérités de Constance et de les mettre dans son affaire. Diriger la maison Gallodais, je n'y avais pas pensé. Voyant mon hésitation, il a dit m'en croire capable :

– Constance t'aimait et disait du bien de toi. C'est aussi pour elle et pour la petite que je fais ça.

Il m'a laissé un délai de réflexion et moins d'une semaine plus tard je lui donnais mon accord. Pour apprendre à diriger la maison toilière, il ne me faudrait selon lui pas plus de trois ou quatre mois pendant lesquels il demeurerait à mes côtés. N'ayant pas suivi le parcours de l'apprentissage suivi du compagnonnage et enfin de la réalisation d'un chef-d'œuvre, je voulais savoir comment les maîtres toiliers de Vitré m'accepteraient dans leur confrérie. Papa Gallodais m'a dit que non seulement les fils mais aussi les gendres des maîtres pouvaient en être dispensés. Pas de souci, les neuf ans passés dans l'entreprise de Sanlúcar et le crédit dont lui-même disposait sur la place de Vitré aplaniraient tous les obstacles.

Je me familiarisais avec les rouages de l'entreprise quand la santé de Françoise qui avait pris froid et toussait a donné des inquiétudes. Elle n'était pas habituée au climat breton, sa nounou Fatima non plus. Je crois que Renata et ses cousins lui manquaient, et aussi son lévrier. Fiévreuse, catarrheuse, la petite a commencé à se rétablir dès que maman Gallodais a pris la situation en main. Cataplasmes de farine de lin et sirop contre la toux ont fait merveille. Quel soulagement de constater qu'elle allait mieux ! Fatima souffrait de l'écart entre Sanlúcar l'Andalouse, maritime et ensoleillée, et l'austère place-forte de Vitré, balayée par les vents d'hiver. Déracinée, elle reprenait courage quand Jos lui faisait savoir par mon intermédiaire qu'elle était toujours la dame de ses pensées et qu'il préparait leurs noces. Avant qu'on se quitte, j'avais mis mon frère en garde contre un emballement irréfléchi, d'autant qu'il pensait rejoindre le milieu marchand de Nantes :

– La ville est en partie espagnole, Jos. Originaire d'Espagne, Fatima ne sera pas mal accueillie, mais quand les grands et petits bourgeois nantais auront compris qu'elle est morisque, tu verras beaucoup de sourires se figer et de portes se fermer.

Jos avait mal pris ma remarque :

– Ah ça, Gildas, serais-tu jaloux par hasard ou voudrais-tu que je couche avec elle pour la laisser tomber après l'avoir engrossée ?

Je soupçonnais dans son propos une allusion à ma naissance et mon premier mouvement fut de me fâcher. Qu'avait-il voulu dire au juste ? Pour me faire pardonner, j'ai demandé à Fatima si elle souhaitait apprendre à lire et à écrire. Elle paraissait désireuse de s'instruire et j'en ai parlé à ma belle-sœur religieuse qui, après quelque hésitation, a accepté de s'en charger. Quelques mois plus tard, Jos viendrait à Vitré chercher Fatima pour la conduire au Croisic où devait être célébré leur mariage.

Dispensé d'apprentissage et de chef-d'œuvre ainsi que mon beau-père l'avait prévu, j'ai été reçu maître, sans grande solennité, parmi les membres vitréens de la confrérie de l'Annonciation qui se désignaient comme « marchands toiliers d'Outre-Mer ». Ni ma double situation de gendre et de veuf ni mon parcours hors-normes ne paraissaient enchanter mes confrères qui cependant n'ont pas boudé le pantagruélique banquet servi à mes frais dans les halles de Vitré. Un gros travail m'attendait car la concurrence était rude et maître Gallodais avait laissé décliner l'affaire. C'est tout Vitré qui se laissait distancer par des places toilières devenues plus actives telles que Locronan ou Pouldavid dans l'ouest de la péninsule. Tout en me laissant la direction, mon beau-père m'avait assuré se tenir prêt à m'aider et me guider. Après m'avoir expliqué en détail la marche de la maison, il m'avait recommandé son premier commis, Martin, homme solide à la voix forte et dont le regard dur ne donnait pas envie de plaisanter. J'ai voulu rencontrer les paysans qui nous fournissaient les toiles de chanvre, proches de Vitré ou éloignés comme ceux de Piré ou de La Guerche.

L'automne venu, nous sommes partis sous un ciel bas et venteux, montés sur de robustes roussins de l'entreprise. Martin, d'abord surpris de ma démarche, s'y est vite intéressé et se montrait content de me piloter. Une fois rassurés sur nos intentions, les paysans nous montraient près de leur maison de ferme le courtil où, disaient-ils, au printemps dernier ils avaient semé leurs graines à la volée dans une terre profonde et bien fumée. Ensuite ils avaient passé la herse, après quoi le chanvre n'avait pas tardé à sortir du sol. Il fallait faire la chasse aux oiseaux friands de graines et aux limaces qui auraient tout dévoré. Ce disant, les paysans montraient les épouvantails restés dans le courtil, faits de haillons flottant sur deux perches en croix. On récoltait en deux fois, fin juillet les pieds mâles et moins d'un mois plus tard les pieds femelles, qu'on mettait tous à sécher avant d'égrener les femelles. Le travail était encore loin d'être terminé. Les fibres devaient être trempées dans l'eau pour les débarrasser de leur gomme, c'était le rouissage, puis soumises au broyage et au teillage pour leur enlever leur partie ligneuse et ne conserver que la filasse. Martin et moi quittions le courtil afin de rejoindre à la maison la fermière filant au coin du feu. Parfois plusieurs femmes, mère et filles ou sœurs et belles-sœurs, chacune à son rouet, travaillaient ensemble le chanvre en chantant une chanson à filer. Je les écoutais, gagné par un sentiment de paix et j'apercevais dehors les vieux épouvantails à moineaux s'agitant sous la bise. Le paysan nous conduisait à ce qu'il appelait « la pièce d'en bas » où se trouvait le métier à tisser qu'il avait laissé pour nous accueillir, et il nous expliquait comment sur le métier les fils devenaient une toile. J'ai tenu à rendre visite à tous les paysans, sans exception, qui nous fournissaient des toiles. Comme nous revenions d'une de ces tournées, Martin me dit qu'en raison de la féroce concurrence, des marchands toiliers de Vitré avaient baissé les prix payés aux paysans pour leurs toiles. Je lui ai répondu que pour la maison demeurée Gallodais, avec la marque imprimée sur chaque toile, il n'en était pas question car j'envisageais d'autres moyens d'affronter la concurrence. Ce même jour, le premier commis me demanda ce qu'il devait faire des toiles de moins bonne qualité fournies par plusieurs de nos paysans-tisserands habituels.

– D'où vient le problème, Martin ?

– Ce sont des hommes âgés recrus de fatigue et dont la vue baisse.

– Depuis quand nous livrent-ils des toiles ?

– Depuis bien longtemps.

– Que faisait maître Gallodais dans de tels cas ?

– Il cessait d'acheter.

– Faites avec ces toiles des paquets séparés qui seront vendus à prix réduit et, pour le moment, versez la même somme aux tisserands. J'aviserai ensuite. Notez leurs noms.

Mieux informé, j'ai su que certains d'entre eux étaient pauvres et d'autres à l'aise, ce qui a guidé mes décisions. Je m'avisais tardivement qu'il n'est pas facile d'assurer la bonne marche d'une affaire tout en ménageant les faibles.

Mon intention était d'augmenter les achats de toiles et de développer les exportations outre-mer. J'ai envoyé Martin du côté de Fougères et de Bazouges la Pérouse, paroisses éloignées de Vitré où jusqu'à présent nous n'allions pas, pour y chercher de bons tisserands qui nous fourniraient des toiles solides. Je voulais aussi étendre nos exportations aux pays du nord et particulièrement aux Provinces-Unies. Julien, le mari d'Apolline, sœur de Constance, travaillait dans la maison Gallodais. Bien qu'il n'ait jamais ambitionné de la diriger, mon arrivée inopinée à la tête de l'entreprise l'avait vexé. Souffrant peut-être du manque de caractère dénoncé par maître Gallodais, il semblait honnête et ne manquait ni d'intelligence ni de subtilité. Je crois qu'il avait envie de changement et il a bien accueilli ma demande d'aller étudier du côté des Flandres les possibilités d'y exporter nos toiles. À Saint-Malo, il s'est embarqué pour Anvers d'où il revenait six semaines plus tard, mission accomplie, s'étant entendu avec des marchands de Bruges et d'Anvers intéressés par nos canevas. Il lui restait à organiser leur transport.

Ayant reçu des nouvelles d'un François Gallodais prospère à Cadix dont le port était en pleine expansion, j'allais pouvoir rapatrier sans lui causer de tort une partie de mes capitaux que je mettrais dans notre affaire de Vitré. Julien, devenu voyageur intrépide, est parti en Espagne pour plusieurs semaines à la recherche de marchands qui achèteraient nos toiles afin de les revendre dans le nord-ouest du pays.

À la même époque, un peu plus d'un an après mon arrivée à Vitré, je faisais ouvrir dans cette ville un magasin Gallodais où pourraient venir les paysans-tisserands souhaitant faire affaire avec nous. Ce fut la goutte d'eau qui fit déborder le vase pour la confrérie de l'Annonciation, contrariée outre mes origines nantaises par ma qualité de gendre veuf et l'obtention cavalière de ma maîtrise toilière. Mes confrères avaient vu ma façon de commercer et elle déplaisait à plusieurs d'entre eux. Au temps de l'indépendance bretonne qui avait pris fin quatre-vingts ans auparavant, les règles du commerce étaient demeurées souples sous le contrôle des confréries. Entre commerçants mécontents, il y avait des prises de bec, des coups d'éclat, rarement plus. Il en allait tout autrement depuis que les lois françaises s'étaient imposées. Libertés et initiatives étaient étouffées tant les corporations veillaient au respect des règles prévoyant tout dans le moindre détail. Tout était codifié. Les corporations se disputaient, l'une reprochant à l'autre d'empiéter sur ses prérogatives et, au sein de chacune d'elles, les membres s'accusaient de concurrence déloyale, d'où une multitude de procès qui, s'ils enrichissaient les gens de justice, empoisonnaient l'atmosphère. Ayant découvert que Martin avait minimisé le nombre de tisserands produisant des toiles de qualité inférieure, j'avais baissé leur prix d'achat ainsi que leur prix de vente, tout en augmentant les prix d'achat et de vente des toiles de meilleure qualité. Ce faisant, j'avais enfreint les règles interdisant la moindre modification, ce qui a permis à des confrères jalousant ma réussite de me chercher noise. Renseignements pris, j'ai su que la plupart de ces confrères se tenaient prudemment en retrait mais que certains jappaient fort et que deux d'entre eux avaient beaucoup de mordant. L'heure de la procédure n'étant pas encore venue, il s'agissait dans un premier temps de m'intimider et sans doute aussi de me discréditer.

Depuis la fin des guerres de la Ligue, l'influence protestante demeurait forte à Vitré, bastion du calvinisme, bien que soient retournés chez eux beaucoup de Huguenots y ayant trouvé refuge, notamment ceux des provinces de l'ouest. La baronnie de Vitré appartenait à un réformé, Henri de la Trémoille, âgé de quatorze ans en cette année 1612 et encore sous la tutelle de sa mère, Charlotte Brabantine d'Orange-Nassau, duchesse douairière. Sous la Ligue, les catholiques modérés de Vitré s'étaient entendus avec les protestants et aujourd'hui ils tenaient ensemble le haut du pavé tout en imposant silence aux catholiques intransigeants qu'ils appelaient toujours « Ligueurs ». Les membres de notre confrérie toilière les plus hostiles à ma personne étaient d'anciens Royaux, amis des protestants et de l'entourage de la baronne de la Trémoille. Informés des opinions ligueuses de ma famille nantaise et de mon passé chez le duc de Mercœur, ils me classaient parmi les catholiques ultras, ce que je n'étais pas plus que maître Gallodais, et sont parvenus à dresser leur parti contre moi. La concurrence entre négociants tournait au conflit politique.

Ma stratégie commerciale portait ses fruits, j'avais de belles rentrées d'argent que je réinvestissais en grande partie dans notre affaire qui prospérait. J'allais employer mon aisance financière à fortifier ma position en recherchant le soutien de l'Église pour résister à ceux qui tentaient de me nuire. J'ai fait savoir au recteur de Notre-Dame que je souhaitais participer sans avarice aux travaux d'embellissement de son église et, à la supérieure des religieuses de l'hôpital Saint-Yves-et-Saint-Nicolas, qu'elle devait désormais me compter parmi les bienfaiteurs de son établissement. En outre, j'ai avisé le frère prêtre de Constance, qui approchait quotidiennement l'évêque de Rennes, des misères que me faisait subir le parti protestant et j'en informai aussi mon autre beau-frère, le chasseur de perdrix dont le père avait été un acharné Ligueur. Henri s'est fait fort de rallier à ma cause tous les nobles catholiques du coin ayant encore du sang dans les veines. À quelque temps de là, les paysans tisserands qui étaient sous leur dépendance cessaient de vendre leurs toiles à mes confrères hostiles et me les livraient, tandis que l'hôpital et le couvent prétextaient des malfaçons de l'an passé et un retard de livraison pour annuler leur importante commande annuelle à ces confrères et la transférer à la maison Gallodais. Sous l'autorité de la régente, la position des protestants était moins bonne qu'au temps du roi Henri IV et, à Vitré, la duchesse douairière avait d'autres soucis que cette histoire de toiliers. Le calme est revenu et la maison Gallodais a continué de prospérer.

Aucun accroc dans ma vie familiale. J'habitais non loin de chez mes beaux-parents et Françoise s'acclimatait à Vitré sous la houlette de maman Gallodais dont l'expérience de la vie et l'humeur égale imprimaient au quotidien un rythme rassurant. Mes belles-sœurs, Marguerite, Apolline dont la demeure était proche, avaient une ribambelle d'enfants dont Françoise partageait les jeux. Je la préparais au départ de Fatima qui s'en irait bientôt épouser Jos au Croisic, pour le meilleur et pour le pire, en priant que le pire ne fût pas souvent au rendez-vous. Tous les espoirs étaient permis car la promise parlait maintenant le français gallo de Haute-Bretagne, elle savait lire et écrire et n'ignorait rien des rites et usages chrétiens.

Trois ans après mon arrivée à Vitré, j'étais un homme sinon riche du moins doté d'importants revenus, et considéré. Cela modifiait l'attitude d'autrui à mon égard et par ricochet la mienne à l'égard d'autrui, ce dont je n'avais pas conscience à l'époque. Je me rendrais compte plus tard du changement qui s'était produit en moi. Les gens me saluaient plus volontiers, se montraient moins familiers et m'adressaient moins facilement la parole, évitant de me contredire ou de hausser le ton en cas de désaccord. À l'intérieur de l'entreprise, je comparais chez certains la plate soumission qu'ils me manifestaient à leur brutalité autoritaire envers leurs subalternes. À l'extérieur, selon ce qui m'était rapporté, les braillards naguère prêts à en découdre ne parlaient plus de moi qu'avec prudence, à voix basse. Déçu par ces aspects de l'être humain qui se révélaient à moi, je regardais avec moins d'indulgence ceux que j'avais toujours considérés comme mes semblables.

S'agissant des femmes de mon milieu, je trouvais aussi dans leur conduite des motifs de surprise. Si celle de la plupart n'avait rien de provocant, d'autres, par leurs regards et leurs sourires, me faisaient comprendre que je les intéressais et qu'elles ne me rebuteraient pas si j'engageais la conversation. Ces jeux galants n'avaient rien pour me dérouter, étant l'ordinaire de la vie en société. Il me fallait cependant remarquer leur fréquence nouvelle ainsi que la qualité et la hardiesse de celles qui s'y aventuraient. J'avais jusque-là exclu de me remarier et, tout en demeurant courtois avec les dames et demoiselles, j'étais celui qui ne remarquait rien. Je refusais aussi toute aventure à Vitré ou aux environs avec une femme en puissance de mari, pour bien des raisons, à commencer je l'avoue par crainte d'un scandale nuisible à tous et aux affaires. Pour m'aérer, je chassais la perdrix et le pigeon ramier en compagnie de mon beau-frère Henri dont les épagneuls faisaient merveille et quand j'avais du vague à l'âme, ce qui n'était pas fréquent, je me rendais à Rennes chez une aimable veuve et amie. Prévenue de ma visite, elle avait éloigné ses servantes et en préambule m'offrait du vin de Bordeaux et des biscuits agrémentés d'une plaisante conversation, puis je la voyais s'animer avant de m'entraîner dans sa chambre à coucher pour des plaisirs où elle révélait une expertise que son air angélique n'aurait pas laissé soupçonner. Cette spirituelle marquise ayant passé l'âge d'enfanter m'assurait que j'étais le seul à recevoir ses faveurs et me reprochait la rareté de mes visites, sans doute parce que ses attraits étaient maintenant « chiffonnés », comme elle disait. Je lui jurais que non et remarquai un jour qu'elle avait changé ses lectures, délaissant les *Contes* de Boccace pour entamer *L'Imitation de Jésus-Christ*.

Je n'en ai encore rien dit mais à Vitré, dans mon entourage, des regards langoureux paraissant plus sincères que d'autres ne m'embarrassaient que davantage. Ceux d'Apolline ma belle-sœur, dont le penchant qu'elle me témoignait, à l'époque de ma quête du psautier et du stage dans la maison Gallodais, avait conduit son aînée qui n'était pas encore ma Constance à faciliter ma fuite. Était-ce jadis de la part d'Apolline simple coquetterie de jeune fille ou attirance plus sérieuse ? La situation actuelle ne risquait pas de la calmer, au contraire car le torchon brûlait entre Apolline et son mari Julien. J'en avais eu l'impression lors des cérémonies de mon mariage avec Constance, maintenant j'en avais la certitude. Il ne m'appartenait pas de dire qui dans ce couple avait tort, qui avait raison. Sans vouloir m'immiscer dans leurs affaires, il me semblait qu'aucun des deux n'était en mesure de jouer le rôle protecteur que chacun attendait de l'autre. J'évitais de blesser Apolline, l'assurant de mon affection fraternelle et l'engageant à renoncer à une liaison qui ne pourrait déboucher que sur une dangereuse impasse. Depuis le départ de Julien pour

Bilbao, elle redoublait d'amabilité quand on se rencontrait chez les parents Gallodais ou ailleurs, dans ce quartier Notre-Dame où nous habitions tous. Je l'ai trouvée un dimanche chez papa Gallodais qui m'avait invité à déjeuner. Les enfants d'Apolline étaient à la campagne chez leur tante Marguerite et leurs cousins avec maman Gallodais. C'était au cœur de l'été par un temps lourd, orageux, nous n'étions que trois à table et le maître de maison s'inquiétait de la santé de sa fille :

– Je ne te trouve pas bonne mine, ma petite, tu devrais te reposer.

Je m'attendais qu'elle se dise attristée par la mort de sa sœur Constance, ou préoccupée par la santé de Julien son époux.

– C'est ce que je fais, répondit Apolline, puisque maman a emmené les enfants chez Marguerite.

La vieille servante nous avait apporté un poulet aux pruneaux que mon beau-père découpait avec application et nous buvions du cidre doux. On a parlé de Julien, en pourparlers avec un importateur de Bilbao qui allait nous permettre d'augmenter nos exportations vers l'Espagne.

– Il ne doit pas s'ennuyer ! a grincé Apolline. À ce qu'on dit, les belles filles faciles ne manquent pas là-bas et Julien est parti les poches pleines.

– Il a pourtant ici une belle femme, ai-je lancé imprudemment.

Très brune aux yeux verts, dotée de traits fins et réguliers, bien coiffée, fardée sans excès, Apolline avait ce jour-là une jolie robe, des bijoux de prix qui attiraient le regard sur son décolleté osé et sur ses doigts fins, aussi pensais-je qu'elle pouvait plaire à son mari et à d'autres. Le déjeuner se poursuivit paisiblement. Il n'était plus question de Julien mais de politique dont, sur un ton léger et même badin, nous avons parlé entre la poire et le fromage puis en dégustant des pâtisseries. Papa Gallodais, bien que claudicant, dur d'oreille, obligé de chausser ses besicles pour voir ce qui se trouvait dans son assiette, avait gardé un bel appétit. Avec verve, il nous contait les dernières aventures du duc de Vendôme, gouverneur de la Bretagne, fils légitimé du feu roi Henri IV et de Gabrielle d'Estrées, marié à la fille des Mercœur. Pour avoir conspiré en compagnie du duc de Nevers et du prince de Condé, il avait été retenu prisonnier au Louvre en janvier de cette année 1612 et s'en était échappé le mois suivant pour entrer en juin à la tête de quinze-cents hommes dans la ville de Vannes d'où il continuait à défier la régente. Papa Gallodais savait par l'entourage de la duchesse de la Trémoille que la régente et le jeune roi Louis le Treizième venaient d'arriver à Nantes où ils feraient bientôt leur entrée solennelle tandis que, dans toute la province, on les pressait de venir à bout du factieux et de ses soutiens.

– Vendôme se trompe d'époque ! s'exclamait mon beau-père. On n'est plus au temps de Mercœur, la bourgeoisie et même une partie de la petite noblesse ne soutiennent plus ces grands qui ne pensent qu'à leur fortune. La monarchie française a le vent en poupe, l'Histoire dira si elle le gardera.

Sur ces sages paroles, notre hôte s'est levé de table et Apolline et moi l'avons remercié avant de prendre congé. Il allait, disait-il, faire la sieste par cette forte chaleur. Les deux servantes s'étaient retirées et la maison Gallodais était silencieuse. J'ai traversé la cour avec Apolline, nous arrivions à la porte cochère et j'allais la quitter pour regagner mes pénates quand elle me dit :

– Tu sais que pour me consoler de mon veuvage – allusion à l'absence prolongée de son mari –, mon père m'a offert une belle jument blanche. Elle est à l'écurie avec les chevaux de la maison, viens la voir !

Comment refuser ? Le garçon d'écurie était absent, en repos lui aussi ce dimanche après-midi et cinq ou six chevaux se tenaient tranquilles dans leurs stalles, certains dormant debout, une patte de devant légèrement fléchie, d'autres allongés sur leur litière de foin. Parmi eux, cette fine jument blanche au regard doux, presque timide dont Apolline caressa délicatement le museau avant de se tourner vers moi :

– Il est gentil, mon papa, dit-elle en s'approchant de moi à me toucher. Toi aussi, Gildas, tu es gentil.

Le cidre et la chaleur lui coloraient les joues. Fixant sur moi des yeux étincelants, elle m'attira dans une stalle vide. Je perdais pied. L'excitation me gagnait et elle le vit, s'approcha encore, glissa une main sous ma chemise – il faisait si chaud que j'avais ôté mon pourpoint – et me caressa la poitrine puis, de son genou relevé, le membre. Maintenant aussi enflammé qu'elle, je troussai sa jupe, son jupon à dentelles, fis sauter la dernière défense de mince étoffe, l'étendis sur le foin et, puisqu'elle voulait du plaisir, je lui en donnai tout son saoul, impossible d'en douter. Nous avons reposé un moment côte à côte pour retrouver notre souffle et nos esprits.

Avant de la quitter, j'ai dit que nous avions eu une défaillance passagère et ne pourrions poursuivre dans cette voie sans issue. Elle s'est mise à pleurer, pleurer encore et rien n'arrêtait ses larmes. Embarrassé, je tentais de la consoler. La jument blanche assistait à la scène, impassible. Apolline s'est enfin calmée et nous nous sommes séparés. Rentré chez moi, je me traitais d'idiot pour avoir succombé à la tentation alors que, depuis mon arrivée à Vitré quatre ans auparavant, je n'avais pas dévié de la ligne que je m'étais fixée. J'ai convoqué les morts et les vivants, Constance qui du ciel avait dû constater avec désolation mon égarement, Julien que j'appréhendais de revoir, Apolline enfin dont je ne savais plus que penser. Était-elle à plaindre ?

Le dimanche suivant, j'assistais à la grand-messe en l'église Notre-Dame. Le moment de l'homélie étant venu, le prêtre est monté en chaire et je l'écoutais distraitement jusqu'à ce qu'il évoque le roi David de l'Ancien Testament et sa conduite criminelle. David avait aperçu une belle femme au bain. Bethsabée, c'était son nom, était mariée à l'officier Urie. Le roi David avait couché avec elle et un enfant était né, puis il s'était débarrassé du mari en le faisant guerroyer à un poste exposé avant d'épouser sa veuve. Furieux, l'Éternel envoya au roi juif le prophète Nathan qui l'accabla de reproches, menaça de livrer ses femmes à l'ennemi et lui prédit la mort du fils que Bethsabée lui avait donné, ce qui ne manqua pas de se produire. En entendant le prêtre, la foudre se serait abattue à mes pieds que je n'aurais pas été davantage stupéfait. Ce message m'était destiné. N'avais-je pas agi comme David ? J'imaginais Julien tué en Espagne ou noyé dans l'océan et sa mort me serait imputable, car c'était moi qui l'avais envoyé au loin avec sans doute quelque méchante arrière-pensée. Apolline aurait un enfant de moi qui, comme dans la Bible, mourrait. Honteux et accablé, j'appris plus tard, ayant recouvré mes esprits, que le prédicateur visait un important seigneur de Bretagne s'étant comporté comme le roi juif et qui, loin de s'en repentir, indisposait l'Église par son arrogance. Ça ne me rassurait qu'à demi et je pensais que Dieu, m'atteignant aussi par le truchement du prêtre en chaire, avait fait d'une pierre deux coups.

2

DIES IRAE

Le Christ donna à ses apôtres le pouvoir de pardonner les péchés à ceux qui se repentaient sincèrement et les apôtres ont transmis ce pouvoir aux prêtres de l'Église catholique. Ceux-ci reçoivent en confession les pécheurs repentants tandis que les pasteurs des Églises protestantes, non consacrés par le sacrement d'ordination et le plus souvent mariés, y ont renoncé. Chez les Huguenots, on se confesse à Dieu sans intermédiaire, ce qui peut être plus facile… ou plus difficile. Élevé dans la foi catholique, je me suis souvent confessé et l'aveu de mes péchés pratiqué avec sincérité était précédé d'un examen de conscience. J'ai vérifié qu'indépendamment de sa fonction religieuse, cet examen encourage la réflexion sur les actes accomplis, leurs causes et leurs conséquences ainsi que sur les relations que l'on établit et entretient avec autrui. Cela devant permettre de devenir plus clairvoyant au sujet de son propre caractère, de ses conduites et fatalement de celles d'autrui en progressant dans la connaissance du cœur humain. Après l'épisode de la jument blanche, j'ai fait le bilan de ma vie depuis mon arrivée à Vitré, exercice qui me paraissait indispensable pour déterminer le cours que je tenterais d'imprimer à mon avenir.

Mon veuvage prolongé n'était pas une réussite. J'avais pensé trouver une famille protectrice chez les Gallodais mais maintenant surgissaient des complications inattendues. Quoique ! N'avais-je pas décelé le jour de mon mariage des signes avant-coureurs du côté d'Apolline et de Julien, qui auraient pu et même dû m'alerter ? Désormais je voyais Apolline souvent rêveuse ou triste, parfois les yeux rougis, et Julien maussade tandis que sa propension à boire trop de vin s'aggravait. Il lui faudrait pourtant bientôt se rendre en Angleterre pour élargir le champ de nos exportations. Que dire, que faire pour eux ? Ce n'était pas Pierre, le frère d'Apolline maintenant grand vicaire à l'évêché de Rennes, qui aurait pu débrouiller l'écheveau, trouver les mots à dire, lui qui en matière de relations entre hommes et femmes était resté un enfant. Ne sachant comment aider ce couple en difficulté, je cessai d'y penser pour songer à un remariage dont j'avais jusque-là banni l'idée. Françoise, ma petite Françoise avait une grand-mère dévouée, des tantes affectueuses, de gentils cousins et cousines pour jouer mais pas de maman. Hortense Gallodais vieillissait et se fatiguait vite. Craignant d'être sévère ou à l'inverse faible, elle disait ne plus savoir comment s'y prendre avec les enfants. Mais quand bien même je me serais remarié, une belle-mère n'aurait pas été une mère pour ma fille et la mort de Constance paraissait irréparable.

J'avais entamé mon tour d'horizon intérieur par la famille mais j'aurais pu le faire par les toiles de Vitré car c'était pour en vivre que j'étais venu dans cette ville. Il est vrai que la famille et les toiles ne faisaient qu'un et que les toiles n'étaient pas envisageables pour moi sans la famille. Si je n'avais pas épousé autrefois Constance, je n'aurais jamais eu l'idée de venir travailler à Vitré dans l'entreprise familiale. Il me fallait également admettre que mon séjour prolongé à Sanlúcar chez François Gallodais, notre association et l'estime que me portait maître Gallodais m'avaient permis de devenir maître toilier. Si je voulais aller au fond des choses, je devais encore convenir que ma jeunesse au Croisic puis à Nantes, au sein d'un milieu familial de commerce maritime, avait influé sur les choix qui m'avaient conduit là où je me trouvais maintenant. Dans le domaine ardu, souvent imprévisible des affaires, quel était mon bilan ?

À première vue, plus que satisfaisant. Les exportations auparavant dirigées surtout vers Sanlúcar et qui maintenant s'envolaient vers Bilbao et Cadix au sud, Anvers et Bruges au nord, bientôt vers les ports anglais, avaient maintenu la maison Gallodais parmi les toutes premières de la place. Quelle satisfaction de se dire qu'en Europe et aux Amériques, le vent soufflait dans nos toiles pour propulser des multitudes de barques de pêche et que des chariots innombrables, sur les deux continents, transportaient des ballots de marchandises enveloppées dans des toiles Gallodais, avec la marque de la maison, un grand « G », imprimée sur la toile ! Mais aussi qu'une infinité de foyers en faisait un usage domestique dont aucun ne pouvait se priver. L'entreprise était depuis un siècle aux mains de cette famille et je trouvais normal de garder la marque et le nom. Le mien m'eût paru incongru. Tant pis pour ma vocation envolée de professeur, quelle fierté de travailler à la prospérité de la Bretagne ! Plus particulièrement du pays de Vitré, et de donner du travail à tant de paysans qui, sans cet appoint, auraient été exposés à la pauvreté, voire la misère. Toutefois, la situation ne laissait pas d'être préoccupante.

Car elle était révolue, la grande époque des toiliers de Vitré qui, au siècle passé, avaient fait de leur ville une des plus importantes et belles de Bretagne. Aujourd'hui, tout le monde faisait de la toile et Vitré déclinait, écrasée par la concurrence. J'avais évité à la maison Gallodais, je crois, un affaiblissement fatal grâce à une vigoureuse politique d'exportation mais pour combien de temps ? Le commerce ne s'affranchissait d'un système de réglementation stérilisant que pour devenir une forêt vierge fournie de fauves qui s'entredévoraient, et où les grands finissaient toujours par croquer les petits. J'étais bien placé pour le savoir.

M'appuyant grâce à mes beaux-frères prêtre et chasseur sur les gens d'Église et de noblesse qui m'adressaient leurs commandes, j'avais imposé deux prix différents pour mes toiles en fonction de leur qualité. Leur succès avait détourné maints tisserands de confrères qui maintenant végétaient, accrochés à leur prix unique. Tandis que l'argent venait garnir mes caisses, j'avais découvert la souffrance de nos campagnes. Pour résister à la concurrence, les toiliers achetaient moins de toiles aux paysans et les payaient moins cher. Des enfants demeuraient durant des heures attelés à leur machine et de vieux paysans à demi aveugles ou perclus de rhumatismes s'échinaient à tisser pour des sommes dérisoires, car moi aussi j'avais dû baisser le prix d'achat des toiles, notamment celles de moins bonne qualité. Dois-je l'avouer ? Au début j'étais choqué puis mon cœur s'était endurci. Je calmais mes scrupules en signalant les cas les plus douloureux à l'association charitable du Tiers Ordre. Dans l'immédiat, l'important était de continuer à développer les exportations et je voulais envoyer Julien vers les ports anglais du Hampshire, du Dorset et du Devon. Cette mission risquait d'être moins fructueuse que son voyage à Bilbao car Marie de Médicis, la régente, et son ministre Concini, maréchal d'Ancre, privilégiant les relations avec l'Espagne, s'éloignaient de la politique du feu roi Henri IV qui avait été un anglophile affiché.

Nonobstant l'hostilité du Parlement, notre gouverneur le duc de Vendôme galvanisait toujours la noblesse et gardait sous sa loi beaucoup de places-fortes en Bretagne. Celle-ci n'aspirait qu'à la paix, ayant tant souffert des guerres civiles et tentant de se relever de ses ruines, mais la petite noblesse restait sensible aux rêves de liberté et de soulèvement contre la tyrannie monarchique. Les amis de mon beau-frère Henri, le grand chasseur, se réunissaient dans sa gentilhommière et ne juraient que par Vendôme, voulant d'autant plus le soutenir qu'il leur avait promis de chasser de Vitré les Calvinistes honnis et la duchesse douairière de la Trémoille, fidèle de cette religion prétendument réformée. La duchesse, souvent sur ses terres du Poitou, à Thouars, n'était guère populaire à Vitré. Ces petits nobles, pauvres pour la plupart, manquaient de l'argent nécessaire pour se procurer des armes et des chevaux. Lors d'un conciliabule, ils se sont rappelé l'aide qu'ils m'avaient apportée contre quelques-uns de la confrérie des toiliers d'outre-mer. Me croyant plus riche que je n'étais, ils ont chargé mon beau-frère de m'enrôler financièrement dans leur combat pour la sauvegarde des libertés bretonnes. À Rennes, presque à portée d'arquebuse de Vitré, ces messieurs du puissant Parlement de Bretagne avaient pris

Vendôme en horreur et juraient de le chasser. Leur proximité avec les gens de loi et de justice de Vitré pourrait se révéler mortelle pour la maison Gallodais si mon aide aux conspirateurs était divulguée. Conduit à ces réflexions amères par le bilan de ma vie, conscient d'être piégé tel un poisson dans une nasse, j'étais déterminé à m'en sortir. Mais comment ?

Dans quelque temps je pourrais renoncer aux toiles de Vitré, ayant engrangé une fortune suffisante pour acquérir un bien à la campagne avec deux ou trois fermes autour dont les fermages, ajoutés aux rendements des capitaux demeurés investis chez les Gallodais de Vitré et de Cadix, me permettraient de voir venir. Mon devoir était de laisser l'entreprise entre de bonnes mains et je commençais à en entrevoir la possibilité. Julien et Apolline avaient plusieurs enfants dont le fils aîné, âgé de plus de vingt ans, portait le prénom de son grand-père qui l'aimait bien. La mésentente de ses parents éprouvait Bertrand et il venait parfois se réfugier chez moi. Le prenant en sympathie, je l'avais emmené à des parties de chasse chez mon beau-frère qui était aussi son oncle. Bertrand devait aller étudier le droit à Rennes. Son départ n'étant pas prévu avant trois ou quatre mois, je lui ai proposé de s'initier au fonctionnement de l'entreprise familiale et l'ai confié à Martin, le commis principal. Celui-ci n'a pas tardé à me confirmer que le jeune homme, résistant à la fatigue, avait l'esprit ouvert, ne manquait ni de mémoire ni de bonne volonté, ne rechignait jamais à l'ouvrage mais comprenait vite et voulait s'instruire. À la même époque, son père perdait pied, le visage marqué par la boisson dont il abusait chaque jour. J'ai convoqué Julien et lui ai dit qu'il ne paraissait pas en assez bonne santé pour se rendre en Angleterre comme prévu. Je m'attendais à une réaction véhémente. Ne protestant que pour la forme et semblant même soulagé, il s'est inquiété de savoir qui partirait à sa place. Je lui ai répondu que je trouverais une solution. C'est à son fils Bertrand que je pensais. Le jeune homme avait commencé à apprendre la langue anglaise et Martin me proposait de le faire accompagner par un commis expérimenté qui l'assisterait discrètement dans sa mission. Mon idée était de ne rien brusquer, de m'assurer que le neveu était non seulement apte à devenir maître toilier mais qu'il en avait le désir, puis de le hisser à mon niveau pour qu'il me remplace. Je me donnais trois ans pour préparer Bertrand à ses futures responsabilités, sans perdre de vue que, si l'homme propose, Dieu dispose.

S'agissant de la famille, mon seul sujet de préoccupation était ma relation avec Apolline et son époux. Veillant à ne plus les rencontrer qu'en nombreuse compagnie, lors de réunions à caractère familial ou professionnel, j'assistais navré à la décomposition de leur couple sans pouvoir faire autre chose que de verser son salaire à Julien qui ne rendait plus beaucoup de services à l'entreprise. La demande d'aide des amis du gouverneur de Bretagne, que j'avais jusque-là laissée de côté, était le plus embarrassant des problèmes auxquels je devais désormais faire face.

Au plan pratique, j'ai dit les conséquences funestes auxquelles j'exposais l'entreprise Gallodais si j'aidais les rebelles et me voyais démasqué. Il y avait aussi le plan éthique. J'adhérais en cette matière à la doctrine de l'Église pour qui la rébellion contre le prince ne devient légitime que s'il fait supporter au peuple une tyrannie arbitraire et sanglante. Pour indigeste que fût la gouvernance de la Médicis et odieux les abus de pouvoir de Concini, mari d'une amie d'enfance de cette Florentine, on était loin d'un motif légitime de soulèvement, d'autant que la grande majorité de ceux qui avaient voix au chapitre dans la province y était catégoriquement opposée. Là où le bât blessait, c'est que ces messieurs des châteaux m'étaient venus en aide et que je leur en étais redevable, faisant fortune grâce à la pression exercée par eux sur leurs paysans pour ruiner mes persécuteurs royaux qu'ils haïssaient. Lors d'une visite à ma marquise rennaise, femme de bon conseil qui avait toute ma confiance, je lui fis l'exposé de mon problème et l'aveu de mon incapacité à le résoudre.

Après un instant de réflexion, elle a mentionné un vieil ami de sa famille, père jésuite, professeur de philosophie au collège de notre belle ville de Rennes, érudit d'une grande sagacité. Qui mieux que lui saurait débrouiller ma situation ? J'ai laissé mon amie à ses pieuses lectures et pris congé sans faire le détour par sa chambre à coucher, tant j'étais pressé de rencontrer ce père jésuite. Au collège où, par chance, il terminait un cours, il a consenti à me recevoir dans la grande bibliothèque de l'établissement. J'ai donné de bonnes nouvelles de la marquise, en transmettant ses amitiés, puis exposé le motif de la consultation que je sollicitais. « Consultation », le mot lui plut. On demande conseil à un ami mais on consulte un expert, un docteur, ce qu'il était d'ailleurs, en théologie comme en philosophie. Concentré sur mon problème, il marchait de long en large dans la bibliothèque. Je ne fus pas déçu par l'ordonnance prescrite :

– Lors de vos démêlés avec des membres influents de votre confrérie, ce n'est pas à ces gens ligueurs des châteaux que vous vous adressâtes mais à votre seul beau-frère Henri. C'est encore lui qui vous fit savoir le succès de son ambassade auprès d'amis qui, dans leur propre intérêt, avaient satisfait à sa demande et non à la vôtre, la plupart ne vous connaissant que par ouï-dire. Même si c'est leur assistance que vous reçûtes, c'est vers lui que doit se diriger votre reconnaissance et, s'il requiert une aide financière pour quelque projet, c'est à lui que vous devrez l'apporter. Et ce sera à sa conscience, non à la vôtre, de décider si l'usage qu'il compte en faire est licite ou non.

À l'entendre, j'étais bouche bée. Salomon lui-même n'aurait pas dit mieux ! Je me confondis en remerciements et lui demandai quels nouveaux ouvrages savants il désirait posséder. Il m'a donné quelques titres dont j'ai pris note. Je les lui ferais porter, ai-je dit avant de courir remercier la marquise et l'inviter à dîner dans la meilleure rôtisserie de la ville. La soirée fut très gaie. Ensuite il était trop tard pour rentrer à Vitré, j'ai goûté chez mon amie un sommeil paisible et mon cheval a paru se plaire dans l'écurie de son hôtel.

Après cette belle saison tourmentée, je fus ravi que les dispositions prises sur les conseils du père jésuite conviennent à mon beau-frère et à ses amis tout en garantissant la sécurité de mes affaires de toile. Mais la vie est ainsi faite que les accalmies sont rarement de longue durée. Nous abordions l'hiver quand j'ai trouvé dans un état de grande agitation les parents Gallodais qui m'avaient mandé. Apolline sortait de chez eux. Julien avait pris froid la semaine passée et le médecin avait reconnu une fluxion de poitrine. Depuis la veille, l'état du malade empirait, il s'agitait, semblait égaré, parlait tout seul et croyait voir des bêtes qui le terrifiaient. La nuit avait été épouvantable. Apolline avait fait appeler le médecin et demandé à ses parents du renfort pour garder Julien et alerter le docteur Croissant de Garengot, maître chirurgien à Paris séjournant à Vitré d'où il était originaire. Le père maintenant disparu de ce chirurgien réputé, lui-même chirurgien, avait été un ami de la famille Gallodais. Dans la journée, je suis passé chez Apolline qui m'a exposé la situation avant de me présenter au docteur de Garengot venu en consultation et que j'ai entendu dire au médecin de famille :

– Mon cher confrère, parler latin n'est pas le fort du chirurgien que je suis et je laisse d'ordinaire cela aux médecins. Cependant je vais faire une exception car, dans le cas de notre patient, le latin dit tout en peu de mots. Cet homme souffre d'un *delirium tremens a potu suspenso*, délire survenu chez un buveur brutalement sevré d'alcool, en l'occurrence parce qu'alité avec une fluxion de poitrine.

– C'est aussi mon avis, dit le médecin de Vitré. Vu l'état de son foie, j'ai hésité à le soulager avec un peu d'alcool.

Il ne savait s'il devait être flatté de visiter un patient en compagnie d'un éminent praticien parisien ou vexé de jouer les seconds rôles. Tandis que les deux confrères s'entretenaient d'un traitement sédatif à base de jusquiame, ironiquement appelée « herbe de sainte Apolline », j'ai pris congé en assurant ma belle-sœur de ma sympathie et en lui disant de m'appeler si l'état du malade s'aggravait. Je pensais sans le dire que c'était à craindre. Couvert de transpiration, Julien tremblait, voyait dans la chambre d'énormes rats auxquels il cherchait à échapper. Plus calme parfois, il donnait l'impression d'être devant un métier à tisser car on le voyait reproduire les gestes du tisserand appris dans sa jeunesse. Les jours suivants, alors que l'agitation se calmait, des complications nouvelles ont surgi. Julien s'est mis à vomir du sang en abondance. Il s'est vite affaibli et, après avoir reçu les derniers sacrements, a rendu l'âme par une nuit sans lune. Apolline m'avait prévenu et j'étais présent. Bertrand, parti en Angleterre, n'a pu assister aux obsèques de son père.

Dans les semaines suivantes, Apolline a compris que ce n'était pas seulement la présence de son mari qui empêchait une relation amoureuse entre nous. Plaisante, jolie, ma belle-sœur avait l'esprit vif mais je ne pensais pas pouvoir m'entendre avec elle. Aux jours lointains de mon séjour forcé à Vitré, à l'époque de la Ligue et de Mercœur, dans les caractères des deux sœurs quelque chose déjà me plaisait chez Constance et me détournait d'Apolline. L'aînée accordait aux autres l'attention que la cadette attendait d'eux. J'espérais que celle-ci, devenue veuve, refasse sa vie et trouve un mari à son goût, ce qui arrangerait tout le monde. Si elle s'entêtait à mon sujet et se sentait dédaignée, je redoutais qu'elle me devienne hostile. Sans doute alors devrais-je quitter Vitré car je voulais des relations paisibles à défaut d'être amicales. Son attitude à mon égard n'a pas évolué comme je le craignais. En ma présence elle se montrait aimable et même enjouée mais ce n'était qu'une façade et il apparut bientôt aux yeux de ceux qui la fréquentaient, ou même seulement la rencontraient, qu'elle dissimulait mal une incurable mélancolie. Pour la plupart, ignorant la désunion ancienne du couple, c'était dû à son veuvage précoce. Sa pâleur s'accentuait, elle peinait à dissimuler sa maigreur et les cernes qu'elle avait aux yeux. On la plaignait, certains la disaient atteinte de cette implacable maladie qu'on appelle cancer, qui vous ronge le corps et finit par vous abattre. J'ai repensé à une conversation que j'avais eue en Andalousie avec Constance au sujet d'Apolline. Nous évoquions les circonstances de ma fuite qu'elle avait favorisée parce qu'Apolline voulait se jeter dans mes bras. Comme je l'accusais plaisamment de jalouser sa cadette, elle avait rétorqué :

– Peut-être, mais Apolline était amoureuse de toi.

Après cela, j'avais pensé que Constance n'était pas fâchée de vivre à Sanlúcar plutôt qu'à Vitré, puis je n'y avais plus pensé.

Nous sommes maintenant en 1615, après l'hiver endeuillé voici le printemps revenu et me voilà bientôt quadragénaire ! Lors d'une course à la campagne, j'ai vu avec bonheur éclore les fleurs jaunes des ajoncs partout sur les haies, les violettes et primevères à la lisière des champs, les modestes pâquerettes dans les prairies. Ce renouveau dissipe l'amertume. Henri, mon beau-frère chasseur et Marguerite son épouse, ont proposé aux Vitréens c'est à dire à Apolline, ses deux filles et Bertrand, Françoise et moi, d'aller passer un dimanche près d'Argentré où se trouve leur manoir. Les parents Gallodais auraient aimé venir mais ne s'en sentent plus capables. Si le beau temps se maintient, nous irons en promenade et déjeunerons sur l'herbe.

Le jour venu, on a quitté Vitré après la messe. J'accompagnais à cheval la charrette de la maison Gallodais conduite par Bertrand et transportant les enfants avec Apolline qui affichait une gaieté forcée. Après un trajet sans histoire, ce fut l'arrivée au manoir par une longue allée bordée de hêtres hauts et droits qui lui donnait des airs de château. Le soleil était au rendez-vous et Marguerite avait tout préparé. Après un bref repos, nous sommes repartis à pied vers la proche paroisse de Gennes-sur-Seiche, au sud, où les enfants voulaient voir le château de la Motte, construit au siècle précédent et toujours aux mains des Huguenots. Installés non loin du château à l'orée d'une prairie tranquille, on a déjeuné de pâté, de jambon, de pain blanc et de fruits, le tout arrosé de cidre sec, ce qui bousculait les habitudes et amusait les enfants. L'heure eût été plaisante sans l'air contraint d'Apolline. Une fois repus, on s'est dégourdi les jambes en allant admirer le vaste étang de la Motte, hérissé de hautes herbes et sur lequel courait une légende à vous donner des frissons.

Un seigneur huguenot du siècle passé, voulant s'y baigner, se serait empêtré dans les hautes herbes et aurait appelé à son secours des lavandières proches qui le laissèrent se noyer. Depuis, longer l'étang à l'approche de la nuit, c'est risquer d'entendre un corps tomber à l'eau et d'apercevoir une ombre terrifiante. La bête de la Motte ! Nous évoquions cette histoire devant la surface miroitante sans remarquer qu'Apolline s'éloignait. Stupéfaits, on l'a vue entrer dans l'eau, s'éloigner du bord en titubant puis basculer vers l'avant. Nous avons couru, crié. Par chance, il y avait là une barque mal attachée à un piquet par une corde que j'ai pu dénouer. Henri et moi avons sauté à bord pour rejoindre Apolline en appuyant la rame sur les hautes herbes. Elle se débattait, on a eu du mal à la sortir de l'eau. Après le soulagement, l'accablement. Apolline était trempée. Le retour fut pénible. Bertrand était blême et les enfants muets. Nous avons tous passé la nuit au manoir où Marguerite n'a pas quitté Apolline qui restait prostrée. Le lendemain, Henri allait chercher le médecin de famille de Vitré. Apolline paraissait absente, ne répondait pas, s'alimentait à peine. Les jours suivants, aucune amélioration, le médecin est revenu la voir et a mentionné Saint-Méen, à Rennes, où l'on enferme ceux qui ont perdu l'esprit. Dans la famille, c'était la consternation mais aussi l'hésitation à cause de la honte et du qu'en-dira-t-on. Marguerite voulait croire qu'elle sauverait sa sœur de la démence mais au bout de quelques semaines dut se rendre à l'évidence que c'était peine perdue. Après une nouvelle crise d'agitation, la pauvre Apolline fut conduite à Saint-Méen que l'on prononce « Saint-Main ». Frères et sœurs pénétraient avec appréhension dans cet établissement qui jusque-là n'était pour eux qu'un nom évoquant des images à la fois inquiétantes et cocasses.

Louise, la religieuse hospitalière, voulait faire revenir sa sœur à Vitré pour mieux veiller sur elle et surtout l'éloigner de ses compagnes d'infortune dont certaines faisaient peur. La famille avait donné son approbation lorsque la nouvelle est tombée. Ayant cessé de s'alimenter, Apolline, que le médecin des aliénés disait atteinte d'une « mélancolie stuporeuse », avait succombé à la consomption entraînée par son anorexie. Henri et Marguerite ont pris chez eux les deux petites et Bertrand est venu chez moi. Pierre, le prêtre, a dit qu'il aiderait sa sœur à élever les orphelines et François, à Cadix, s'est déclaré prêt à les recevoir aussi longtemps qu'elles voudraient. Apolline repose avec Julien dans la tombe familiale du cimetière de Champeaux où j'avais fait rapatrier, non sans complications, la dépouille de Constance.

Papa Gallodais n'entendait plus bien, n'y voyait plus guère et avait grand mal à se déplacer. Écrasé de chagrin depuis la mort d'Apolline succédant à celle de Constance, il a quitté cette terre d'épreuves et de douleurs aux premiers froids. Restée seule dans sa grande maison avec ses servantes, ses souvenirs et ses chats, maman Gallodais était heureuse de recevoir ses petits-enfants de temps en temps. Marguerite se préparait à l'accueillir chez elle quand cela deviendrait nécessaire. Quant à moi, j'étais abasourdi. L'internement d'Apolline et son décès s'étaient ébruités à Vitré. Françoise me harcelait de questions sur sa tante, sur sa mère, sur la mort, sur Saint-Méen où des petites camarades de l'école des sœurs lui avaient dit qu'on mettait les fous. Doutant que sa mère soit vraiment morte dans un naufrage, Françoise m'a demandé si elle n'avait pas fait comme sa tante. Je m'efforçais de répondre avec calme à ses questions, sans détailler. Je lui disais qu'il y a dans la vie des périodes où surviennent toute sorte d'événements tristes mais qu'après la pluie vient le beau temps. Nous avions eu beaucoup de chagrin, maintenant tout devrait aller mieux. Cette façon d'envisager le cours de la vie, disais-je, était plus vraie encore pour les jeunes comme elle.

Là-dessus, une lettre de mon amie, la charmante marquise rennaise, m'apprenait que des accidents de santé l'avaient contrainte à quitter sa maison pour trouver refuge dans un couvent accueillant des pensionnaires et où, disait-elle, elle pourrait faire son salut au cours du peu de temps qui lui restait à vivre.

3

LES HUGUENOTS

Face à ces deuils et coups du sort en série, je sentais qu'il fallait tenir bon en remplissant mes obligations jour après jour. Quand les choses vont mal, on peut parfois plier bagage mais ce n'était plus mon cas. Sans mes devoirs envers la maison Gallodais, je me serais rendu à Cadix pour travailler de nouveau avec François et c'eût sans doute été une erreur. Même si mon beau-frère s'en sortait bien, le royaume d'Espagne connaissait de grandes difficultés, les esprits s'échauffaient et le commerce en pâtirait. Assailli de scrupules de conscience après la fin tragique d'Apolline, je me demandais si je n'avais pas l'art de semer la mort autour de moi et songeais à imiter la marquise. Marguerite, ma belle-sœur qui couvait avec bonne humeur ses cinq enfants et les deux filles d'Apolline en attendant maman Gallodais, se chargerait bien de Françoise en supplément. Un peu de réflexion me convainquit de l'inanité d'un tel projet. Mon caractère indépendant, mon goût du changement étaient incompatibles avec la morne discipline d'une vie conventuelle. Privé d'échappatoire, je me suis arc-bouté sur mon travail de maître toilier.

Deux ans plus tard, je commençais à en voir les fruits. L'entreprise prospérait et Bertrand avait les qualités requises pour m'épauler. Il m'était possible de m'absenter et j'ai décidé de me rendre à Nantes et au Croisic pour embrasser les miens que je n'avais pas revus depuis longtemps. J'avais le mal du pays. J'emmènerais Françoise qui, allant sur ses quinze ans, devenait une jeune fille. Bertrand vivait toujours chez moi et je craignais de voir leur habituelle proximité se conclure un jour par un mariage entre cousins germains qui m'aurait paru hasardeux.

Françoise a découvert ce qu'était un voyage, comment l'organiser et combien comptait l'aide de la famille. Une charrette Gallodais nous a d'abord conduits à Rennes d'où partent régulièrement des coches à destination de Nantes. Nous avons pris l'un d'eux et trouvé à Nantes mon oncle Daniel le prêtre, son frère Guillaume le marchand et ma tante ainsi que celles et ceux de mes cousins et cousines demeurés dans la grande ville. On était heureux de se revoir et ils se réjouissaient de rencontrer Françoise et de me présenter les épouses et époux. Retrouvailles d'autant plus douces que les blessures de la guerre civile se cicatrisaient, qu'on évitait de parler du passé pour voir du bon dans le présent et espérer enfin un avenir prometteur. Un vent d'optimisme recommençait à souffler ! Mon oncle prêtre, qui m'avait élevé comme un père et me reconnaissait quelque mérite, aurait préféré pour moi, au commerce des toiles de canevas, une belle carrière professorale, je le voyais bien. En revanche, l'oncle marchand me félicitait pour ma réussite à Vitré où je faisais honneur à la famille, disait-il. Mes deux oncles et ma tante qui n'étaient plus jeunes évitaient par pudeur de mentionner les misères de l'âge mais je me rendais compte qu'ils les subissaient, petites souvent, grandes parfois et je me demandais dans quel état de santé je trouverais ma mère au Croisic où mon frère Jos était demeuré maître de barque, habitant chez elle avec Fatima son épouse. J'ignorais si un manque d'enthousiasme de la famille à son égard ou à celui de Fatima l'avait dissuadé d'aller à Nantes. Mon oncle Guillaume a trouvé un navire qui descendrait la Loire, relâcherait au Croisic et dont le capitaine voulait bien nous prendre à son bord.

Quelques jours à Nantes puis on était au Croisic chez ma mère que j'ai embrassée avec toujours la même émotion, heureuse de connaître Françoise sa petite fille. Fatima, présente, l'aidait beaucoup et c'était heureux car la pauvre avait le souffle court et se déplaçait avec peine. Les deux femmes paraissaient s'entendre. Ma mère m'a dit que Fatima ne se plaignait jamais de rien ni de personne et qu'il était difficile de savoir ce qu'elle pensait exactement. Elle attendait un enfant et la présence d'un nouveau-né aurait pu être fatigante mais, a-t-elle ajouté, si le petit était comme sa mère on ne l'entendrait pas beaucoup. Le lendemain de notre arrivée, alors que Fatima était partie faire des achats en emmenant Françoise avec elle, ma mère me dit :

– Je ne me sens pas très bien, tu sais. Tu vis loin d'ici et ne peux pas venir souvent. C'est peut-être la dernière fois qu'on se voit.

Alors que je tentais sans conviction de la rassurer, me vint à l'esprit l'idée qu'après sa disparition le mystère de ma naissance ne serait jamais éclairci. Cette crainte exigeait d'être apaisée et j'ai maîtrisé mon émotion pour dire :

– Pardonnez-moi, ma mère, mais il y a bien longtemps j'ai découvert que mon vrai père n'était pas celui que tout le monde connaissait. Depuis, je me suis demandé qui il était. Je crois que si vous me le disiez, j'en serais grandement réconforté et peut-être vous aussi.

Je redoutais de l'avoir fâchée. Ce n'était pas le cas et j'ai même eu le sentiment qu'elle était contente de parler :

– Ton père était un marin du Croisic, un voisin qui, comme plusieurs de sa profession naviguant jusqu'en Angleterre, s'était converti à la religion qu'ils appelaient réformée. Un beau gars, gentil et courageux mais dont mes parents ne voulaient pas à cause de sa religion. Il était amoureux de moi et je le trouvais à mon goût. Les mois passaient et mes parents ne voulaient rien savoir. Quand mon marin était à terre, on se voyait en cachette. Un jour, fatalement, je lui ai cédé et par malheur il disparaissait peu après dans un naufrage. Je souffrais de l'avoir perdu et ensuite, comprenant que j'étais enceinte, j'étais désespérée. J'en ai parlé à ma mère qui était bonne et a gardé son calme. Elle m'a dit de ne pas perdre courage et qu'on allait me trouver un mari. Mes parents connaissaient un brave garçon timide, un fils de marchand qui s'intéressait à moi et leur avait fait savoir qu'il m'épouserait. Ma mère se reprochait d'avoir empêché mon mariage avec le marin car, bien que mal vue comme femme de Huguenot, j'aurais été une veuve honorable avec un petit. Elle s'est donc chargée de la mission délicate auprès du jeune marchand et il faut croire qu'elle a su s'y prendre car le mariage s'est fait très vite. Ainsi tu auras eu un père et une famille, sinon j'aurais été une fille-mère dont personne n'aurait voulu et la honte aurait rejailli sur mes parents, mon frère prêtre à Nantes, sur toi aussi et tous nos proches.

J'ai réclamé quelques détails sur mon vrai père et sa famille, et assuré ma mère que j'étais heureux de l'avoir entendue car je m'étais fait toute sorte d'idées, croyant même mon père espagnol !

Pour retourner à Vitré, Françoise et moi sommes repassés par Nantes. L'ayant laissée avec ses cousins chez mon oncle Guillaume et me trouvant place du Bouffay afin de retenir deux sièges dans le coche qui nous conduirait à Rennes le lendemain, j'ai cru reconnaître une silhouette qui venait dans ma direction. Quand elle fut proche le doute n'était plus permis, il s'agissait d'Anne Kervour. Étreint de saisissement, j'ai repris mes esprits et suis allé vers elle :

– Anne !

– Gildas…

Elle a vu que j'étais heureux de cette rencontre imprévue, je le lui ai dit et elle a souri. Je la retrouvais toujours aussi aimable et sûre d'elle-même, demeurée belle malgré le poids des ans. Anne a voulu savoir si j'étais revenu vivre à Nantes et ce que j'avais fait pendant toutes ces années où l'on s'était perdus de vue. J'ai abrégé mon histoire et en quelques phrases ont défilé Sanlúcar, Vitré et les toiles, mon mariage et mon veuvage, Françoise. Elle-même n'était pas remariée et vivait à Nantes, proche de sa fille, du gendre et des petits-enfants. Peu pressés de se quitter, on a marché dans Nantes d'un pas de promenade et nous longions maintenant le quai de la Fosse. J'ai mentionné les drames vécus à Vitré ainsi que mon projet de laisser un jour l'affaire des toiles à un neveu pour me retirer à la campagne avec ma fille. Je voyais Anne décontenancée par ce retour inattendu d'un passé qui avait laissé sur elle sa marque, sur moi aussi comme elle le constatait, susceptible d'ouvrir des perspectives nouvelles mais aussi de raviver des interrogations. Je ressentais pour elle comme autrefois une attirance grandissante qui menaçait de tout balayer. C'était l'heure de midi et dans cette rue vide j'ai passé mon bras autour de son cou pour l'embrasser furtivement, doucement.

Elle n'a pas protesté. Ce fut de ma part l'emballement, elle me plaisait toujours et, malgré ma réticence à employer les grands mots, je crois pouvoir dire que je l'aimais d'amour. Je voulais vivre avec elle le reste de ma vie ! Elle en parut effrayée puis aligna les objections, sa fille, ses petits-enfants et toujours ces deux religions dressant un mur quasi-infranchissable entre nous. Le passé semblait se reproduire, néanmoins pas à l'identique et je me sentais moins désarmé qu'autrefois pour affronter les difficultés évoquées par Anne. Si l'on s'était retrouvés grâce à Dieu, ai-je répondu, c'était pour apporter la preuve qu'un tel mariage était possible. Voyant mon élan, mes arguments entamer ses hésitations, j'ai ajouté qu'elle pourrait venir m'épouser et habiter à Vitré où le culte protestant était régulièrement célébré dans un temple. Elle y pratiquerait sa religion et même dans de meilleures conditions qu'à Nantes où le lieu de culte autorisé se trouvait à l'extérieur de la ville. Si Vitré ne lui convenait pas, j'envisagerais de renoncer à l'entreprise de toiles pour venir vivre aux environs de Nantes dans une propriété dont je ferais l'acquisition avec son accord. En ce cas, elle-même souhaiterait peut-être garder à Nantes un logement où passer l'hiver, à moins d'envisager un achat à Paris dont l'étendue et le nombre d'habitants assurent à chacun plus d'indépendance. Face à cette offensive, Anne ne disait pas non. Elle demandait à réfléchir et faisait la promesse de m'écrire prochainement. L'hiver serait propice à un échange de lettres. Au printemps, nous déciderions. On s'est aperçus qu'on avait beaucoup marché dans Nantes et que l'heure était venue de nous quitter. Anne fut affectueuse au moment des adieux.

Lors du retour à Rennes, j'ai demandé à Françoise qui me trouvait plus gai si elle aimerait vivre à Nantes. La ville lui plaisait mais ses cousines lui manqueraient, voilà ce qu'elle a répondu. À Vitré retrouvé, l'image d'Anne, sa silhouette, le son de sa voix ne me quittaient pluss. Parfois saisi d'angoisse, j'attendais impatiemment une lettre. Et si elle allait m'écrire qu'une vie commune nous exposerait à de nouveaux déboires tant nos deux religions étaient incompatibles ? La lettre est arrivée : « *Mon cher amour...* » Elle avait écrit « *Mon cher amour* » ! Ces mots, après avoir ravi mes yeux, quittaient l'encre et le papier, voletaient dans l'air, venaient flatter mes oreilles. Depuis la mort de Constance, combien m'avaient-ils manqué ! Soudain j'eus honte, j'avais aimé l'amour de Constance, j'aimais l'amour d'Anne mais avais-je eu de l'amour pour l'une, en avais-je maintenant pour l'autre ? Mes amours étaient-elles interchangeables ? Je me rassurais en pensant à Apolline éprouvée par mon indifférence. Non, je n'étais pas un panier percé de l'amour et le « J'aimais à aimer » de saint Augustin évoquant sa jeunesse libertine ne s'appliquait pas à moi. J'ai lu la longue lettre et j'étais perplexe. Anne m'aimait depuis ces années d'autrefois où l'on s'était rencontrés puis fréquentés puis séparés et elle n'avait jamais cessé de m'aimer, disait-elle. C'est même pour cette raison qu'elle ne s'était pas remariée. Me revoir lui causait un bonheur hélas non sans mélange, car si les circonstances n'étaient plus les mêmes que jadis, elles demeuraient peu favorables à notre union. Chacun respectant la foi et les pratiques de l'autre, c'est encore de l'extérieur que viendraient le tangage et peut-être le naufrage de notre couple.

Dans toute l'Europe, catholiques et protestants continuaient à se combattre et, quand ils cessaient de le faire, c'était pour s'enfermer dans leurs forteresses respectives et se regarder comme chiens et chats. Depuis la fin des guerres civiles, ils vivaient au royaume de France en citoyens de nations différentes, les protestants ayant constitué un État dans l'État et possédant de nombreuses « places de sûreté », aux gouverneurs et soldats de leur religion payés par le roi. Si ces dispositions garantissaient la paix civile entre deux peuples presque étrangers l'un à l'autre, elles n'étaient pas de nature à faciliter les unions mixtes. Anne, pour finir, proposait de rester en contact suivi par des lettres, de réfléchir à une prochaine rencontre et de maintenir entre nous une union des cœurs et des âmes. Sans doute voyait-elle juste mais j'ai connu un moment d'abattement. Une idée a jailli dans mon esprit. J'avais quelque part une carte de l'Europe que j'ai fini par dénicher et attentivement examiner. Mon regard a glissé sur la péninsule ibérique puis la France avant de remonter vers l'Europe du nord pour tomber en arrêt devant les Provinces-Unies qui, converties au calvinisme venu du pays de France et de la ville de Genève, s'étaient dégagées du joug espagnol. Protestants majoritaires et catholiques étaient réputés y vivre en assez bonne intelligence pour avoir trouvé des accommodements raisonnables. J'avais envie d'aller voir de près ces gens sages pour découvrir comment ils s'y prenaient. Plusieurs villes des Pays-Bas attiraient d'excellents esprits de diverses nations européennes dont certains, séduits par l'atmosphère de liberté, s'y fixaient durablement. Emporté par mon imagination, je me persuadai bientôt que nous trouverions chez les paisibles Bataves, les plus éclairés des Européens, une terre d'asile où vivre heureux ensemble.

Alors que l'hiver suivant se traînait, Anne et moi avons échangé quelques lettres et mon idée d'aller aux Provinces-Unies lui paraissait bonne. Durant mon absence, mon neveu Bertrand s'exercerait aux responsabilités. Il était jeune mais notre roi Louis le Treizième l'était aussi et nul n'y trouvait à redire. À Vitré, nous avions le duc de la Trémoille âgé de vingt-et-un ans, comme Bertrand. Je suis allé à la bibliothèque de l'évêché de Rennes dont mon beau-frère prêtre m'a facilité l'accès et j'ai pu m'y instruire sur le pays où je voulais me rendre. Se trouvant exceptionnellement à Vitré, Charlotte Brabantine d'Orange-Nassau, duchesse de la Trémoille, a bien voulu m'accorder l'entrevue, je devrais dire l'audience que j'avais sollicitée. Femme hommasse mais de grande allure, elle semblait savoir qui j'étais. Peut-être s'était-elle informée à mon sujet, ou gardait-elle le souvenir de m'avoir aperçu ou même brièvement parlé à Vitré. Je lui ai dit que, veuf, je connaissais à Nantes une veuve pleine de mérites et qu'on projetait de s'unir mais que l'appartenance de ma future à la religion réformée compliquait et retardait la réalisation de nos vœux. La duchesse de la Trémoille, qui m'avait jusque-là écouté poliment, laissa paraître sur son visage une expression plus attentive et plus avenante et l'idée de passer dans mon discours, de cette affaire matrimoniale personnelle au voyage en quelque sorte politique aux Provinces-Unies, me parut alors sinon incongrue, pour le moins insolite. Néanmoins je me jetai à l'eau et de manière acrobatique passai du privé au public. Depuis que je connaissais cette dame nantaise, ai-je poursuivi, le problème des relations entre les deux religions était au premier plan de mes préoccupations et je songeais à œuvrer dans la mesure de mes faibles moyens au rapprochement des croyants. Je prévoyais donc de me rendre aux Pays-Bas pour étudier comment y coexistaient en paix catholiques et Réformés, afin de travailler plus efficacement à la pacification des esprits une fois de retour en France. Peut-être même prendrions nous, ma future et moi, la décision d'aller vivre à Utrecht, ville réputée pour ses brillants esprits, dans ce pays de Hollande dont les voyageurs vantaient l'aisance et la tolérance. Tout d'un coup, ces rêveries humanistes, ces projets d'adolescent me semblèrent ridicules dans la bouche d'un homme de quarante-quatre ans. La duchesse était d'Orange-Nassau, fille de Guillaume le Taciturne et elle appartenait à cette prestigieuse famille des Pays-Bas qui, au prix d'une lutte acharnée, avait contraint l'Espagne à concéder l'indé- pendance à son pays, quelques années auparavant. Sincère ou non, elle adhéra à mon projet de voyage et s'engagea à faire sans tarder le nécessaire pour me procurer deux sauf-conduits, signés l'un d'un chef du parti protestant français et l'autre du stathouder de Hollande, son parent.

Au cours de ce même hiver, j'étais avisé par la famille du décès de ma mère et de l'admission de l'oncle Daniel, qui avait été un père pour moi, dans une maison proche de Nantes où étaient accueillis les prêtres âgés et impotents. Ces nouvelles emplirent mon cœur de tristesse. Le printemps venu, j'ai confié Françoise à Marguerite, ma belle-sœur jamais lassée de prendre en charge une fille supplémentaire. Pour diriger l'entreprise en mon absence, Bertrand ferait ses premières armes avec l'assistance de Martin, le commis toujours solide au poste, bien que vieillissant. Enfin prêt, j'ai gagné Saint-Malo pour embarquer sur un navire qui faisait régulièrement la traversée jusqu'à Anvers que les Flamands appellent Antwerpen. D'Anvers, dans ces Pays-Bas demeurés espagnols, je rejoindrais facilement les Provinces-Unies au nord. La traversée, en peu de jours, fut sans histoire.

À Anvers, j'avais l'adresse des marchands qui achetaient nos canevas et j'ai rendu visite à l'un d'eux. Sa langue natale était le flamand mais il parlait aussi l'espagnol, ce qui m'a permis de converser avec lui. Une pénible bouffée de nostalgie m'a envahi quand il m'a demandé des nouvelles de Julien dont il se souvenait et qui lui était apparu comme un joyeux compagnon. Quel gâchis ! me suis-je dit en repensant à sa mort suivie de celle d'Apolline. Bien disposé à mon égard, ce marchand d'Anvers m'a aidé à trouver un voiturier pour me conduire à Dordrecht, au nord. Je suis parti sans tarder.

La frontière franchie, on roulait dans le territoire des Provinces-Unies lorsque des soldats ont fait arrêter la voiture pour me demander d'où je venais, ce que j'y avais fait, où j'allais et ce que je comptais y faire. J'ai répondu aux questions et montré mon sauf-conduit qui a paru les contenter. À Vitré, peu avant mon départ, j'avais eu des échos d'une agitation chez les protestants de Hollande. Ces bruits s'étaient précisés à Saint-Malo, relatifs à un conflit entre des partis pourtant tous deux calvinistes. J'arrivai à Dordrecht qu'on appelle ici Dordt, port fluvial situé sur un bras de la Meuse, où j'eus le plus grand mal à me loger. L'Église calviniste des Provinces-Unies mais aussi celles d'Allemagne, de Suisse, d'Angleterre et d'Écosse avaient dépêché de nombreux délégués à un synode qui se tenait depuis novembre. Je trouvais une ville en ébullition où partout se formaient des attroupements, où des groupes hostiles, parfois en armes, s'invectivaient et même en venaient aux mains. Où était le flegme batave ? Je me suis tourné vers mon hôtelier qui parlait français :

– Quelle est la cause de ce désordre, qui sont ces gens ?

– Arminiens et Gomaristes !

Je voulais en savoir davantage.

– Ce sont deux sectes protestantes, a poursuivi l'hôtelier, dont le motif de dispute est la prédestination. Les Gomaristes, la fraction la plus extrémiste de l'Église calviniste, affirment que Dieu choisit ceux d'entre nous qui seront Ses élus et qu'on n'échappe pas à ce choix. Les Arminiens estiment que si Dieu fait Son choix et nous prédestine, nous pouvons infléchir notre destinée dans la bonne direction en vue de contribuer à notre salut.

Ayant engagé la conversation avec un voyageur de passage dans l'hôtellerie, j'ai compris que, si la raison officielle de ce violent désaccord était religieuse, il existait entre les deux camps, comme souvent, des oppositions d'un tout autre caractère. Ils n'avaient pas les mêmes intérêts. Derrière le stathouder Maurice de Nassau, la noblesse, l'armée, le petit peuple des boutiquiers et gens de métier étaient « gomaristes » ; derrière le grand-pensionnaire Van Oldenbarnevelt, les gens de la finance et de la banque, la puissante bourgeoisie commerçante et leur milice soutenaient la fraction modérée, dite « arminienne ». Les adversaires videraient bientôt leur querelle dans cette ville de Dordrecht à l'issue du synode décrétant qui avait tort et qui avait raison. Venu observer le sort fait aux catholiques dans ce pays protestant, j'étais désorienté par l'incroyable charivari de ce conflit entre parpaillots. Les catholiques, minoritaires, se faisaient le plus discrets possible. Un jeune employé de mon hôtellerie, catholique et de père français, a proposé de faire l'interprète auprès d'un ecclésiastique de sa connaissance chez qui il m'accompagnait.

D'abord circonspect, le prêtre m'a renseigné. Les Calvinistes s'étaient emparés des églises, devenues dès lors méconnaissables, dépouillées de leurs noms de saints pour devenir « temple de l'Est » ou « temple du Nord » aux murs tristes et vides, sans images, sans statues, sans vitraux colorés. Les catholiques avaient la liberté de conscience mais pas celle du culte. La relative tolérance des consistoires calvinistes variait selon les régions, plus large là où les catholiques étaient nombreux, encore fallait-il l'acheter en versant chaque année une redevance au bailli, plus ou moins bien disposé. Le prêtre, non reconnu comme tel dans son pays, semblait content de m'avoir parlé à cœur ouvert.

Le mois de mai allait vers sa fin et le bruit courait qu'au synode, les Gomaristes appuyés par la plupart des délégations étrangères l'emportaient sur les Arminiens qui se qualifiaient de « Remontrants ». Ce bruit fut bientôt confirmé. Les Remontrants étaient condamnés comme perturbateurs, profanateurs de l'Église réformée et formellement exclus par elle. Alors que le synode clôturait ses travaux, on apprenait l'arrestation de Van Oldenbarnevelt, le grand-pensionnaire, chef des Remontrants, œuvrant depuis des décennies pour l'indépendance et la gloire des Provinces-Unies. Je saurais plus tard que, Maurice de Nassau étant à la manœuvre, Van Oldenbarnevelt avait été transféré, jugé, condamné et décapité à La Haye. Renonçant à voir Utrecht, je me suis apprêté à quitter ce pays remarquable mais dont l'image était brouillée à mes yeux par ces événements auxquels je venais d'assister, par hasard, aux premières loges. La beauté de Dordrecht mais surtout, le calme étant revenu, sa prospérité et sa propreté ne manquaient pas de surprendre le Breton que j'étais. Figée en un orgueilleux mépris des richesses, notre chère Bretagne, royaume d'Arthur et de ses chevaliers semé de landes, de forêts, de bourgs et de hameaux, de statues de saints, de chapelles, de fontaines, voyait défiler les siècles sans s'émouvoir. À l'inverse, en cette province de Hollande, tout était en mouvement dans les villes, villages et campagnes où partout ruisselait l'argent. Un seul domaine commun à nos deux pays, la mer. Mais là où les nôtres demeuraient les rouliers de l'océan, leurs marins devenaient des armateurs, des financiers étendant leur empire jusqu'en Asie. Inutile de s'inquiéter de leur sort car, après leur défaite au synode, le parti de la banque conservait sa puissance. Van Oldenbarnevelt avait servi de bouc émissaire mais le stathouder vainqueur et les pasteurs intransigeants allaient devoir encore compter avec ces Remontrants.

Au moment où j'embarquais sur un navire malouin pour regagner la terre bretonne, mes pensées de voyageur désabusé revenaient vers Anne et les raisons que j'avais eues de venir enquêter dans ce pays réputé le plus tolérant d'Europe. Quelques jours de navigation jusqu'à Saint-Malo, quelques lieues en carriole et Vitré était en vue. De Dordrecht à la Bretagne je passais d'un monde à l'autre, tenté de conclure que les hommes sont partout les mêmes.

4

L'OUEST LOINTAIN

En mon absence, au dire de Martin, Bertrand s'en était brillamment tiré, ce qui augurait bien de la suite, quand il me seconderait davantage ou même me succéderait. Il tenait de ses parents une intelligence et une sensibilité vives, avec la chance d'être moins fragile qu'eux. J'ai retrouvé Françoise chez Marguerite et Henri.

– Peu après votre départ, m'a dit Marguerite, nous étions reçus à Rennes chez des amis qui accueillaient aussi des Bas-Bretons de la petite noblesse connus lors d'une précédente session des États de Bretagne. Ronan, l'un des fils de cette famille, a beaucoup apprécié Françoise et réciproquement. Quelques jours plus tard, nous avons eu à Vitré la visite du jeune homme qui avait prolongé son séjour à Rennes dans l'espoir de faire votre connaissance, Gildas. En notre présence, il a exprimé des sentiments chaleureux et fait des compliments bien tournés à Françoise qui était ravie. Il a transmis les salutations de ses parents et leur souhait de vous recevoir avec votre fille en Cornouaille quand il vous plaira. Selon Françoise, le garçon lui a dit avant de repartir qu'il serait heureux de l'épouser et elle-même assure être dans les mêmes dispositions. Tout cela paraît rapide, il serait bon de prendre des renseignements sur cette famille et ce jeune homme !

Françoise a voulu savoir si sa tante m'avait parlé. La meilleure défense étant l'attaque comme chacun sait, elle a dit que les choses seraient plus simples pour son mariage avec Ronan que pour le mien avec Anne puisqu'ils étaient tous deux catholiques.

– Et de bonne famille, a-t-elle ajouté.

D'après sa description, Ronan était un gars solide, plus grand que moi, avec un joli sourire et de belles dents mais surtout prévenant, spontané, attentif à ce qu'elle lui disait. Elle l'aimait et c'était réciproque. Il la complimentait pour sa grâce et son esprit, étonné de son instruction qui ne l'empêcherait pas, selon lui, d'être une excellente maîtresse de maison car il l'avait vue aider sa tante à tenir ce rôle. Et que comptait-il faire, ce jeune homme ?

– Il aime les chevaux, les connaît et veut en élever sur les terres de ses parents qui l'approuvent.

Les Bretons sont en effet réputés pour cet élevage et leurs bêtes très prisées. Au soulagement de Françoise, j'ai dit que tout cela était très bien et qu'on irait à l'autre bout de la Bretagne où cette famille nous invitait. Avant de s'engager dans une aventure aussi sérieuse que le mariage, il lui fallait reconnaître les lieux où elle serait appelée à vivre et découvrir ces rocs battus par les vents océaniques, cette terre enveloppée de brumes où tout le monde parle breton, langue dont elle ne connaissait pas un mot. Françoise ne disait plus rien et je l'ai laissée à sa rêverie peuplée de héros en aventureuse errance. S'étant renseigné à ma demande sur la famille de ce Ronan auprès de l'évêché de Quimper, Pierre, le frère de Constance qui était grand vicaire à Rennes, m'apprit qu'elle était aussi honorable et estimée que désargentée. En attendant mon prochain départ vers le ponant lointain, j'allais m'occuper de mes affaires et d'abord partager avec Anne la conclusion que je tirais de mon voyage si instructif aux Provinces-Unies.

À savoir, qu'il n'y avait rien à espérer d'une installation dans ce pays. Si l'on considérait tous les endroits où cohabitaient malgré eux catholiques et protestants, c'est encore en France, après des décennies de guerre civile et de massacres, que le *modus vivendi* paraissait le plus supportable, sans garantie toutefois pour la suite. J'ai redemandé à Anne de venir me rejoindre en vue de notre prochain mariage et d'une vie commune à Vitré, sachant qu'elle m'avait déjà donné sa réponse quand elle m'avait proposé une union spirituelle, chacun demeurant chez soi. Je ne rapportais rien de mon voyage d'exploration chez les Bataves qui fût susceptible d'influencer son jugement et mon insistance paraissait vouée à l'échec. Mais le père de la baronne de Vitré, Guillaume le Taciturne, héros de l'indépendance hollandaise, n'assurait-il pas qu'« il n'est point nécessaire d'espérer pour entreprendre ni de réussir pour persévérer » ?

La réponse d'Anne tardant à venir, Françoise et moi sommes partis sur nos montures vers la Cornouaille, ce pays à l'extrême sud-ouest de la péninsule armoricaine. *Ma Doué !* « Mon Dieu ! », comme disent les Bas-Bretons, passé Rennes. Quelle expédition pour Françoise ! Elle se montrait pensive. Après Ploërmel, en approchant de Vannes, la langue française cède le pas à la bretonne et le chemin devient de moins en moins praticable à mesure qu'on s'avance vers le couchant. Nous traversions des étendues de landes semi-désertes et je voyais Françoise impressionnée, parfois muette de saisissement. Appliquée à ne pas laisser paraître son dépaysement, elle masquait mal son désarroi. Durant la traversée du *Bro Gwened*, le pays de Vannes, j'avais retrouvé avec plaisir un breton presque identique à celui de mon enfance au Croisic. En Cornouaille où le parler est différent, j'étais moins à l'aise. Le soir du cinquième jour, nous arrivions à Quimper, ultime étape avant le cap Sizun où vivaient notre Ronan et sa famille. Après Quimper et ses faubourgs, j'ai vu Françoise gagnée par l'inquiétude. Étaient-ce la langue française disparue, les ornières où butaient les chevaux dans les chemins creux, le soleil qui brillait, inondant la campagne et lui donnant un air de folle gaieté pour, l'instant suivant, s'éclipser derrière de sombres nuées ? Enfin nous fûmes à Pont-Croix, capitale du cap Sizun sur les bords du Goyen qui coule vers Audierne, le port tout proche, l'un des plus importants de Bretagne. Après un dernier effort et renseignés çà et là par un *paotr-saout*, ou garçon vacher, nous étions devant le manoir des futurs parents.

Ils nous ont reçus avec chaleur. On s'est congratulés mutuellement, fêtant par des verres de *chouchen* la connaissance que nous faisions les uns des autres. Il y avait le père, la mère, une grand-mère, plusieurs beaux-enfants et enfants parmi lesquels Ronan, des serviteurs et servantes. Françoise avait raison, le garçon qu'elle souhaitait épouser paraissait honnête et franc. Ces gens d'immémoriale petite noblesse et heureux de le faire savoir, guère plus riches que les paysans des entours, étaient d'autant plus fiers de se distinguer par la tourelle de leur manoir, la girouette qui en coiffait le toit et les armoiries sculptées de la façade. Sans oublier l'épée que le seigneur des lieux portait au côté ! Françoise s'est vite familiarisée avec ce pays qui serait le sien, s'accoutumant à la langue dont elle retenait déjà quelques mots et expressions ainsi qu'au savoir-vivre et aux usages qui n'étaient pas exactement les mêmes qu'à Vitré. Plutôt que de souhaiter le bonjour, on demande : « *Mat an traou ?* » : « Bonnes les choses ? », c'est-à-dire : « Tout va bien ? » Ici, les gens sont plus directs. Ma fille découvrait aussi une cuisine différente, riche en gibier et en bêtes marines, et appréciait des gâteaux inconnus comme le far. Soupçonner Ronan de l'épouser pour sa dot eût été injuste ; cela dit, cet apport serait utile à l'élevage de chevaux qu'il voulait développer dans la belle ferme que ses parents s'apprêtaient à lui laisser. Chez les nobles désargentés, se marier avec une roturière fortunée, c'est ce qu'on appelle « fumer ses terres ». J'ignorais si l'expression avait cours dans la région mais ce dont j'étais certain, c'était qu'en sus d'aider son mari à réaliser ses projets, la dot de ma fille lui permettrait de tenir la dragée haute à quiconque serait tenté de lui faire sentir sa roture.

Pendant les trois semaines de notre séjour à Beuzec, cette paroisse du cap Sizun proche de Pontcroix, nous avons fait de belles promenades à la découverte des environs. À Audierne, le port de commerce et de pêche était redevenu très actif, à preuve la multitude de bateaux qui le sillonnaient. Plus à l'ouest, quand le temps se gâte et que le vent se lève à la pointe du Raz ou *Beg ar Raz*, belle à couper le souffle mais si dangereuse pour les marins, les vagues viennent se fracasser contre les rochers géants qui s'enfoncent dans l'océan. Au moment de repartir, Françoise a confirmé son souhait d'épouser Ronan et lui-même y était plus décidé que jamais. Restait à fixer la date du mariage qui serait célébré à Vitré, cela fut fait d'un commun accord. Durant le voyage de retour, Françoise m'affirma que Ronan et elle, issus de milieux bien différents, s'aimaient et seraient plus heureux ensemble que sa tante Apolline et son oncle Julien que tout rapprochait mais qui jamais n'avaient été proches. Cherchait-elle à se rassurer ? Son discours était devenu l'inverse de celui qu'elle tenait naguère, quand elle soulignait tout ce que Ronan et elle partageaient et qui faciliterait leur entente. Désormais, ils allaient s'aimer malgré tout ce qui les différenciait !

– Il y a des unions bigarrées qui sont heureuses, ai-je hasardé.

– « Bigarrées », Papa ?

À Vitré m'attendait une lettre d'Anne qui avait lu et relu, écrivait-elle, ma relation de voyage aux Provinces-Unies et déplorait les événements de Dordrecht. Le roi Louis XIII avait interdit aux Calvinistes de France de participer au synode. Elle-même était plutôt favorable aux Remontrants, admettant mal que le salut de chacun fût subordonné à l'arbitraire divin et, de ce fait, n'adhérant que du bout des lèvres au dogme de la prédestination. Quant à la situation précaire des catholiques dans les Provinces-Unies, elle ne s'en étonnait pas plus que de ma déception. Partout, des deux côtés, la tolérance était introuvable et il fallait convenir que les hommes sont ainsi faits. Pour me montrer combien il lui serait difficile de s'adapter à la vie si différente de Vitré, elle me décrivait son quotidien, sa famille, l'enseignement religieux qu'elle donnait aux enfants à l'école du dimanche, son rôle au consistoire de Nantes, ses actions caritatives. Cette lecture m'émouvait et me consternait à la fois. Décidément, elle ne pourrait jamais se résoudre à me rejoindre ! Après tout, c'était peut-être ce que commandait la raison ? Vint, inattendue, la suite de sa lettre dont la rédaction semblait avoir été interrompue puis reprise.

Anne assurait son « Gildas aimé » qu'en dépit de tous les aléas nous mettrions notre confiance en Dieu et unirions nos destinées. Elle proposait de célébrer notre mariage au printemps prochain. Durant l'hiver elle habituerait sa famille à cette idée, veillerait à la future prise en charge de ses activités dans la paroisse par des fidèles bénévoles et aurait ainsi le temps de préparer son départ. La fin de sa lettre m'a convaincu qu'il ne serait pas facile pour Anne de quitter Nantes et sa famille. Pour permettre son départ, il lui fallait l'accomplir dans des conditions insolites et même romanesques. À Pont-l'Abbé, en Cornouaille extrême, disait-elle, les barons jadis avaient été protestants et en ce lieu persistaient dans leur foi une poignée de brebis sans pasteur. Ces fidèles étaient en relation avec leurs frères de Nantes qui voulaient bien accueillir parmi eux, pour les instruire, quelques enfants ainsi que, pour en prendre soin, une ou deux vieilles dames sans famille qui étaient aussi de leur religion. Un pasteur de Nantes viendrait au début du printemps, avec son épouse, évaluer la situation et recenser les frères et sœurs à secourir. Le consistoire de

Nantes avait accepté l'offre d'Anne de se joindre à eux pour cette mission. Celle-ci remplie, il lui serait facile de venir me retrouver à Audierne qui n'est pas loin de Pont-l'Abbé et où j'avais l'intention à ce moment de l'année, lui avais-je dit, de séjourner chez ma fille prochainement mariée. Anne ne me demandait pas mon avis sur le détour qu'elle comptait effectuer pour me rejoindre pour toujours. L'eût-elle fait, je lui aurais dit qu'elle s'embarquait dans une aventure périlleuse.

À l'époque des conflits religieux armés, un demi-siècle auparavant, les barons du Pont, les du Quellenec, seuls seigneurs importants de Cornouaille à avoir embrassé la religion réformée, avaient laissé un souvenir douloureux. Le catholicisme imprégnant ce territoire avait été interdit et la violence s'était déchaînée, entraînant la destruction des chapelles qui parsèment nos campagnes et dont on voyait encore les ruines. Tout le monde savait ici que Charles du Quellenec, le jeune baron exécré à Pont-l'Abbé, s'était trouvé à Paris pour le mariage d'Henri de Navarre, le futur Henri IV, avec Marguerite de Valois, la sœur du roi Henri III, celle qu'on appellera la reine Margot. Alors était survenu le massacre de la Saint-Barthélémy et le jeune baron du Pont y avait laissé sa vie. Selon la légende, il avait voulu défendre l'amiral de Coligny avec lequel il aurait été défenestré, ce qu'à Pont-l'Abbé la plupart avaient applaudi. Le catholicisme revenu, difficile de savoir si le souvenir des exactions huguenotes perpétrées sous le commandement de Quellenec commençait à s'estomper. La lettre d'Anne me laissait perplexe. Elle disait oui au mariage mais en reportait la date aux calendes grecques et l'endroit à plus de soixante lieues de Vitré. Il me fallait réfléchir avant de lui répondre, peut-être même, sans prévenir, aller la chercher à Nantes pour forcer le destin. Et, en attendant, marier Françoise.

Pour ce mariage, on a vu débarquer à Vitré une tribu de Bas-Bretons qui, pendant une semaine, ont mis la ville en effervescence. Celle-ci avait gardé des traces de la Genève bretonne, confite en son austérité huguenote, qu'elle avait été et qu'il n'était pas mauvais de secouer avec de la musique de hautbois et de cornemuse, des danses de gavotte et de *jabadao*, des rasades de *chouchen*. La gentillesse et la jeunesse des mariés, la renommée de la maison Gallodais, l'animation et l'intérêt suscités par l'entrain des visiteurs, les étonnants corsages brodés des femmes, les pantalons bouffants des hommes ou *bragou-braz*, sans oublier le bien que la noce faisait au commerce, tout cela donnait à cette cérémonie la figure d'un événement heureux tranchant avec la monotonie des jours. Quand Françoise m'a quitté pour suivre son mari, elle m'a fait promettre de venir bientôt la voir et de rester quelque temps auprès d'elle. J'ai promis.

La lettre d'Anne m'avait apaisé malgré les incertitudes qui demeuraient. Après le départ de Françoise, mon sentiment de liberté fut vite remplacé par une désagréable sensation de vacuité et j'ai connu des semaines de flottement. Un message de sa part m'a incité à aller lui rendre visite à Beuzec. Sous un ciel d'automne, je l'ai retrouvée avec mon gendre dans leur ferme fortifiée dotée d'une tourelle qu'on voit de loin et de grands murs épais, percés d'étroites ouvertures. J'étais logé dans ce qu'on appelle ici un *penn-ti*, petite annexe du bâtiment principal. Françoise n'est pas malheureuse, ai-je pensé, son mari est énergique et courageux et je la vois s'habituer à ce beau pays, aux gens qui le peuplent et à leur langue. Nous sommes allés jusqu'au port d'Audierne qui fut presque ruiné par les brigandages des guerres civiles et qui revivait. J'y ai observé une multitude de chaloupes à voile carrée qui, parties la veille au soir à la pêche au merlu, étaient rentrées à l'aube après avoir franchi une barre dangereuse qui ne pouvait manquer de me rappeler celle de Sanlúcar. Le port abrite aussi plusieurs carvelles de cinquante tonneaux et davantage, rompues aux lointaines navigations hauturières, montées par douze à quinze hommes. Toutes les paroisses du cap Sizun sont tournées vers la mer et en vivent, des centaines de capistes étant enrôlés parmi les équipages des navires de pêche et de commerce. Vers Bordeaux, le pays basque mais aussi l'Espagne, les carvelles emportent le blé et les fèves du cap ainsi que du poisson séché, des toiles, du suif, du bétail et elles rapportent du vin et du sel à destination de la Cornouaille. L'exportation du poisson sec est une spécialité du pays. Une grande partie des merlus pêchés est mise à sécher sur les galets des grèves à Audierne et aussi à Plogoff où se trouve l'importante pêcherie de Feuteun-aod. On était en octobre et j'ai assisté à l'un des événements de l'année, le départ des bateaux vers le sud.

Accompagnées d'une nuée de chaloupes de pêche au repos depuis la Saint-Michel, le 29 septembre, mais pas encore désarmées pour l'hiver, huit carvelles aux cales pleines de merlu séché et cordé en bottes de cent livres ont pris la mer devant la population massée sur les hauteurs d'Audierne et sur la pointe, à la sortie du port. Pour une traversée heureuse, tous mettaient le sou de la bonne chance dans l'un des troncs placés sur les quais par le clergé de l'église Saint-Rumon d'Audierne. Tandis que les voiles des carvelles s'effaçaient dans le lointain et que les barques de pêche regagnaient le port, la foule se dispersa lentement et comme à regret. Avec Françoise, j'ai longé les quais d'Audierne où s'alignent de belles maisons désertées par les armateurs, maîtres de barque et marchands après les ravages du baron brigand de Camors au temps de la Ligue et de nouveau occupées ou en cours de restauration.

– Ne pourriez-vous en louer une, voire l'acquérir ? me demanda Françoise. Pour y résider de temps à autre dans des conditions plus confortables que celles de notre modeste logis.

– Ton logis est très confortable, ai-je répondu, mais je retiens cette idée.

Je l'ai si bien retenue qu'avant de repartir je faisais l'acquisition à Audierne d'une maison qui serait habitable au printemps après remise en état pendant l'hiver par un maçon, maître d'œuvre connu pour son sérieux.

L'intermède en Basse-Bretagne terminé, ce furent à Vitré les mois de mauvaise saison et d'abord celui de novembre que les Bretons appellent *miz du*, « mois noir » durant lequel je rongeais mon frein tel un cheval qui s'ennuie. Je dois admettre que, n'ayant plus le cœur au commerce des toiles, j'étais bien content d'avoir Bertrand à mes côtés dans l'entreprise. Mes pensées se tournaient souvent vers Anne. Sans doute redoutait-elle tout autant de venir vivre à Vitré, le pays de Constance où le souvenir de la morte était partout présent, que de quitter Nantes, sa famille, ses amis, ses frères en religion. Mais elle devait éprouver des scrupules à me faire quitter Vitré pour Nantes. Qu'y ferais-je ? Nantes et Vitré s'avérant voies sans issue, ne fallait-il pas imaginer une solution nouvelle ? J'ai pris ma plume et du papier pour écrire à mon amie que, malgré les problèmes actuels de l'entreprise, je logerais au printemps à Audierne dans une maison récemment achetée où elle pourrait venir me retrouver.

À Audierne, écrivais-je, l'air marin est si vif que toute la baie en est éventée, le pays est tonique et les habitants sont à l'image du pays. Loin de Nantes comme de Vitré, on se retrouverait dans de meilleures conditions que lors de notre rencontre fortuite à Nantes. Et il serait plus facile de se parler que de s'écrire.

5

UNION BIGARRÉE

Durant l'hiver, l'entreprise toilière, comme toutes celles de Vitré, a connu de grandes difficultés. Alors qu'au début du printemps, époque prévue pour le voyage d'Anne en Cornouaille, la situation se redressait de façon inattendue, Ronan m'a fait savoir que Françoise enceinte n'allait pas bien et serait contente de me voir. Rendu à Audierne, j'ai été heureux de constater qu'elle se sentait mieux et que ses nausées avaient cessé. Je ne croyais plus guère à la venue d'Anne, cependant si je m'absentais une servante demeurait par précaution à la maison pour la recevoir. Ne parlant que le breton, cette fille devait lui remettre un mot annonçant mon retour. Début avril, un archer de la maréchaussée de Pont-Croix a frappé à ma porte. Il venait me dire qu'une dame Kervour de Nantes, venue au cap Caval, avait subi une attaque de brigands. Hébergée dans une famille de Pont-l'Abbé, elle attendait un secours de ma part.

Mon gendre a mis à ma disposition une bonne voiture avec un bon cheval et un bon cocher et le lendemain, dès l'aurore, je prenais la route de Pont-l'Abbé, à dix lieues d'Audierne, pour traverser d'une seule traite le cap Caval, ce qui était beaucoup demander à un cheval, même bon.

Parvenu à destination, tard dans la soirée, j'ai logé dans une auberge et fait prévenir Anne de mon arrivée. Le lendemain matin, je me suis rendu chez la famille protestante qui l'accueillait et se montrait consternée par les événements. J'ai trouvé Anne vieillie, décoiffée, les épaules couvertes d'un mauvais fichu. Sa mine défaite s'est éclairée à ma vue. Partis sans attendre, on a fait une bonne halte à mi-parcours et nous étions le soir chez moi, fourbus mais soulagés. Pendant le trajet, j'avais écouté, navré, le récit d'Anne.

Accompagnant le pasteur et sa femme venus de Nantes pour y ramener quelques vieillards et enfants nécessiteux, elle avait séjourné avec eux à Pont-l'Abbé dans l'une des familles demeurées protestantes malgré leur isolement, minuscule troupeau sans berger. Quand ils étaient repartis pour Nantes avec leurs protégés, elle avait été reçue par une vieille dame dans un hameau perdu proche de Pont-l'Abbé. Une voiture venait la chercher une semaine plus tard, au petit matin, pour l'emmener à Audierne. Après la traversée d'un bois, le cocher a dû arrêter son cheval devant une chapelle en ruine car un homme barrait la route en faisant des moulinets avec son gourdin ou *penn-bazh*, bientôt rejoint par d'autres tout aussi menaçants. L'un deux s'est adressé à Anne :

– Regarde cette chapelle. Ce sont tes frères qui l'ont incendiée autrefois. Eux aussi qui ont maltraité et ruiné nos familles ! Et maintenant que nous sommes délivrés de vous, tu viens ici nous provoquer et faire revenir tes pasteurs pour qu'ils sèment votre mauvaise graine ?

Elle a voulu répondre mais ils n'écoutaient pas. Au souper, mon amie reprenait son récit :

– Ils ont commandé au cocher de quitter la voiture. Comme il hésitait, l'un des hommes l'a tiré par le bras et il est tombé sur la route.

Anne a marqué une pause.

– Ensuite ils m'ont ordonné de descendre et délestée de ma bourse comme de mon sac de voyage. Après avoir mis le feu à la voiture, ils étaient plus calmes et sont repartis en tenant le cheval par la bride. Revenus au hameau, le cocher et moi y avons donné l'alerte. Les archers sont arrivés et m'ont conduite à Pont-l'Abbé où la famille protestante a bien voulu m'accueillir à nouveau en attendant que tu viennes me chercher.

Anne paraissait épuisée, je ne lui connaissais pas une telle pâleur. Notre rapide souper à peine terminé, elle s'est excusée de se retirer pour aller dormir. La nuit fut calme mais le lendemain elle manquait de forces pour se lever, préférant garder la chambre. J'ai proposé de faire appel au médecin.

– À Nantes, a-t-elle protesté, où il y a pourtant une faculté de médecine, les médecins pour la plupart n'ont pas grande réputation. Ils abusent de la purge et de la saignée ! Alors ici ?

Embarrassé, je me demandais de quoi souffrait mon amie et si c'était en rapport avec les émotions de Pont-l'Abbé, ou si elle était atteinte d'une maladie dont je ne savais rien. Concernant son agression par les brigands, je pensais qu'avec son imprudent pasteur nantais elle avait méconnu les blessures de la guerre civile et religieuse, d'autant plus mal cicatrisées qu'elles ne cessaient d'être ravivées. Cette année encore, plus de vingt ans après l'Édit de Nantes promulgué par Henri IV, le prochain rétablissement du catholicisme en Béarn par son fils Louis XIII avait indigné les populations de ce pays à majorité huguenote qui menaçaient de se soulever et le bruit courait que la guerre allait reprendre. Le Béarn est éloigné de la Bretagne mais de nos jours les nouvelles se répandent plus vite et plus loin qu'autrefois. Dans l'immédiat, je préférais ne pas tenir Anne au courant de ces inquiétantes rumeurs.

Elle s'est alimentée à midi, le soir elle allait mieux et s'est levée. Alors que je faisais encore allusion à sa pâleur, elle m'a confié avoir un retour d'âge difficile. Son médecin de Nantes lui avait permis de se mettre en route mais les secousses du voyage l'avaient fatiguée. Anne souffrait maintenant de palpitations du cœur. Les parents de Ronan connaissaient une paysanne réputée pour guérir les maladies par des plantes médicinales qu'elle cueillait dans les champs et les bois. Ses plantes avaient soulagé Françoise qui avait eu des ennuis au début de sa grossesse et la femme a bien voulu venir à Beuzec chez mes enfants, où Anne l'a rejointe. Ma fille et ma famille de Vitré, montrant un esprit plus ouvert que mes parents de Nantes, souhaitaient qu'un prochain mariage mette fin à mon veuvage prolongé. Cette compréhension me simplifiait la vie. Françoise parlait breton maintenant et c'est elle qui fut l'interprète de la guérisseuse, une femme des bois sans âge, à la peau brune, au visage buriné, à la longue chevelure. Grâce à Ronan, les plantes nous parvenaient sans tarder et Anne a commencé à prendre consciencieusement ses décoctions de feuilles d'hamamélis et ses infusions d'aubépine. Elle se reposait une bonne partie de la journée, je demeurais auprès d'elle et nous vivions dans une grande intimité. Quand elle m'a décrit sa vie à Nantes, j'ai compris que sa santé défaillante n'était pas son seul souci.

Anne souffrait de l'attitude de sa fille jamais satisfaite qui lui reprochait soit de détourner d'elle ses jeunes enfants en les accaparant, soit à l'inverse de s'en désintéresser et de leur mère avec eux. Quant à son gendre, il se tenait à l'écart et l'ignorait généralement. Tandis qu'elle se confiait, les yeux emplis de larmes, sa voix s'est brisée. Elle s'est ressaisie. Sa santé déplorable nous avait dispensés d'évoquer, sauf très vaguement, la suite de nos relations. Je sentais entre nous un accord tacite pour considérer qu'elle m'avait rejoint en vue de notre prochain mariage. Mais quand, où, comment ? Elle gardait une attitude réservée et il ne m'était pas difficile de l'imiter tant qu'elle était malade et triste. Maintenant qu'elle allait mieux et donnait l'impression de vouloir être consolée, j'ai réagi en me montrant affectueux. Comme elle ne protestait pas ou si peu, j'allais de plus en plus loin, insensiblement, jusqu'au moment où elle ne pouvait plus avoir de doute sur ce qui allait se produire et je voyais bien qu'elle mettait Calvin entre parenthèses. Ainsi arriva ce qui aurait pu ou dû arriver plus de vingt ans auparavant.

Connaissant Anne, elle avait non pas cédé par faiblesse mais, par gentillesse ou reconnaissance, admis d'anticiper sur notre prochain mariage. On allait donc se marier mais les contours de notre arrangement religieux restaient flous. Pour avoir comme moi réfléchi au problème et aussi beaucoup observé, Anne savait qu'une telle mixité, théoriquement admise, était dans la pratique à peu près inexistante. La plupart du temps, l'un des deux épousait la religion de l'autre et presque toujours la femme prenait la religion du mari. Je me suis demandé si Anne n'était pas en train d'y consentir puis j'ai écarté cette idée en considérant la situation particulière de Vitré qui avait été le plus puissant bastion protestant de Bretagne et dont le seigneur, duc de la Trémoille, était lui-même religionnaire. Vitré étant la seule ville de la province de Bretagne où le culte calviniste n'avait jamais été interrompu, un couple mixte y serait peut-être plus viable qu'ailleurs. On a décidé de solliciter des dispenses pour s'unir religieusement, chaque marié conservant sa confession. Anne garderait sa pratique calviniste. Le fréquent problème de la religion des enfants ne se posait pas, Anne n'étant plus en situation d'en avoir. L'avant-veille du départ d'Audierne pour Vitré, nous sommes allés à Beuzec où l'ambiance fut gaie. L'enfant de Françoise naîtrait dans deux mois. Anne et moi étions heureux d'avoir enfin dénoué une situation embrouillée et décidés cette fois à ne pas laisser passer la chance de vivre ensemble. Le surlendemain, Ronan nous conduisait à Quimper où, après une étape d'une nuit à Quimperlé, nous avons pris le coche pour Vannes. Parvenus à Vannes le lendemain, on y a passé une journée à rêver beaucoup et se promener un peu et deux nuits à se reposer. Puis on a pris le coche pour Rennes où nous avons trouvé, chez Mauricette ma belle-sœur et son époux le maître joaillier, une voiture Gallodais qui nous attendait pour nous emmener à Vitré où nous sommes arrivés, harassés.

La cérémonie fut simple. Unis par les liens du mariage, nous étions, Anne et moi, comme des voyageurs longtemps ballottés par une mer houleuse, presque surpris de nous trouver au calme d'un havre. L'Église tolère les mariages mixtes à condition de les célébrer à bas bruit, presque à la sauvette, dans la sacristie et sans sonnerie des cloches en fin de cérémonie. Cette discrétion avait ses bons côtés, facilitant l'accueil d'Anne par la famille de Constance. Ensuite, mon épouse a fréquenté la paroisse protestante avec moins de zèle qu'à Nantes. Elle assistait chaque semaine au culte et participait à des actions charitables mais se tenait en retrait. Les relations entre catholiques et protestants étant loin de l'apaisement, Anne veillait à ne pas me compliquer la vie tant dans mes affaires de toile qu'auprès de la famille de Constance qui demeurait aussi la mienne.

L'incorrigible duc de Vendôme, toujours gouverneur de la Bretagne, s'est lancé une nouvelle fois dans une aventure sans lendemain. Le roi et sa mère étaient maintenant en conflit et Vendôme, qui conspirait contre la mère du roi lorsqu'elle était régente, la soutenait désormais contre le roi, son fils. Celui-ci a envoyé des troupes qui, hors de Bretagne, ont mis en déroute celles de Vendôme. Une fois encore, le gouverneur a sollicité le pardon du roi qui le lui a accordé. Ces grands seigneurs sont traités avec indulgence. Que pense mon beau-frère Henri, qui jadis suivait Vendôme, des palinodies de notre gouverneur ? L'année suivant celle de notre mariage, Anne et moi avons bien cru aller vers de nouveaux drames et déchirements.

En 1621, Louis XIII jugeait le temps venu de restituer aux catholiques les biens de l'Église du Béarn selon le vœu de l'Assemblée générale du clergé exprimé trois ans auparavant. En riposte aux premières mesures, les Églises réformées réunies à La Rochelle, elles aussi en Assemblée générale, édictaient un règlement selon lequel les territoires protestants de France, divisés en huit circonscriptions, devenaient une République fédérative selon le modèle des Provinces-Unies. Aussitôt, le roi et de Luynes, son ministre et favori devenu connétable, s'emparaient de Saint-Jean d'Angely, une terre des Rohan, puissante famille réformée qui possédait en Bretagne Josselin, Pontivy et Blain. Les troupes royales commençaient le siège de Montauban et le Midi protestant se soulevait.

Ces troubles n'ont pas tardé à retentir à Vitré et y provoquer de l'agitation. Nous avons vu le duc de Vendôme, maintenant réconcilié avec le roi, faire une entrée fracassante dans notre ville, le 28 mai, destituer le capitaine du château, de religion protestante, ordonner aux Réformés de remettre leurs armes, remplacer les portiers réformés par des catholiques, faire même changer toutes les serrures des portes de la ville et remplacer le geôlier qui était aussi un Huguenot. Chez les Réformés régnait le désarroi, parfois la frayeur car les catholiques devenaient menaçants. Anne s'inquiétait et je voulais la conduire en urgence chez ma belle-sœur de Rennes et son mari, le joaillier, qui tous deux lui manifestaient de la bienveillance. Anne a préféré attendre en évitant de s'exposer. Le duc de Vendôme voulait maintenir Vitré dans l'obéissance au roi mais n'avait nullement l'intention de terroriser les protestants. Il se souvenait d'être le fils d'Henri IV et le petit-fils de Jeanne d'Albret. Aussi, alarmé par la tournure des événements, avait-il fait savoir dans la ville que l'ordre serait maintenu et l'agitation réprimée, ce qui avait calmé les esprits.

L'année suivante fut pire encore. La guerre continuait dans le Midi français tandis qu'à Vitré les mesures imposées par le duc de Vendôme inquiétaient les protestants sans rassurer les catholiques. Ce climat de suspicion réciproque s'aggravant, la ville fut parcourue de rumeurs invérifiables. Les catholiques redoutaient l'attaque du duc de la Trémoille, censé vouloir attaquer Vitré à la tête de ses gens d'armes pour reprendre son château et se venger d'en avoir été chassé en égorgeant le plus possible de catholiques. En attendant cet hypothétique massacre, c'étaient les protestants de Vitré qui pouvaient devenir les victimes de la vindicte publique. Au mois d'août, un pasteur réformé bien connu d'Anne était blessé d'un coup de pistolet et mourait deux jours plus tard. L'émotion fut immense chez ses coreligionnaires qui se croyaient revenus au temps des guerres de la Ligue. Anne se demandait si nous n'allions pas devoir quitter Vitré pour aller vivre à Nantes et si les villes de Bretagne les plus nuisibles aux Réformés n'étaient pas celles, rares d'ailleurs, où ils étaient nombreux, leur nombre suscitant l'animosité des catholiques. La paix signée en octobre entre le roi et les Huguenots à Montpellier produisit d'heureux effets et, progressivement, les esprits s'apaisèrent.

Vitré était bien calmée quand le roi lui fit l'honneur d'y passer quelques heures, le premier septembre de l'an 1626, ayant fait rendre l'année précédente son château au duc de la Trémoille qui en possédait bien d'autres. Catholiques et protestants avaient cessé dans cette ville de se regarder en chiens de faïence. Le cardinal de Richelieu devenu Premier ministre, la communauté protestante avait renoncé à son statut d'État dans l'État mais conservé les libertés de culte conquises, de sorte que les conflits religieux perdaient de leur acuité et que les mariages mixtes comme le nôtre étaient mieux tolérés. Le silence des armes, l'apaisement des émotions populaires nous avaient rendus, Anne et moi, à notre quotidien qui tranchait avec les turbulences passées au point d'apparaître parfois d'une monotonie pendulaire.

Pour Anne, vivre à Vitré n'était pas facile et je voyais que, loin de sa famille et de son milieu réformé nantais, elle souffrait d'un manque d'affinités avec les miens qui l'avaient pourtant bien accueillie à l'exception de Pierre, le frère prêtre de Constance, réticent mais sans malveillance. Je remarquais aussi qu'elle prenait ses distances avec la paroisse réformée, sans m'en dire les raisons, tout en s'éloignant des pratiques du culte. Plongée dans la lecture assidue d'ouvrages religieux et de la Bible, elle se réfugiait dans une foi toute d'intériorité. Elle me dit un jour qu'un de ses petits-fils serait pasteur réformé. Ses relations épistolaires avec sa fille s'espaçaient. Sa santé s'améliorait, grâce à l'activité qu'elle déployait dans notre jardin et aux grandes promenades à pied qu'on faisait dans la campagne vitréenne. On se heurtait rarement car elle était d'un naturel calme, échangeant impressions et idées mais prudente dans ses jugements et se livrant peu. Je mesurais son isolement moral et lui tenais compagnie autant que possible, moins que je ne l'aurais voulu, mon commerce qui n'allait pas fort réclamant ma présence assidue. Pour les toiliers de Vitré, les heures fastes étaient passées et pour la ville aussi qui leur devait sa richesse. Les deux dernières décennies avaient vu la disparition d'entreprises toilières, d'autres végétaient quand elles ne périclitaient pas. Bertrand, mon neveu et second dans la maison Gallodais, était marié et le couple nous fréquentait. J'étais en peine de répondre à l'épouse qui m'interrogeait sur l'avenir de l'entreprise. Lors de nos visites à Henri et Marguerite, l'ambiance était chaleureuse. Nous apercevions les filles d'Apolline et de Julien qui grandissaient. L'une d'elle ressemblait à sa mère au point d'inspirer quelque inquiétude et le souhait qu'elle connût un destin moins tragique. Nous ne partions pas souvent en voyage et c'est surtout de loin que je voyais grandir mes petits-enfants. Lors d'un vaste périple qui nous avait conduits en Cornouaille en passant par Nantes et Le Croisic, j'avais apporté quelques romans et recueils de poésie à ma fille devenue basse-bretonne jusqu'au bout des ongles. Ces livres avaient appartenu à sa mère dont l'image était presque effacée mais qu'elle retrouvait dans ce jardin secret de la littérature. À Vitré, nous avons vu un jour arriver de Cadix mon neveu Ernesto, le fils de François et Renata, venu nous saluer de la part de ses parents et nous connaître ainsi que le pays de son père avant de pousser son expédition jusqu'à Audierne pour y découvrir ses cousins.

Il a demandé si nous savions ce qu'était devenu Pierre Malherbe, ce fils de marchand toilier vitréen débarqué à douze ans à Sanlúcar avec un oncle. Malherbe s'était instruit à Valladolid dans le domaine des mines puis avait gagné la Nouvelle-Espagne où il avait voyagé et s'était occupé de mines d'argent au Pérou. Mon neveu savait aussi que Malherbe devenu Malahierba avait gagné les îles Philippines mais ensuite sa trace se perdait. J'ai pu le renseigner en partie selon ce qu'on en savait à Vitré. Il se disait que Pierre avait été le premier Français, en l'occurrence un Breton, à faire le tour du monde. Dix-sept ans après son départ de Sanlúcar pour les Amériques, il avait été plusieurs fois reçu, l'an 1609, par le roi Henri IV et interrogé par le géographe de la cour auquel il avait relaté son odyssée, son séjour en Chine après les îles Philippines puis en Inde où il était resté trois ans, ses passages et séjours au Tibet, à Samarcande en Asie centrale, en Perse et enfin en Syrie avant d'embarquer sur un navire qui l'avait ramené en France. Reparti en Espagne, il n'avait plus donné de ses nouvelles et nul ne savait à Vitré ce qu'il était devenu.

Ernesto nous a confirmé que François était satisfait de son installation à Cadix où l'entreprise prospérait, ce qu'en tant qu'associé je n'ignorais point. En revanche, à Vitré, la maison Gallodais tanguait. Cinq années de baisse des coûts depuis mon arrivée m'avaient amené à limiter nos bénéfices pour éviter de trop réduire les sommes versées aux paysans-tisserands, de façon à maintenir une bonne qualité des toiles et rester concurrentiels. Mais, depuis 1615, les incessantes variations de prix dans un sens ou dans l'autre rendaient impossible toute prévision et donc incertaine toute décision. La direction de l'entreprise s'apparentait à une danse de corde et, lassé, je voulais m'en dessaisir pour la remettre entre les mains de mon neveu Bertrand, qui se disait prêt à prendre la relève en toute connaissance des difficultés à venir.

Désirant seulement savoir où nous irions, Anne quitterait Vitré sans regret, ayant vu s'attiédir l'amitié de ses frères réformés depuis qu'elle fréquentait moins le temple, sans avoir pour autant gagné celle des catholiques. Elle sentait de la réserve chez les Vitréens quand ce n'était pas une hostilité déguisée sous des propos à double sens ou des mines entendues. Habituée à faire son examen de conscience, elle se demandait si ce n'était pas une erreur de les croire mal disposés à son égard et concluait que nous serions mieux à l'aise dans l'anonymat d'une grande cité ou encore oubliés au fond d'un désert, puisque la mésentente voire la haine entre croyants des deux religions paraissait sans fin. Ma réflexion nourrie par la sienne, j'ai recherché et trouvé dans les environs de Rennes, avec l'aide du maître joaillier rennais, époux de ma belle-sœur Mauricette, une propriété dont le prix, l'agencement et la situation nous agréaient. Elle deviendrait notre thébaïde et j'y poursuivrais mes travaux d'écriture. L'histoire de mon mousse du Croisic embarqué avec Magellan serait bientôt éditée à Rennes et j'avais commencé à rédiger celle de Malherbe, le Marco Polo breton. Je gardais dans mes tiroirs d'autres projets de ce genre pour lequel mon goût s'accroissait avec l'âge. J'ai engagé les démarches permettant à Bertrand d'entrer dans la confrérie des maîtres toiliers afin de prendre ma succession. Il avait des parts dans l'affaire dont les rouages lui étaient devenus parfaitement familiers, et toutes les qualités pour la diriger. La maison Gallodais comptant parmi les rares entreprises toilières de Vitré ayant résisté à la crise devenue permanente, il n'était pas déraisonnable d'espérer qu'elle se maintienne.

La visite d'Ernesto avait ravivé ma nostalgie d'un port lointain aux vagues bleues, aux façades blanches. Sanlúcar ! Où je ne reviendrais plus que par le souvenir, le rêve et l'écriture.

Ai-je parlé d'une « thébaïde » ? En visite pour des aménagements, on y a surpris une bande de gamins du hameau voisin venus entasser dans leurs sacs des pommes qui sinon se perdraient, ont-ils plaidé. Étaient-ce des chérubins ou d'insolents garnements ? Fallait-il les approuver ou au contraire les tancer ? Nous avons vu des bovins chapardeurs brouter l'herbe de nos prairies. Renseignements pris, ces terres contestées aux bornes incertaines donnaient lieu depuis des années à une cascade de procès. Le recteur de la paroisse, prévenu Dieu sait comment de notre visite et vite accouru, se réjouissait de notre imminente installation et proposait de nous associer à l'œuvre de bienfaisance qu'il soutenait mais que contrariaient certains de ses paroissiens mal intentionnés. Il sollicitait notre assistance morale et si possible financière. En prenant congé, il exprima le vœu de nous voir trouver un arrangement avec le voisin irascible qui laissait vaguer ses vaches dans nos prés. L'un de mes futurs fermiers, ayant engagé la conversation et mentionné que son étable se délabrait et que sa chaumière ne valait guère mieux, souhaitait que fût porté remède à ces maux anciens, jamais pris en considération par mon prédécesseur. Il nous révéla que des braconniers, anciens Huguenots mal convertis, mettaient nos bois en coupe réglée. Décidément, vivre en paix dans ce gîte nouveau n'allait pas être chose aisée. Faudrait-il donc s'enfoncer au profond de la forêt comme les ermites de jadis ?

Non ! Nous allions relever le défi. Il devait exister une voie moyenne entre le retrait complet du monde et une naïve immersion dans le siècle. D'abord, résoudre méthodiquement les problèmes en cours, sans brutalité ni timidité. Ensuite, avec l'appui du recteur informé de la religion d'Anne et semblant s'en accommoder, ma Huguenote s'impliquerait dans les bonnes œuvres de la paroisse où sa modestie et sa générosité naturelles, espérions-nous, viendraient à bout des préjugés défavorables. Quant à moi, puisque nous avions de bonnes terres, je m'instruirais en agriculture afin d'intervenir sans ridicule en ce domaine. Ayant trouvé nos paysans embourbés dans la routine, je préméditais de leur faire remplacer le vieil usage des jachères périodiques par l'assolement que préconisait Olivier de Serres, agronome huguenot et compagnon du roi Henri IV. Cette alternance des cultures sur un même terrain a largement fait ses preuves.

Les travaux étant achevés dans notre nouvelle maison, l'heure du déménagement approche. Anne a prévu une bibliothèque où figureront en bonne place, avec mes œuvres, les *Essais* de monsieur de Montaigne qui furent à l'origine de notre rencontre. Elle a mentionné cette idée en souriant et vu à quel point j'en étais content. Voisins de Rennes, nous pourrons y aller faire visites et achats ou nous divertir. Il sera aisé d'y prendre un coche pour Nantes ou la Cornouaille, où nous avons encore nos maisons et pourrons voir nos enfants. Notre rustique demeure accueillera parents et amis. De mon bureau, j'entendrai Anne jouer avec ses épagneuls à l'ombre des chênes verts, entre les rosiers sauvages, au bord de l'étang où glisseront des cygnes. Nous aurons le ciel et ses nuages à contempler et Dieu, Son honneur sauvé, pour nous protéger.

Table des chapitres

Composition :
Skol Vreizh

Achevé d'imprimer
sur les presses de l'imprimerie
SEPEC numérique, 01, Peronnas,
en janvier 2021

Dépôt légal :
1er trimestre 2021

PEFC 10-31-3532 / Certifié PEFC / Ce produit est issu de forêts gérées durablement et de sources contrôlées. / pefc-france.org